名家书柬

王春瑜　编著

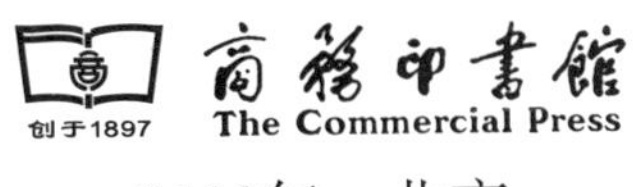

2018年·北京

图书在版编目（CIP）数据

名家书柬 / 王春瑜编著. — 北京：商务印书馆，2018
ISBN 978-7-100-16168-8

Ⅰ. ①名… Ⅱ. ①王… Ⅲ. ①书信集－中国－当代
Ⅳ. ①I267.5

中国版本图书馆CIP数据核字（2018）第111888号

名家书柬
王春瑜　编著

商　务　印　书　馆　出　版
（北京王府井大街36号　邮政编码 100710）
商　务　印　书　馆　发　行
三河市潮河印业有限公司印刷
ISBN 978－7－100－16168－8

2018年6月第1版　　开本 787×1092　1/16
2018年6月第1次印刷　　印张 28　1/2

定价：98.00元

序

不才身无长技，只好觅食于文史两界，承蒙文坛师友不弃，奖我掖我良多，几十年来，赐函盈尺，隆情高谊，常暖心间。其中不少是文学界、史学界执牛耳者，如王元化先生、杨绛先生、何满子先生、高莽先生、周谷城先生、蔡尚思先生、谭其骧先生、杨廷福先生，还有祖国宝岛台湾的历史学家张存武先生、苏同炳先生、吴智和先生、林丽月女士，等等。

他们或为老师，或为同道，师恩固难忘，文友深谊，亦常驻心间。然也有少数来信者，虽名声很大，但人品可议，只是工作往来，无友谊可言。这些信函虽是我的私藏，但信中所说多半皆学术，用我们的行话说，皆文坛学苑史料也，应公诸同好。

20世纪80年代，我从八角村搬家到方庄，搬家公司搬运工中的毛贼，偷了我的一个高档皮包，内无分文，但装的是名人信件，沈醉先生的信及一篇文稿，最为珍贵。他不懂标点符号，近万字长文，一律逗点，包括文末最后一字，也是逗点，令人发噱。他的签名“笔硬如铁”，“醉”字中的一竖宛如一把匕首，使人不寒而栗。还有剧作家黄宗江先生的信，此公嘻嘻哈哈，颇令人解颐。

2016年冬天，我在大兴乡下一座老年公寓住了二十多天，带去名家信函整理，竟有毛贼偷了周谷城先生、金庸先生、冯其庸先生写给我的信各一封，卖给荣宝斋，荣宝斋居然拿到春季拍卖会上拍卖，索价一万元，结果流拍。

整理这些信函，我整整花了一年多的时间，我已八十高龄，精力不济。但我坚信，我的心力不会白费！

王春瑜

2017年3月13日中午

于老牛堂

目录

王懿之 /1
郑逸梅 /6
周谷城 /9
周梦庄 /13
蔡尚思 /17
商鸿逵 /21
王毓铨 /24
谭其骧 /30
杨绛 /46
伍丹戈 /49
胡道静 /55
顾学颉 /77
吴藕汀 /86
戈宝权 /89
冒舒湮 /92

吴江 /96

周汝昌 /102

曾彦修 /109

何满子 /132

钱谷融 /149

王元化 /152

杨廷福 /159

山根幸夫 /169

戴文葆 /172

钱伯城 /178

舒芜 /188

来新夏 /192

刘世南 /194

张存武 /197

目录

汤志钧 /215
李凌 /220
黄冕堂 /224
冯其庸 /228
苏同炳 /233
陈仁珊 /267
高莽 /270
牧惠 /274
黄永厚 /276
丰一吟 /281
周海婴 /283
蒋祖缘 /285
陈辽 /288
流沙河 /292
丁星 /294

林甘泉 /300
钟叔河 /304
薛德震 /307
叶春旸 /309
梁从诫 /314
阎纲 /318
顾诚 /321
陈铁健 /331
周明 /336
高尔泰 /339
何倩 /343
唐宇元 /345
柳荫 /349
陈学霖 /352

目录

王家范 /360
张忧石 /362
刘梦溪 /367
徐泓 /370
赵彬 /374
李下 /377
施定全 /380
吴智和 /382
韩石山 /387
郑培凯 /391
叶洪生 /394
林丽月 /398
邓小南 /401
冯明珠 /403
高洪波 /408

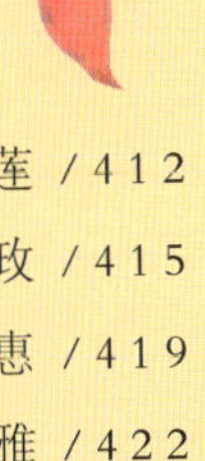

彭小莲 /412
熊召政 /415
韩小惠 /419
赵丽雅 /422
刘泳聪 /425
伍立扬 /428
魏元珪 /430
徐坤 /434
徐怀谦 /436
鹤见尚弘 /438
斋藤博 /440
肖健 /443

王懿之

王懿之，先师陈守实教授夫人，江苏省徐州市人，上海江湾中学语文老师。年轻时负笈青岛，与江青同班。她说当时江青漂亮，京剧唱得好；但好出风头，每被同学捉弄。有次江青打开书包，竟爬出一只全身墨汁淋漓的癞蛤蟆，吓得她惊叫起来，云云。师母性慈，对我及宇轮儿甚关怀，晚年定居镇江，守实师骨灰亦葬于镇江。幼子陈明先在美国定居。

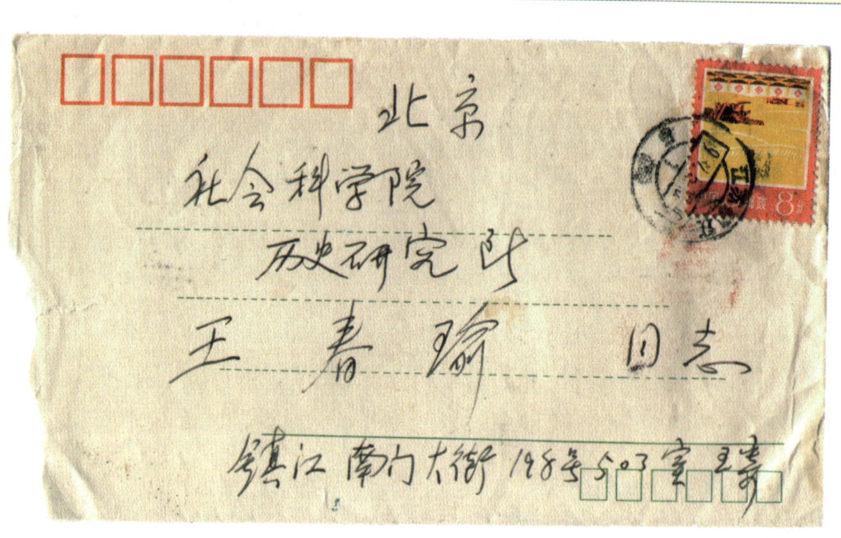

北京

社会科学院

历史研究所

王春瑜 同志

镇江 南门大街128号503室 王[illegible]

春瑜同志：

前接你们所[illegible]，他说征[illegible]已明了，拟即派人去档案室抄录。时间已月余，竟杳[illegible]消息。这份材料我也想看看，如你已问过，可否告我一闻？如能寄给同志寄来更妙！

我现在搜集他的遗文，已有三十余篇，拟想编一文集，但未和其他同志谈过。当意是四十年代进步刊物，复旦图书馆有两年，内有他的《中国封建社会发展的[illegible]》，我已抄来。据闻过去的前线日报和[illegible]都有他的文章，复旦图书馆似有专刊，比较难查。你如方便请代一查，如很忙则不必也。专此 [illegible]

撰安

王蘧常 五月十九日 [illegible]

晋瑜同志：

久不通信，常常念念！我四月十五日回沪，当晚即去第六宿舍，楼上邹嘉言们在沪数日即回京，虽然曾去看阿輪弟，亦未见着，不胜怅然！！

我这次回沪是接房产科信，谓借住的四宿舍5号房子已分配给别人，我的住处另行分配，要我速返沪商量。事实，不是如此。第一宿舍十七号，给我深刻的痛苦的烙印；我坚决不住那房子。我给黄委(?)写了封信，将四宿舍五号的东西搬出去，并将十七号的大件家俱运来镇江，在沪不到十日即返来。临行前房产科要我看第二宿舍的房子，媳妇吴淑贞去看过，二楼一间半房子，可以堆堆东西。我准备下月再回去一趟，十七号尚有些[illegible]杂东西需要整理。

此间房子颇宽敞，生活当安适，不过三楼上下也觉不便了……。

山西出版社的"现代社会科学家小传"一书出版否?"明史论丛"看到未?你近来有什么去作发表?镇江小城市,信息不灵通,颇感闷倦,有暇常惠数行,则幸甚,盼甚!!匆匆,书此,不尽一一。

即颂

撰安!!

王毓铨

五月十二日

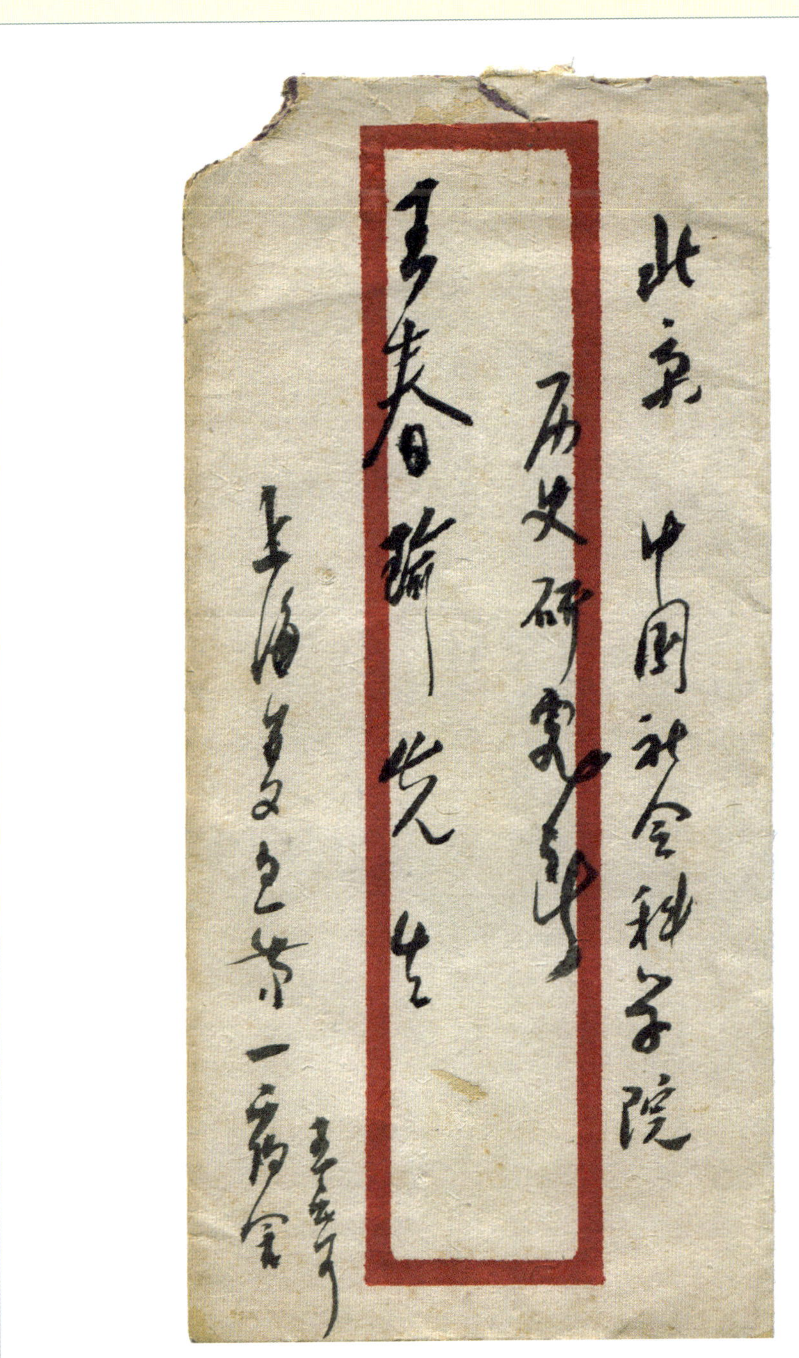

北京 中国社会科学院 历史研究所

王春瑜 先生

上海复旦第一宿舍

郑 逸 梅

郑逸梅，祖籍安徽省歙县。本姓鞠，名愿宗，因父亲早故，依苏州外祖父为生，改姓郑，谱名际云，号逸梅，笔名冷香。他生于上海江湾。5 岁入私塾，17 岁进江苏省立第二中学，开始为报刊写文史小品。21 岁进江南高等学堂。南社成员。在上海教育界供职多年。新中国成立后，曾任上海市文史馆馆员。1985 年加入中国作家协会。因写了大量文史短文，供报刊补白用，人称“补白大王”。1992 年 7 月 11 日在上海逝世，享年 97 岁。著作甚丰，有《郑逸梅选集》《郑逸梅全集》行世。

19　年　月　日　第　页共　页

春瑜同道

頃奉　尊惠　古今掌故叢書第二期　內容豐贍　甚感興趣　但遺憾者未見創刊號　未知　社中尚有存否　擬補購一冊　款當照奉　請復　我當直接之　此頌

輯祺　　鄭逸梅　病腕

上海長壽路160弄1号

装订线

上海立信会计纸品厂出品　16开　双线报告纸（88.1）④　　白打字纸 302-45-1

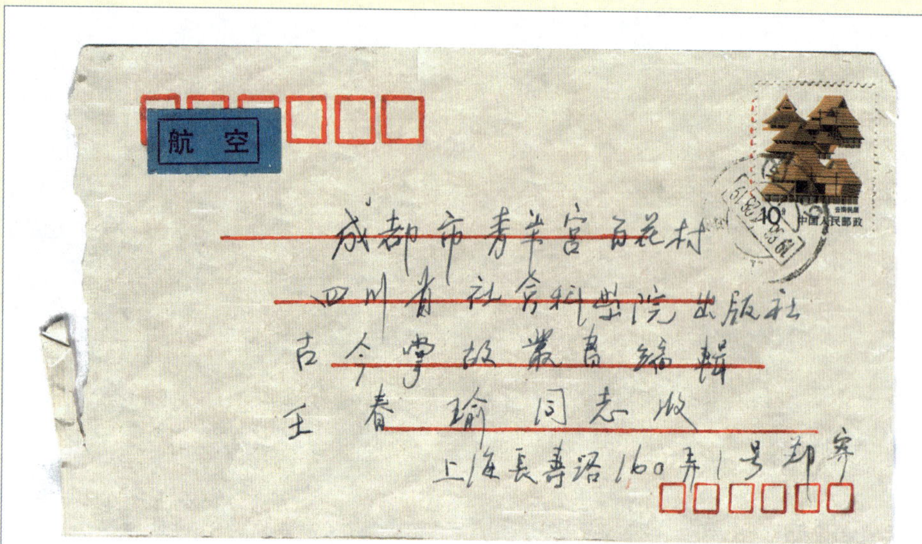
航空
成都市青羊宫百花村
四川省社会科学院出版社
古今掌故丛书编辑
王春瑜同志收
上海長壽路160弄1号郑寄
中国人民邮政
10

周谷城

周谷城，湖南省益阳市人，早岁负笈京华。适逢五四运动爆发，他积极参加，与同时在京求学的周予同先生一起，见证了火烧赵家楼的历史一幕。后回长沙湖南师范、长沙省立第一师范教书，与同事毛泽东成为好友。在1927年第一次大革命中，他积极从事湖南农民运动，担任湖南省农会秘书。大革命失败后，他逃亡上海，经好友周予同先生介绍，出版著作几种。后在复旦大学历史系任教授。新中国成立后，曾任复旦大学教务长、历史系主任，讲授世界古代史。以一人之力，著有《中国通史》《世界通史》各一部，在开明书店出版。他极力主张打破欧洲中心论。他还是美学家、逻辑学家、古文字学者，均有相关著作出版。他是全国人大代表，并担任全国人大副委员长、上海市人大副主任。

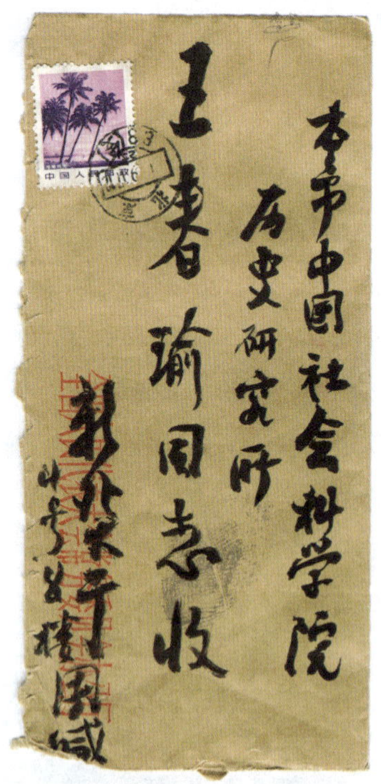

明史国际討論會论文集
周谷城题

明史国际討論會論文集
周谷城题

春瑜同志

新年幸福

周谷城祝

Season's Greetings and Best Wishes

for The New Year

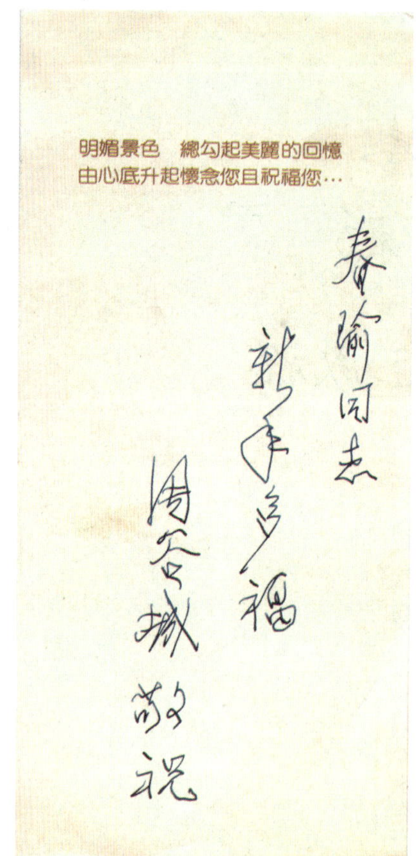

明媚景色　總勾起美麗的回憶
由心底升起懷念您且祝福您…

春瑜同志
新年多福
周谷城
敬祝

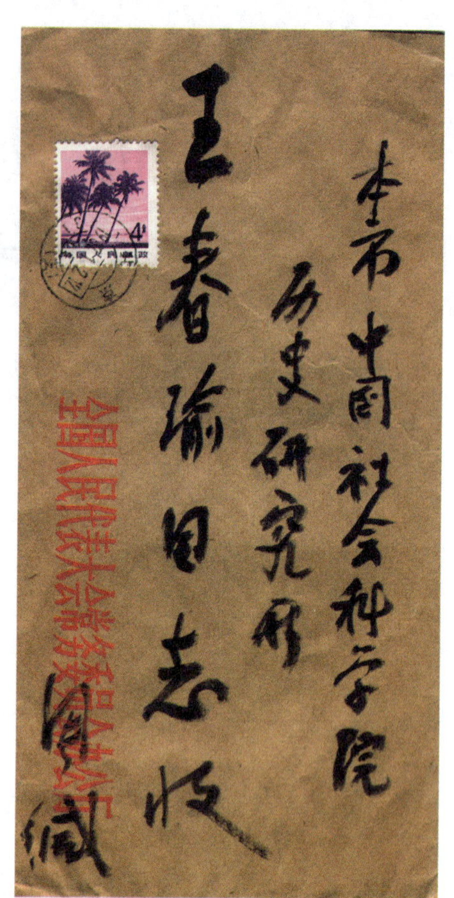

周梦庄

周梦庄，江苏省盐城市伍佑镇人，无党派人士。自学成才，诗词书法俱佳，热心盐城文化事业，20世纪30年代担任盐城《新公报》主笔。熟悉盐城风土人情，古今掌故，著有专书。喜撰年谱，以盐城先贤、清初著名遗民宋曹的《宋曹年谱》最见功力。文史著作甚丰，其全集因其长子周仲南曾任蒋经国侍卫长、台湾联勤司令、陆军上将，得以在台湾军方经营的出版社出版。周老曾担任盐城市政协副主席。他是佛教禅宗信徒，书斋名“海红精舍”。称伍佑旧居为“茧园”。

周老善韬晦。1948年淮海战役时，他声称周仲南已与解放军作战时阵亡，在家中设其牌位。“四人帮”粉碎后，他告诉盐城市政府周仲南健在，是台湾军方上将、蒋经国侍卫长，女儿是严家淦干女儿，曾在有关国际组织工作，让政府刮目相看，善待之。

中国人民政治协商会议盐城县委员会

春瑜同志：

年前从润刚老来札中得知 芳踪，又从 令兄令姪处拜读潜研文稿，文字佳妙，至深钦佩。

家乡地僻海滨，读书不易，曩辑数家谱录，均感资料难求，近因年迈，搁笔久矣。

尊兄所撰顾亭林事迹佳，其弟子潘次耕晚节不坚，可为浩叹，曾搜集其事未备。又刘雪舫事，润老亦曾注意，拟曾向扬州图书馆索阅安禄文集中刘传，迄未寄，惜无法写成专篇，资料缺乏。

因念尊兄从事于史，检出寄呈，聊供研究参考。

拟年节以后，将有远行，不欲再搜集散佚也。

润老在春节期间是否往沪欢度，见时乞代问安好。

顺示尊意，专此即颂

撰安

周梦庄

元.1.5

附上便笺拙作数纸请指教

赐复寄盐城政协可也

盐城博物馆

春愉同志：

您好。

我于三月赴美住波士顿两月多，因武汉女儿有病，回国看望，在武昌勾留半月，即将返盐。

我兄近有佳作否？甚为念念。

南京政协馆将拙稿邓石如年谱印出，校对多误，聊奉上一册，乞哂存。

关于宋射陵年谱与蒋鹿潭水云楼词不知可以印行否？有便祈示知为感。

诸老见时乞代寄声问安好。

专此即颂

撰安

周梦庄上
8.21.

地 址： 东风路162号　　　电 话： 1200

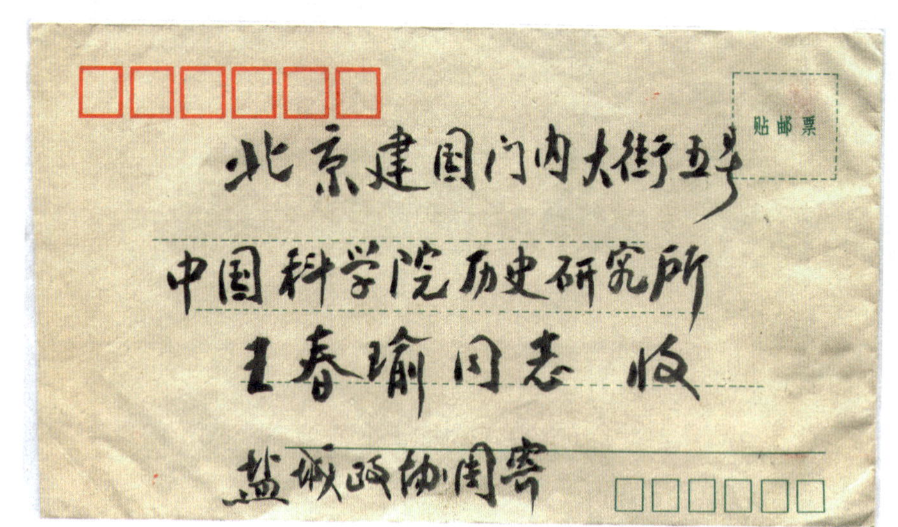
贴邮票

北京建国门内大街五号

中国科学院历史研究所

王春瑜同志 收

盐城政协周寄

蔡尚思

蔡尚思，号中睿，活到103岁。福建省德化县人。他与其弟读小学时，门门功课皆不及格。及长，发奋读书，并以日本政治家西乡隆盛诗“孩儿立志出乡关，学不成名誓不还。埋骨何须桑梓地，人生无处不青山”自励。1921—1925年入德化县立第十二中学（今永春一中）。1925—1928年在北京游学，相继考入孔教大学国学研究科和北京大学国学研究所。20世纪30年代初入住南京国家图书馆，在柳诒徵馆长支持下，遍读历代文集，摘录卡片，装满几个麻袋。新中国成立后由沪江大学并入复旦大学，先后任历史系教授、系主任，创办思想史研究室，任主任，并任《复旦大学学报》主编、复旦大学副校长，勤于笔耕，著述甚丰。《中国传统思想总批判》《中国传统思想总批判补编》，在新中国成立前出版，甚有影响。在他百岁诞辰之际，上海古籍出版社出版了《蔡尚思全集》，八卷九百一十万字。

蔡尚思教授重视锻炼身体，洗冷水浴，九十多岁时，还在复旦操场上练跳高。这在中国历代史家中，也是绝无仅有的。

復旦大學
FUDAN UNIVERSITY

春瑜同学：

承赠大作《阿Q的祖先》一书，谢谢！先读几篇，觉得您要追求的"文史结合，雅俗共赏"已做到了！大著史实、文采、趣味三者多兼而有之；您就往这方面努力下去吧！

关于195页所述周予同先生说我编的《蔡元培学术思想传记》要让读者知道我与蔡元培是本家一事，我已经记不起来了。几年前有来访问的一个日本代表对我说：东京有人传说我是蔡元培的侄子。还有一个安徽的读者来信称我是蔡元培的儿子。我都立即声明：他只是我的老师而没有其他的关系：他是"浙江蔡"，我是"福建蔡"。记得我少时在家乡，听见一些姓蔡的人自吹是蔡襄的后裔，我就骂他们不要脸，说不定倒是蔡京、蔡卞的后裔哩。我一向反对攀龙附凤、妄认亲戚。假使周先生有此笑话我一点也不怪他。

匆复，颂您　多作出学术贡献！

蔡尚思 1994.7.26.

復旦大學

FUDAN UNIVERSITY

吴江同志：

承赠大著《中国封建意识形态略考——儒家学说述评》，非常感谢！

我最近因忙于赶写一本书，未能早日拜读，乞原谅！

大著在此尊孔崇儒的浓厚空气中，很有必要，甚为难得，除了个别之处可再考虑以外，我们的看法都很一致，可以说大著是一本很好而值得令人拜读的书！

如有机会，当再面谈！

专此道谢，并祝 健康，多作学术贡献！

蔡尚思 1992.8.25

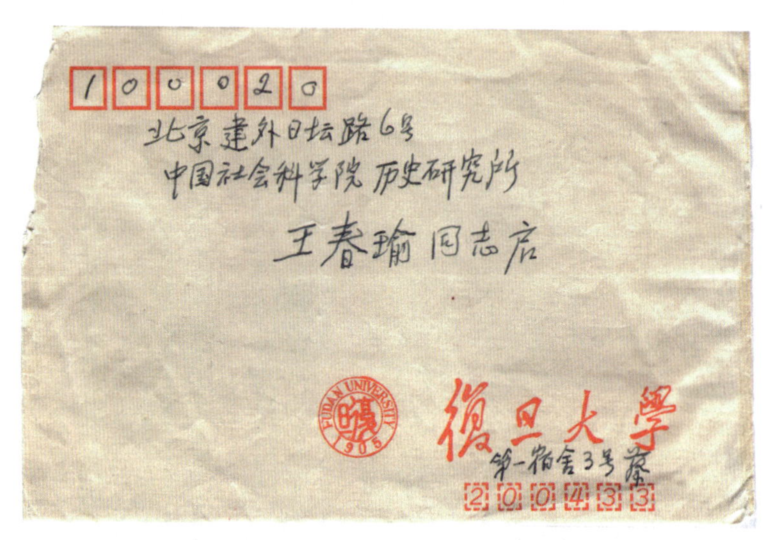

100020

北京建外日坛路6号
中国社会科学院历史研究所
王春瑜同志启

FUDAN UNIVERSITY 1905

復旦大學
第一宿舍3号蔡
200433

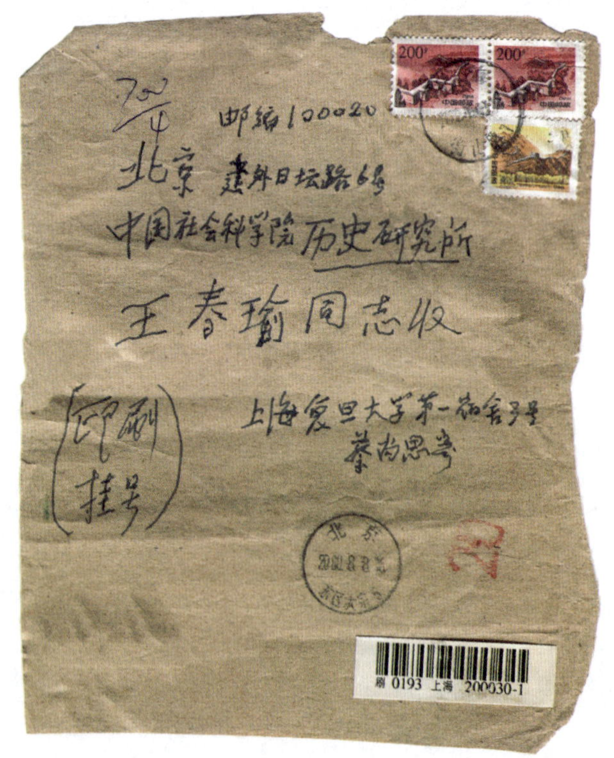

邮编100020
北京 建外日坛路6号
中国社会科学院历史研究所
王春瑜同志收

印刷
挂号

上海复旦大学第一宿舍3号
蔡尚思寄

北京

刷 0193 上海 200030-1

商 鸿 逵

商鸿逵，字子上，祖籍河北省清苑县，汉族。毕业于中法大学。早年与其师刘半农教授采访名妓赛金花，与刘半农、郑颖孙合著《赛金花本事》。清史专家，北京大学历史系教授。著有清史学术论文多篇，《明清之际山海关战役的真相考察》《清初内地人民抗清斗争的性质问题》等，甚具学术功力。先生为人谦和，学风严谨。

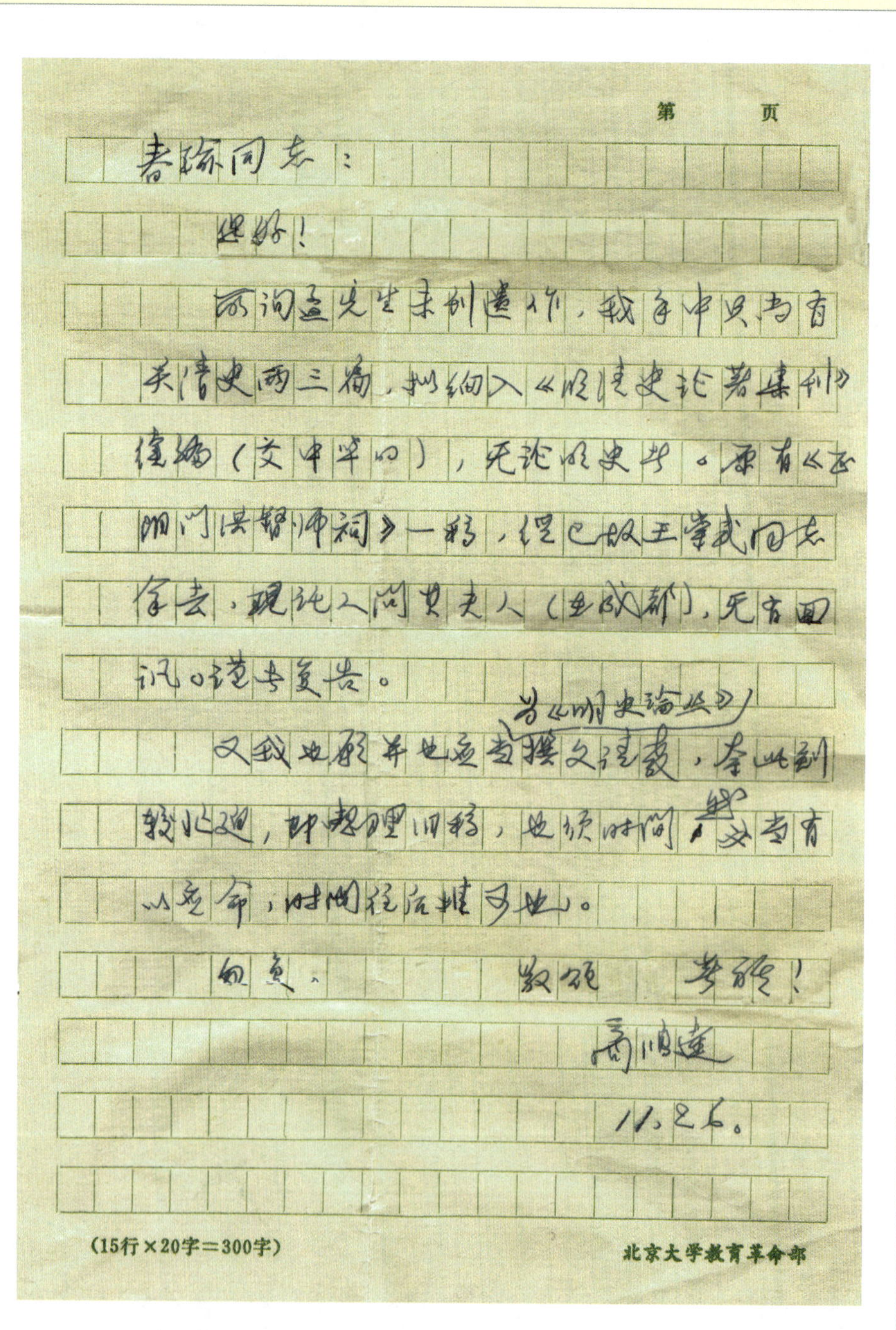

第　　页

春晗同志：

您好！

所询孟先生未刊遗作，我手中只有有关清史两三篇，拟编入《明清史论著集刊》续编（交中华印），无论明史者。原有《[illegible]明门洪督师祠》一稿，经已故王崇武同志借去，现托人问其夫人（在成都），无有回讯，以此专复告。

又我也很希望也应当为《明史论丛》撰文請教，奈此刻较忙迫，如整理旧稿，也须时间，然文当有以应命，时间往后推迟些也。

匆复。　　敬颂　　著祺！

商鸿逵

11.26.

(15行×20字=300字)　　北京大学教育革命部

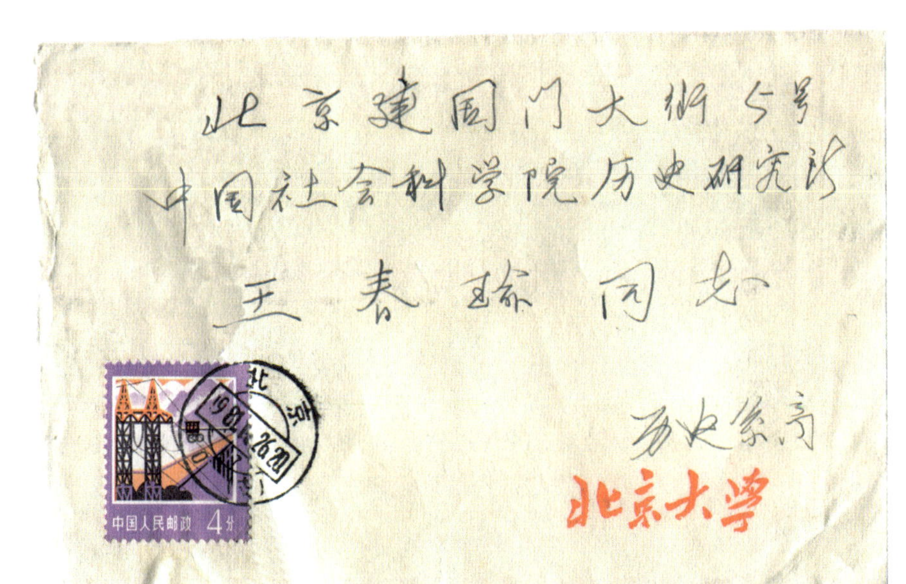

北京建国门大街5号

中国社会科学院历史研究所

王春瑜同志

历史系寄

北京大學

王毓铨

王毓铨，山东省莱芜市人，1936年毕业于北京大学历史系，国学大师胡适弟子，胡先生给他的毕业论文打了88分，是最高分。1938年赴美国留学，在博物馆工作。他是钱币学、秦汉史、明代经济史专家。他用英文撰写的《中国古货币》《西汉中央官制》，都是拓荒之作。后攻明史，撰《明朝的军屯》，出版后，受到国内外史学界好评。他的主要学术论文编成《莱芜集》，由中华书局出版。谢世后，其全部学术论文编成文集四卷本出版。王先生在济南读高中时，参加共青团，投身1927年大革命。抗战时，从美国汇款支持山东抗日游击队。晚年加入中国共产党。

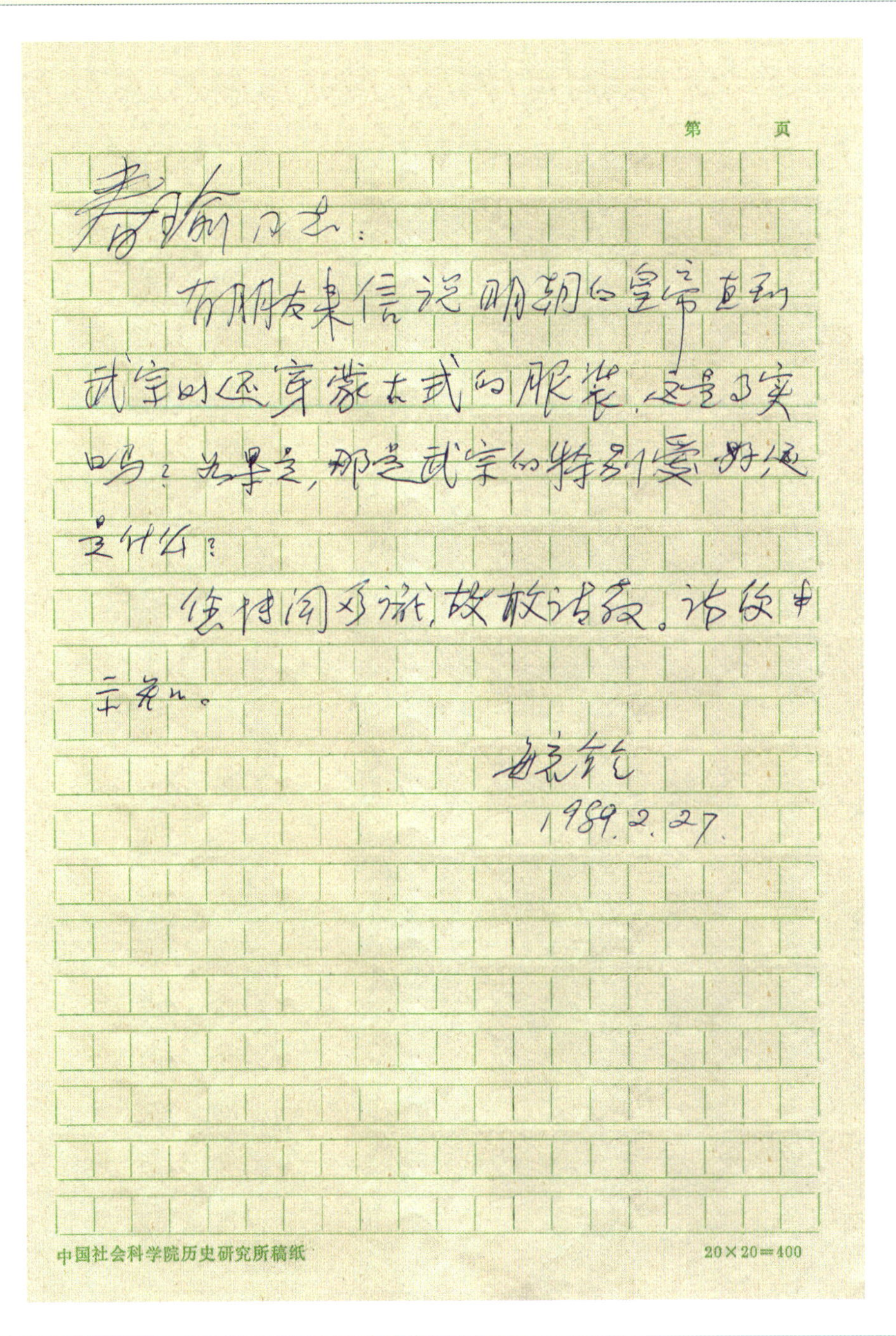

第　　页

春瑜同志：

有朋友来信说明朝的皇帝直到武宗时还穿蒙古式的服装，这是事实吗？如果是，那是武宗的特别爱好还是什么？

您博闻多识，故敢请教。请便中示知。

毓铨

1989.2.27

中国社会科学院历史研究所稿纸　　20×20=400

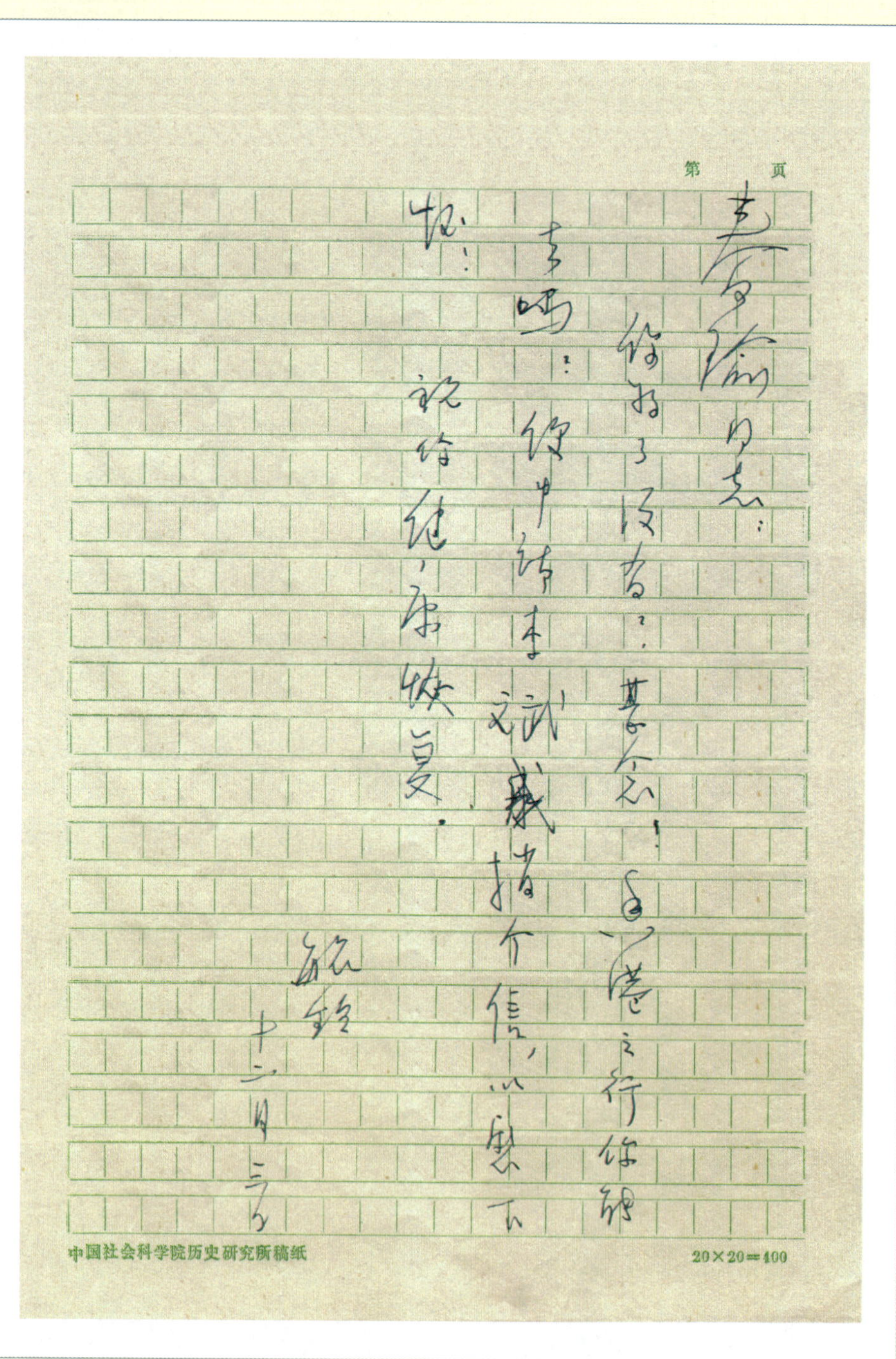

第　页

李瑜同志：

谢谢了你的慕念！自港之行你的来鸿：信中请李斌成捎个信，以慰下怀：

祝你健康恢复。

铭铨

十二月三日

中国社会科学院历史研究所稿纸　20×20＝400

中国社会科学院历史研究所

春瑜同志：

昨聆宏论，不禁钦服，古为说甚是，谢谢！

尚祈转告关心此事之友人。

三十六计，走为上策，为此者也？惟中无定论。

顺颂

刻安

毓铨

四月六。

中国社会科学院历史研究所

秀白、春瑜同志：

前年应邀出席黄山会之贺杰博士（Dr. Keith Hazelton）已来我国，为期一年。现在安徽，则由安徽师范大学接待（现已到该校），或将来北京，我所科研处已允应予以接待。此人人品学品都好，明年宋史之会可否邀他参加？年仅三十岁左右，符合我们的条件，但他是否能作篇有关政治制度方面的论文，则不得而知。是否可能邀请他一下，出席与否，由他自己决定。邀请函，可由安徽师大张海鹏校长转交。可否请酌夺。

毓铨 草

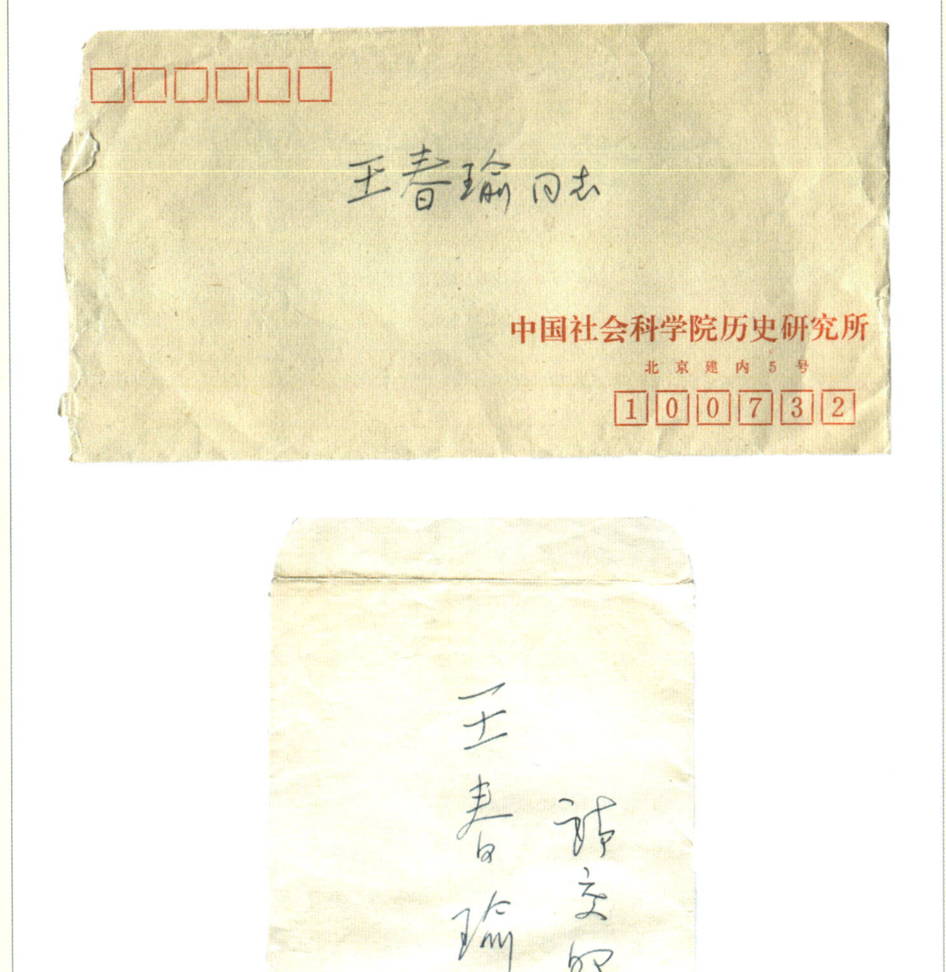
王春瑜同志
中国社会科学院历史研究所
北京建内5号
100732
请交明史研究室
王春瑜同志

谭其骧

谭其骧，历史学家、历史地理学家。字季龙。浙江省嘉兴市人。1930年毕业于上海暨南大学，1932年毕业于燕京大学研究生院。1932年起历任北京图书馆馆员，辅仁大学、燕京大学、国立北京大学和国立清华大学兼任讲师，广州学海书院导师。1940年起任浙江大学副教授、教授。1950年起任复旦大学教授、历史系主任、中国历史地理研究所所长。1981年当选为中国科学院地学部委员。同年受聘为《中国大百科全书·中国历史》编辑委员会委员。是第三、四、五届全国人大代表，上海社联副主席等。1982年逝世。主持了《中华人民共和国国家历史地图集》的编绘，出版后受到政界、史学界的高度重视，成了国家元首送给外国元首的重要礼品，是新中国成立以来史学界与《甲骨学合集》并列的重大史学成果。担任中国科学院院士、中国社会科学院学部委员。他的重要史学论文，编入《长水集》《长水集续编》，人民出版社出版。

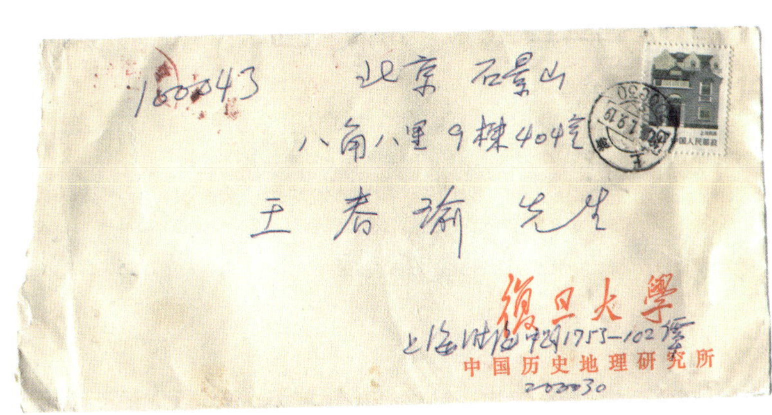

100043

北京 石景山
八角八里9栋404室
王春瑜先生

复旦大學
上海淮海中路1753—102谭
中国历史地理研究所
200030

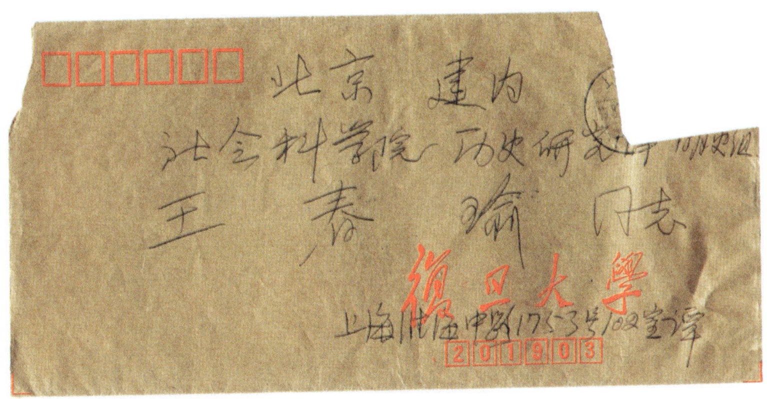

北京 建内
社会科学院 历史研究所 明史组
王春瑜同志

复旦大學
上海淮海中路1753号102室谭
201903

北京 建国门
社科院 历史研究所
中国史研究编辑部
王春瑜同志

复旦大學

復旦大學

春瑜同志：

月初大函，并退还文稿单已收到。今日又接到动态第三期。

寄去夏先生第三次来信和我的复信抄件，请一并发表，原是一种不情之请，我也知道第三期大概已赶不上，第四期再登未免太嫌晚，所以编辑部决定退回，我绝无意见。并且我也已函知夏先生，夏复信也说"我们意见均已说完，随便他们处理好了。"

不过今日接到动态，翻了一下，发现夏先生的第一封信也被删未登，这是出乎意料以外的憾事。因为这封信是三封中最重要，不仅肯定我的七洲洋即西沙群岛说，并且指出了我以七洲洋即西沙群岛说始于夏之时的错误，又指出法国人首犯的这种错误的由来和以后辗转传讹之迹。（希望我国学术界多数人从此不再对外国人这种误说信从而不改）现在被删，一则实在被删可惜，二则对夏先生也很不好意思。（好像是由于夏先生指出了我的错误我就未向动态推荐）事已如此，别无他法，我准备另写封信去向他致歉。不知动态编辑部能否向夏先生打一招呼。

复旦大学

声明一下这封信我是写给你们了，请你们登的，是你们决定删掉的。

我的家将本月二十五日迁来淮海中路1753号102室新居。房子质量不错，就是面积嫌小，使用面积只53.8平方米，连壁橱56平方米，比之厦门广州等地的教授宿舍，小得多。至今尚未就绪，搬一个家很不容易。

我现在一天只能工作三至四小时，而要做等着做的工作堆积如山，实不免令人焦急！前天参加了[illegible]在沪召开的在沪参加历史地图编写工作的会议。月底下月初将参加大百科在沪召开的人文地理学科会议。下月中的历史学会听说将邀我参加，到时我去不去再说。你四月上旬来沪，我正好在家，欢迎来谈。

即颂

撰祺

谭其骧 3.27.

复旦大學

春瑜同志：

我和夏鼐同志就宋端宗所到过的七洲洋这一问题所打的笔墨官司，前所寄上四件，承你们已答应准备在《江海学刊》第三期上刊出。我本以为可以就此结束了，不意一月后夏公又来了一封信，又提出了几点异议，并说"仍望多多指教"。搁置多日，前天才抽工夫作了答复。兹将来往两件各抄一份寄上，请你们斟酌情况处理。随便怎样处理我都没有意见。若能一併刊出，当然很好。如第三期已赶不上，只好在第四期上续登，也好。如认为这个问题不宜再多占《江海》篇幅，不准备再登载，也好。如登，我已用铅笔在前几段前加删字的可以删去为宜，此外你们也可以再删一些。

一再啰嗦，当邀鉴谅！

大约本月底或下月初我将移家淮海中路1753号102室（在华山路西吴兴路口），确期未定，来信可仍寄学校。房子仍然只有两间多，不过面积大了，质量也不会差。

匆此，不一，顺颂

春禧

其骧 2.20.

大作《顾炎武北上抗清说考辨》已拜读一过，本实事求是精神，以充分论据，有力地批驳了旧来已久的毫无实据的谬说之谈，诚近来史学界中一出类拔萃之佳作也。骧又及

復旦大學

春瑜同志：

上月廿七日发一函谅已邀览及。

廿八日飞穗，一月六日返沪。昨今两日始就夏鼐先生第二次来信作出答复。兹将夏先生第二函有关部分钞清一份（夏先生原函字迹极纤细，不便付排印），并我的复书一份一併寄上，敢求与夏先生第一信及拙作《宋端宗到过的"七洲洋"考》一起在《文汇报》上发表。来函及复函中用铅笔加（　）号部分，都应发表时删去。

发表时用什么标题，怎样排法，我认为有两种办法，请选择。当然不排除你们用第三种办法。

1、上面加一个"学术通讯"之类栏目，题作"关于七洲洋问题的讨论"，下分四目：一、夏鼐同志给谭其骧同志的信。二、谭其骧《宋端宗到过的"七洲洋"考》*。三、夏鼐给谭其骧的第二封信。四、谭其骧复夏鼐的第二封信。在第二篇的第一页底下加上"*谭其骧同志接到夏鼐同志的第一封信后，写了这篇文章寄给本刊，以代替直接函复夏鼐同志。"

2、文章题作《宋端宗到过的"七洲洋"考》*，文末附上三封信，第一页底下加注"*本文系谭其骧同志接到夏鼐同志的信，不同意他在《七洲洋考》注中认为《宋史·二王本纪》中的七州洋、《宋史纪事本末》中的七里洋二"七"字都是"九"字之误的说法之后所写，用以答复夏鼐同志的质疑。"

我倾向于采用第一种办法。请酌夺。敬礼！谭其骧 1.11.

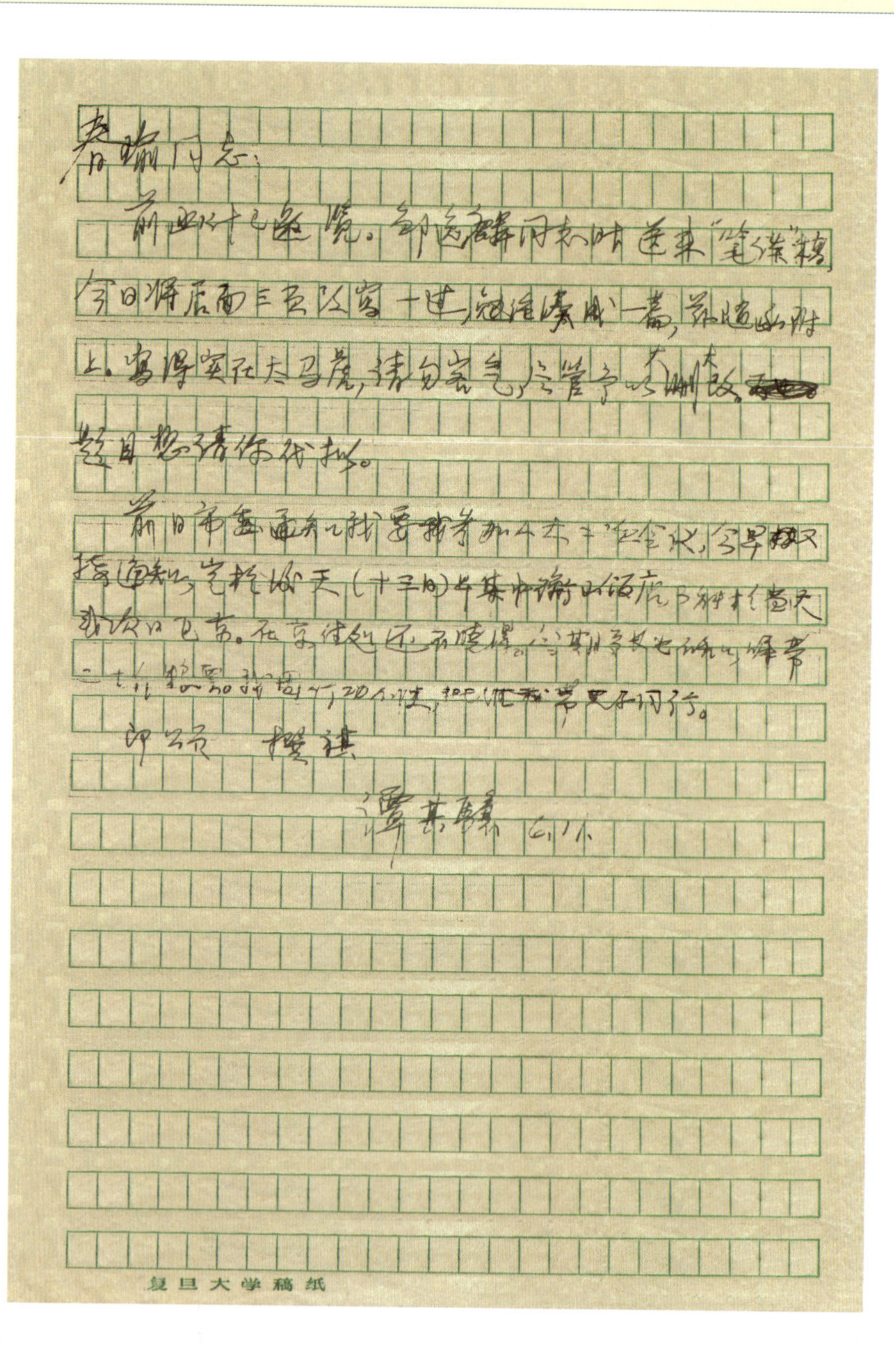

春瑜同志：

前函计已达览。郭[illegible]同志昨日送来"笔谈"稿，今日将后面三点改写一些，勉强凑成一篇，兹随函附上。写得实在太马虎，请勿客气，尽管予以大删大改。题目想请你代拟。

前日市委通知我要我参加本市[illegible]，今早又接通知，定于明天（十三日）集中锦江饭店，[illegible]赴京。在京住处还不晓得，[illegible]。

此颂

撰祺

谭其骧 6.1[illegible]

复旦大学稿纸

复旦大学

春瑜同志：

中国史研究动态第11期收到。祇给我一份，何其少也？是否可加几份，要出钱也可以。

没有空，所以还未将原稿核对究竟删了多少，有无错字。

十一月初得夏鼐同志给我一封信，他赞同我对七洲洋的看法，同时指出我以为七洲洋为西沙群岛这一说始于夏之时是错的，又告诉我伯希和已于1951年增订真腊风土记笺注改正了错误。阅后大为吃惊，人家已改正了错误，而我们仍然抱着这种错误的旧说不肯改，岂不可叹！

夏先生还又对拙文中提到的宋史和宋史纪事本末中所载宋端宗流亡所至的七洲洋"七"作"九"之误一说提出不同看法。促使我想把原来的一条札记整理出来发表。刚动手查了一些资料，十一月十三日应广大之约，去广州出席广大南洋研究所与外交部条约司合开的南海诸岛专题讨论会，至廿三日才回到上海。到家后又处理了许多琐碎事，每日来客不断，直到本月初才把那条札记增补材料写成文章，以"宋端宗到过

复旦大学

的《七洲洋考》答疑。

我想索性一不做二不休，想把夏先生的信和我这篇东西一併送《文物》去刊登，不知你们要不要？

夏先生的信我是打印了作为会前会上散发了的。我以为这样一来，那些主张七洲洋是西沙群岛的同志该觉得不应再这么说了。谁知不然，会上竟有人认为：伯希和以前主七洲洋即西沙群岛，后来又改变了说法，那是有政治目的的。这真使人啼笑皆非。处处都要用政治去对待学术问题，三十年来积习，深入人心，如何得了！

会上也还有人认为宋端宗"奔七洲洋"是"西沙群岛"，不妨同为批之，所以我要想在《文物》发表拙文。

你们若同意采用，当然，还得请你们去信征求一下夏先生的意见，是否同意公表他的信。拙稿亦希先请他看一遍。（我已去函告诉他文章的要点，全文则今日始打清，他没看到。）

盼复，专此顺颂

撰安

谭其骧 10.10.

打印夏先生信及拙稿排印另寄

五月份、七月份两次在京，为时皆不短，惜未能晤谈。十一月人大又要开会，不知到时你住在哪里。

復旦大學

春瑜同志：

八月廿四日来书奉悉。

我今年年内必需完成的工作太多，所嘱为《明史论丛》撰稿，实在无能为力，务祈鉴谅。目前急于需完成的有李得贤八十寿辰纪念集上的文章，大百科历史卷秦汉历史地理部分和出席十月份两个会议的发言，此外，积欠多如牛毛，文债山积，所以无论年内必挤不出时间，确是实话。

你要我干的我办不到，我却要以一琐事相烦。顷阅《中国史研究动态》，（此刊目下被人借走，忘记是第几期了）封底载有西藏中古史和英俄西域考古（此书编者与作者不清楚）出版广告，由中国史研究负责函售，书价为2.90，另加邮费0.12。敢请代购一部。又，你所历史地理组杜瑜同志曾代购书《文物出版的古城遗址》一册，价1.30元，亦请代为就近偿还。此日汇上5.00元。再者，发表我《七洲洋考》的那期《动态》，我这里竟没有了，如编辑部尚有剩书，亦希惠赐一册。

拜托之至！即问

秋祺

谭其骧 9.12. 中秋节

春瑜同志：

读二月份来函，以所印资料据稿发表将成问题，因为我对外交部那一套心中是有点儿数的。昨接十八日来函，果不出所料。此事你们编辑部同志完全用不着有什么不安，权不在你们手里，当然不能怪到你们头上。至于对外交部，也谈不上不满，因为这不是作风态度问题，而是水平问题。他们竟认为实事求是了就会给我们的外交斗争造成被动，那你有什么办法？其实，错把七洲洋看作是西沙群岛对我们决无好处，若在谈判桌上被人指出这是对史料歪曲不了，给以驳斥，那岂不是更加被动？岂不是更加不利？

甘家同志那个建议，我基本同意。但不知：1.文章将如何压缩？2.那封信（此间来函底稿）有无过于尖锐的话？盖触动，则可，因函涉及私人则大可不必也。为稳妥计，希能在付印前将清样寄下一阅如何？

专此，即问

近好！

谭其骧 4.23.

编辑部嘱为国庆三十年筹备专稿撰文，如有可能，亦当照办。但因期限甚促，事实上很难办到耳。即希转告。因手头尚有近期须完成之其他任务，预计五月中旬以前抽不出时间。

骧又及

（1979年）

此件不全

读大著“方学改”钦佩之至，末一段尤为出色。“读李卓吾”“略论八旗子弟”也都精彩，佩佩。

我是1950年来复旦后才认识陈守实的，所知不多。周予老、胡绳武知道的比较多，你往访时可找（胡绳武）一谈，可能会有所补益。

下月中旬厦门大学召开南海诸岛历史讨论会，我要去参加，惜不能在学校候驾，不能陪去。

此信寄到时估计你已去金陵。会议地点我们选在一个地方，未定。

专复，即问

近好！

谭其骧 10.24

前刚写好，陈教老夫人来访，她说她已收到刊物第十期载述陈先生的事实。我问她写得怎样，她只说“太简单了”，基本上是满意的。我跟她谈起：他到复旦以前的老友，常谈起的尚在世的有许杰（上海师大）和盛叙功（在四川？），她一时也记不起别人。后我找出刊物第十期，急忙看了一下，别的我提不出意见，只觉得生年作1893年是错的。因为陈教老以前对我讲过不止一遍，他属马，甲午年生的，则生年应是1894。但他家里人对他的岁数也记错，讣闻说他卒于1974年，按老算法，是八十一岁，而他家里人却说他是八十二岁。我想你的1893年当由此而来。

[illegible]

复旦大学稿纸

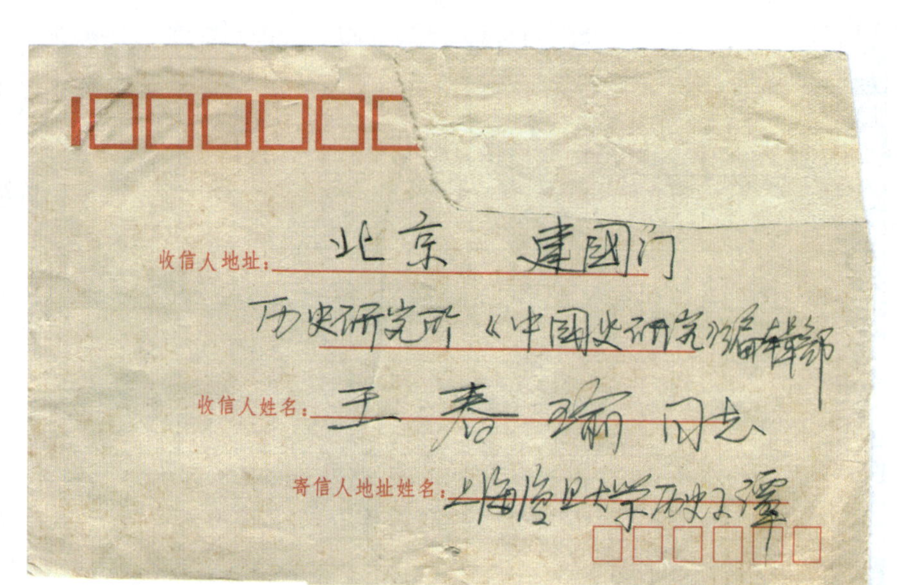

收信人地址：北京 建国门

历史研究所《中国史研究》编辑部

收信人姓名：王春瑜同志

寄信人地址姓名：上海复旦大学历史系谭

此件不全

春瑜同志：

十二日惠书悉。笔谈稿一篇可见，手头又有工作，故未动手。指来书谈印商之邹魏二君，嘱代笔，魏坚辞，即由邹递拟，周前发来初稿，觉内容空疏欠充实，措辞亦有不甚恰当处，昨日再照命，已将鄙意告之，请其再予修改一过。估计不周或不妥处。知注，特先此奉闻。

我在华东医院治疗四个月，未能收效。本拟转苏州找一老医生打针，以使寒来能够使[illegible]果。又闻龙华门诊部有一汤医生打针针有奇效，故已于廿八日又转来龙华，住

復旦学报

社会科学版

抽印本

贺卡收到，谢谢，换以对辛未年春节的祝福！此小文係在复旦宗教斋〃汇公开的国际"儒家思想与未来社会"讨论会上的即席发言，由向来有敢不少肆无忌惮的话，当场引起掌声阵阵，把在发表时把这些话都删掉了），这是编者对我的照顾以免引起麻烦。值此 你未必看到过，寄上请一粲。

春瑜兄几下

其庸再拜 九一、一、九

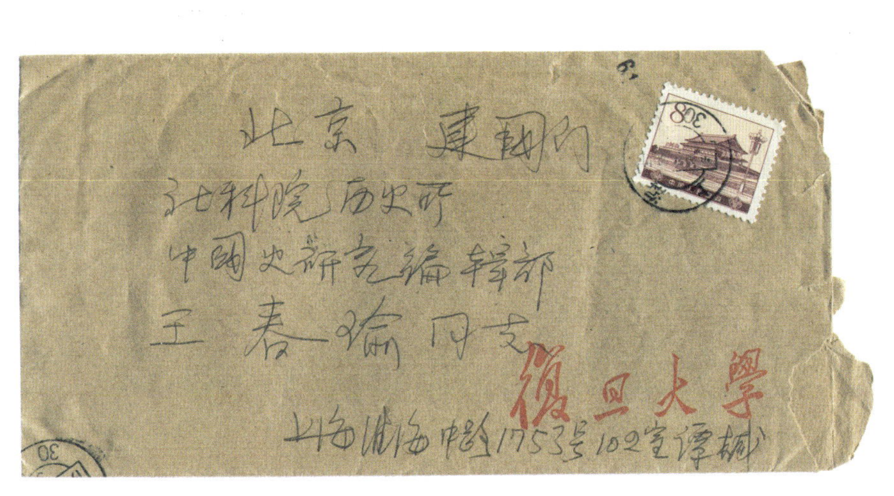
北京 建国门
社科院历史所
中国史研究编辑部
王春瑜同志
复旦大學
上海淮海中路1753号102室谭缄

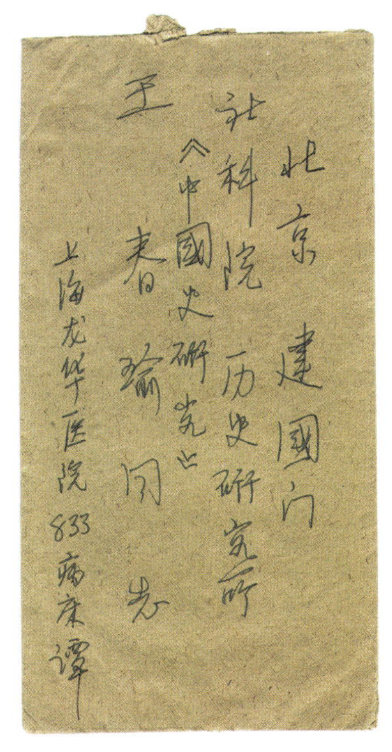
北京建国门
社科院历史研究所
《中国史研究》
王春瑜同志
上海龙华医院833病床谭

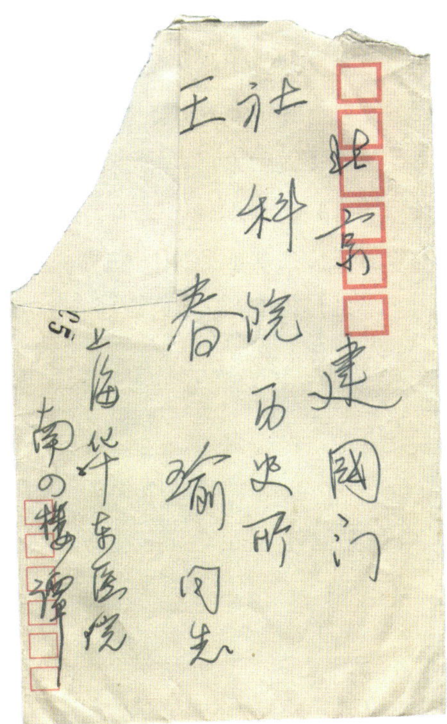
北京建国门
社科院历史所
王春瑜同志
上海华东医院南四楼谭

杨绛

杨绛，翻译家、文学家、戏剧家。原名杨季康，是杨荫杭之女（其姑母是教育家杨荫榆，抗战时被日本人害死）。生于北京市，钱锺书之妻。著有剧本《称心如意》《弄假成真》《风絮》等，翻译了《1939年以来英国散文作品》、西班牙流浪汉小说《小癞子》、法国勒萨日的长篇小说《吉尔布拉斯》等。她写的回忆录《干校六记》《我们仨》，在读者中有很大影响。

中国社会科学院外国文学研究所

王春瑜先生大鉴

惠寄《童謠大觀》复印本四册已奉到，不胜感激。已细读一过。第一册十五页《背思》一则，"坐炕头"、吃"乾烧饼"、吃"香水梨"皆不合吴縣习俗；"别"作"不要"解也不是吴人的語言，吴人用"覅"。所以这一则童谣，恐不属吴县。特向编者提出质疑。

专此布谢 顺颂

著安

杨绛 2005年11月7日

100034

北京西什库大街28号院

2-3-501

王春瑜先生

~~中国社会科学院外国文学研究所~~

北京建国门内大街五号

邮政编码 ~~100732~~ 100045

北京西城区三里河南沙沟6-2-6

杨绛

伍丹戈

伍丹戈，江苏省常州市人，复旦大学经济系教授。著有《明代土地制度和赋役制度的发展》（福建人民出版社出版）、《论国家财政》（上海立信会计图书用品社出版）等。

青瑜同志：

上次您来信说让我给明代史研究写稿，我本来想写一篇专论明代优免或专论明代北方土地制度的文章，可是十月中我到南京去开财政学会年会，事先提出一篇财政学论文，结束研究会回来，又要赶忙的要给近代史辞典写一些经济条目，他们等着发稿，只好先把这项工作弄好。于是写〔明史〕稿的事情就搁下来了。实在抱歉。最近香港抖擞杂志给我寄来拙著"明代绅衿地主的形成"一文的抽印本，兹特该文寄奉，敬请指正，倘你觉得这个题目还值得研究，我打算将该文重新修订一下，特别是

〔刊于该刊四十七期〕

第五章全部改写，分成两节。一节讲绅衿家族倚威倚豪，一节讲绅衿作为阶级的日益凶横，明末始趋于衰落。原来因为抄撮稿件不宜太长，所以将这一部分另起来写。现在将它重新调整一下，比较完整一些。这个问题，国外学术界颇多讨论，我是看了山根幸夫所编明代史研究上所载吴某的一篇文章之后才动手写的。听说傅衣凌也在这一方面有所论述说到，他认为这是科举制度的结果，可惜我没有看到他的著作，不知其详。我很想听听您的意见。专此，即颂

编祺。

丹成 手上 八一，十一，廿六。

您的学生伍继涛已经考取华东师大中国经济思想史专业研究生，并闻。她也向您问候。

春瑜同志：

本来想要写一篇论明代优免的稿件，后来再看看前一阵改写的明代绅衿地主的发展两节，觉得再加一节衰落的部分，也可凑成一篇文章。同时看去年新版的谢国桢先生明代社会经济史料选编，有一些是我过去没有看到的材料，也很有启发。于是最近加了那么两段。不过近来精力究竟不行，写完之后看一看，文字组织很松懈拖沓，至于词句上的问题更多。现在姑且寄上，统请指正为感。此致，即颂

编祺！

丹戈 八二、一、十八。

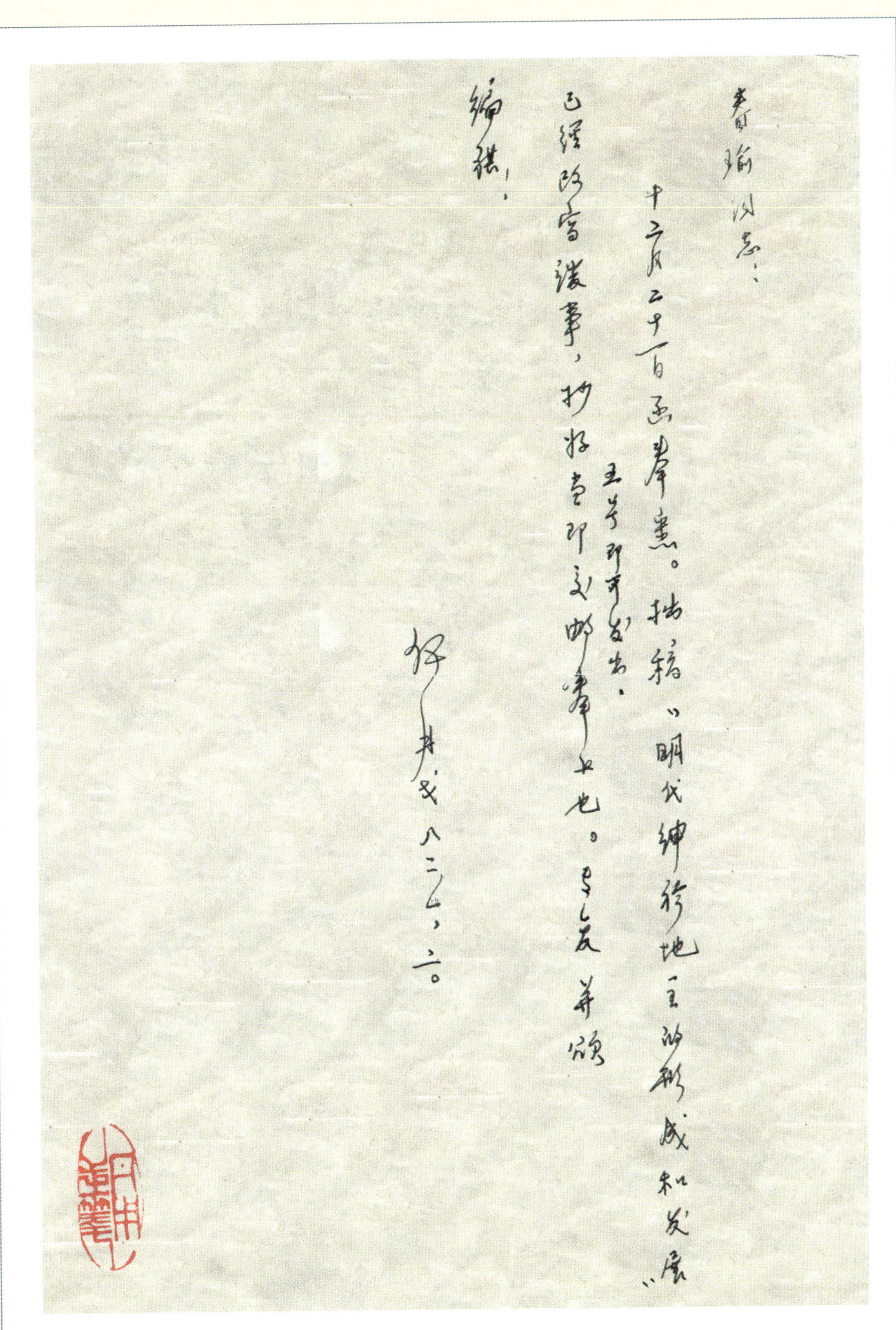

春瑜同志：

十二月二十一日函奉悉。拙稿《明代绅衿地主的形成和发展》五号即可寄出。已经改写完事，抄好当即交邮奉上也。专此 并颂

编祺！

伍丹戈 八二、一、二〇

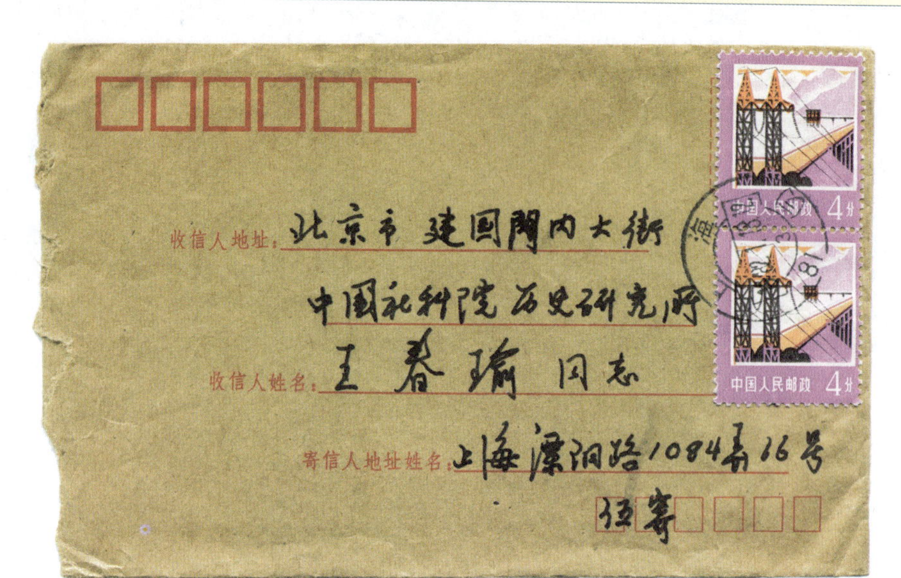
收信人地址：北京市 建国門内大街
中国社科院历史研究所
收信人姓名：王春瑜 同志
寄信人地址姓名：上海溧阳路1084弄16号
伍寄
中国人民邮政 4分
中国人民邮政 4分

胡道静

胡道静，安徽省泾县溪头村人，生于上海。其父怀琛先生、伯父朴安先生都是辛亥革命时期进步文学团体“南社”成员。怀琛先生与柳亚子先生交谊深厚，柳亚子先生对胡道静颇关怀。抗战时，曾误传胡道静被日寇飞机炸死，柳亚子先生在《大公报》著文悼念。胡道静是中国农学史、科技史、版本目录学专家。著有《梦溪笔谈校证》《沈括研究论集》《中国古代的类书》等多部专著。曾任国务院古籍整理出版规划小组成员、上海人民出版社编审、（巴黎）国际科学史研究院（AIHS）通讯院士。

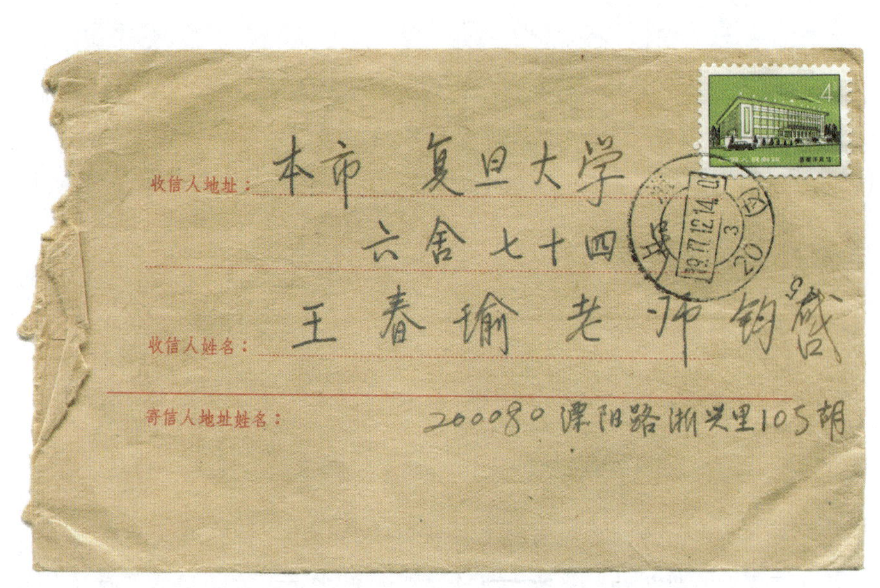

收信人地址：本市 复旦大学
六舍七十四号
收信人姓名：王春瑜老师钧啟
寄信人地址姓名：200080 溧阳路浙兴里105胡

北京
中国社会科学院历史研究所
明史研究室
王春瑜同志 收啟
上海人民出版社
绍兴路54号 电话：378250
200020
胡道静

上海人民出版社

春瑜同志：

您甫抵京，百事待理，就抽空给我来信，并送来《动态》试刊号，使我非常感激，不知如何道谢是好。但因此知道您安抵首都，一切顺利，又非常之高兴，内人同我一样的为您欢慰。

以您长才，抓好《中国史研究》，定为我国史学刊物放异彩，呈一新气象，跂予待之。多年来万马齐喑，滥调重弹，那种局面，没有识力、学力、魄力高屋建瓴，就休想能改变它呢。

见伯诚时，当转达尊意，并告知道

上海人民出版社

况。

我们学术上的交谊，了解上的真挚，是不平凡的。这种友情，只会与日俱增。迈里之隔，今虽遥远；知交之笃，弥觉近焉。以后或有学术讨论，或有情况通报，当以长函往返。

匆此先复，再致谢忱！

敬礼

羊迈静上，1979.2.13.16:50.

本市

復旦大學 六舍74号

王春瑜老師啓

溧阳路964#105胡緘

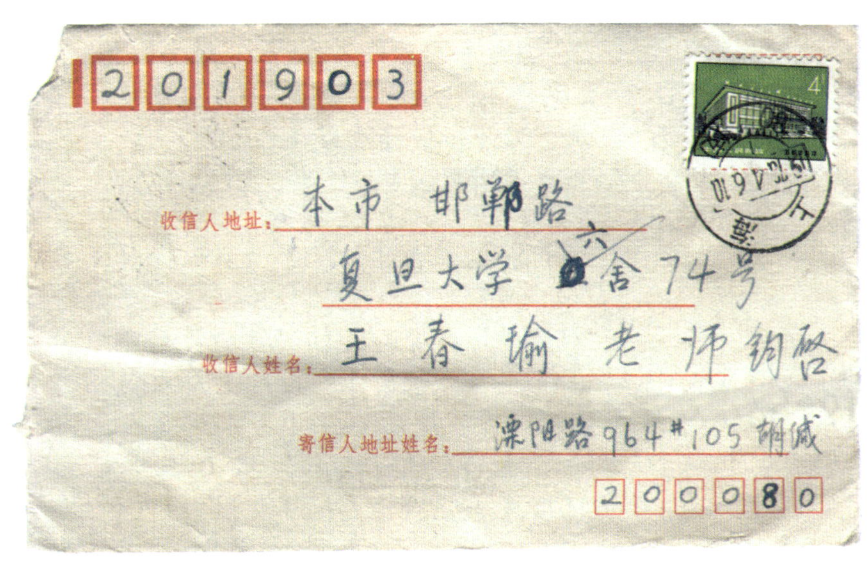

201903

收信人地址：本市 邯郸路

复旦大学 六舍74号

收信人姓名：王春瑜老师钧启

寄信人地址姓名：溧阳路964#105胡缄

200080

春瑜同志：

奉手示后于六日草复芜札，谅荷赐览。《豆棚》还没有借到，仍在托友中。"艾纳"的意义，已能够解答了。首先，要證明"纳"字的写法究竟是"纳"还是"衲"，尚不能肯定，要看到原序文才能断定。不过，无论是"艾纳"抑或是"艾衲"皆有出典，并且二者的意义都是与佛教（和尚）有关的。

先是查了《中国丛书综录》，这本书目上登记的《中国文学珍本丛书》中的《豆棚闲话》作者为：艾衲居士。也可能是石印本的《豆棚》署艾纳是错误了；也可能是《中国文学珍本丛书》本就是写做艾纳，与石印本不同；还有第三个可能，是《中国丛书综录》上印错了。

艾纳（司马香）是一种芳香药草的名称。晋人郭义恭著《广志》说："艾纳香，出西国，似细艾。又有松树皮绿衣亦名'艾纳'，可以和合诸香烧之，能聚其烟，青白不散，而与此［香］不同也。"唐末李珣著《海药本草》说："艾纳香，生剽国。温、平。主伤寒、五泄。烧之辟瘟疫。"唐时之剽国，为今之缅甸。

艾衲 衲为和尚所穿的大褂，乞讨百家碎布片缝成，故名"百衲衣"。艾衲或许是用艾叶编成大褂（？）。唐人陆龟蒙作《麈尾赋》有句云："上人乃摄艾衲而精爽，挺犀柄以挥揖。""摄"是"着"或"披"之意；犀柄即指麈尾，为麈尾之把手。也许有穿凿，聊供稽核。

道静 1978，4，12.

春瑜同志：

感谢您在百忙之中给我写了详细、周到、热情的回信，我和孩子都非常感谢您。赐复随即转去小静处，这对他会有极大的启示同帮助作用。

他的写作水平、政治水平也是一般；对哪一个学科有一定的钻研能力，我也说不上来。他对文艺理论是喜欢学习的，但是复旦文科并不开设这一门；古汉语专业，我看他不会有信心考。历史系四个专业，可能是思想史他还能考一考，不过他似乎没有写过有关的论文。等他拜阅了您那宝贵的指示后，然后自己做出决定吧。如果他想考一考历史系的哪一门，还得请春瑜老师帮他忙。您的热忱会赋予他以胆量和信心。

这些日子您确实够忙、够辛苦，但是为了贯彻落实华主席抓纲治国、叶帅攻关克险、邓付主席整顿文教的决策而舒放您的光和热，为四个现代化的基础大业做出积极的贡献，我察及了您心情的灼热而高兴！

我的情况，出版社的借用，从种々迹象看，是一个步骤。就是这个步骤，李俊民同志也费了不少心力，还有罗竹风同志同样如此。竹老为原出版局局长，被姚痞打击下去的，现在他也到古籍编辑室负责业务工作。俊老主文学，竹老主史学。这里面同谭、吴两老对下走的关怀并执言有重大关系，不用说，这也正是您大力关顾的效果。谨当接受惠函的箴言，待以后一併面谢吧！

敬祝 康健愉快!!

道静谨上

9614

1977.12.22.19:30.

内子附候

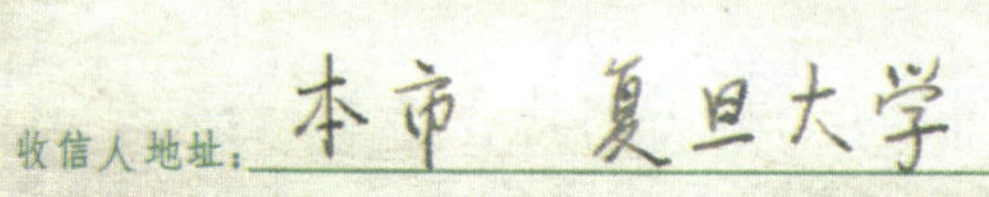

201903

收信人地址：本市 复旦大学 六舍 七十四号

收信人姓名：王春瑜老师钧启

寄信人地址姓名：溧阳路964#105胡緘

200080

瑜兄：奉教敬知近况佳勝，遠府運念。先是，志哲兄从铜陵参加史学年会归，携来垂念之旨，并略叙尊况，今来手書，益增欣慰。《中国史研究》弟訂购全年，俟四号寄到，即当快诵新作。《愚庵集》平装本尚未出版，电話询古籍影印组，始知上海印刷力量紧張，最近洽得江西一印厂承印平装本，约两个月可出版。如急需，當代购线装本一部（四册）寄上。乞赐邮片示知為荷。顺頌

新歲百福！弟道静 1979.XII.28.

周恩来同志在梅园新村十七号会议室举行记者招待会

Comrade Chou En-lai holding a press conference in the meeting room, No. 17, Meiyuanshingchuen

北京
建内大街五号
历史研究所
王春瑜同志

上海人民出版社胡

春瑜同志：

廿七日惠教并退还拙稿，次晨收到，谢谢！鄙事多承出力，感荷莫名，便中并乞代向吴老致意。闻悉贵体不适，十分系念，切望多多葆重。贱体粗佳，仅感疲劳[illegible]加意！

承示南宋文献中有关曼陀罗花之记载，极好极好！此药所含的东莨若硷成分，如大剂量使用，是有引起中毒的危险。对于内服麻醉药的解药剂，现代是使用具有胆硷酯酶抑制作用的配剂"催醒宁"。古代是使用解剂，文献资料确实很少。《梦溪笔谈》在谈到"坐拏草"何种这种生药时说："坐拏能懵（昏）人，食其心则醒。"（《校证》本第586条）这是在讲一些生物的本身不同部位具有相反作用的时候提到的，援为"相反相成"的例证，含有朴素的辩证法思想。由于坐拏草的茎据说是具有麻醉作用，故在元代医书《世医得效方》（危亦林著）的"麻药煮酒方"中，首列坐拏，而配以草乌、川乌、木鳖子等。据沈括的研究，则坐拏的茎叶能起麻醉作用，可是它的花蕊则相反地起催醒作用。不过，有关坐拏草的现代药理分析文献，我至今没有见过。看来这个问题值得药学界的探究。

自然科学研究所潘吉星同志最近给我的信中，有一节说："日人久有修中国农史之志，我中国人不可不努力为之"，勉我"先写部纲要性简史（5-6万或10万字）"。我感自己精力不够，而条件至差，人寿几何，阎王不点我名，尚让我徜徉人世，我不得不作战略打算，集中有限兵力，打重写《梦溪笔谈补证》一仗（从前已写成的

9614

三十多万字，連同故副院长竺藕老可桢的题签，尽在我家灾时损失无踪。）势不得不放弃对农史的学习研究。前写《史話》提纲意見，只是作为应付一个简單的任务而已，并无重理故业之意。听吉星同志言，不能不寄厚望于您。您虽极忙，毕竟年轻有为，又夙有志于斯。看来祖国科技史的研究工作，农业史是一薄弱环节。吉星同志之言，有为而发。史学著作，也不必有一定之规范，即以您规划的用毛主席老人家制订的农业八字宪法为纲领来写祖国农业史，有何不好？农业八字宪法，在国外也引起极大的重视，故外文版（有英、法、俄、西班牙、阿拉伯文五版）《中国建設》正連续刊載对于八个字的介绍，十一月号是介绍一个“种”字。

人民出版社古籍室月中通知我，是已和清洁管理站讲好，每天借用我半天，让我在家中整理吕诚之师的史学遗着。日前又通知我，改为全天借用六个月，每天到社工作，给了我一張公交月票。是组织上打好了交道的事，我服从组织安排，再说诚之先生是我老师，我应尽道义上的责任。只是每天路途往返将近三小时（根据从前的经验），加上脑力劳动八小时，也不会比扫街輕松。再则工作与我自己的研究们是两码事，十多年前我是白天一班，夜里一班，至今仍是双班制，看来是“命该如此”了。

敬祝康健，愉快！

道静谨上，内子附候。

小静夫妇昨晚回家，是今天要去重点中学听课，明晨即返沪。您给我的信，他们就看到了。1977.11.29，15:55.

春瑜同志：

您好！

承您一直关心并热诚帮助我解决问题的喜讯已来到了：法院在今天（一日）宣布复查结论，给我平反。谨报，并志深重的感谢！以后再面谢您。

从邱成处得知，您北调的手续已办好，特志祝贺！

专呈，顺颂

教祺！

胡风静上
1978，11，1夜

春瑜同志：

三十日上午下班回来后，收读您的来信，深々感激！也想不出什么适当的话来表达自己对您之为人的评价，只是"古道热肠"这四个字是回荡在我心底里的。也许这是一句陈词滥调，但是当真实的行动与沸腾的热情赋与了这句话以活力时，它理所当然不可能再是贴在我嘴上的一句客套。

王零书记的全面的、郑重的、周详的考虑，以及他对我关怀，使我同样感到难以言喻的感谢！见面时乞为我致以衷心的感谢。如果将来有缘谒见他时，再当面致谢忱。

您治此早的以孙锦华同志的出稿，十分详备。总的来讲，我已没有任何意见与补充。稍有两处涉及具体的问题，我用另纸写了一点补充的注释。这些补充的注释，是否要加进去，也不一定，可能是并不加进去为更好。一切请您斟酌并作主。

四届人大代表、西北农学院々长，我的恩师辛树帜老不幸因病医治无效，于十月廿四日遽然辞世。西安治丧委员会在当天打了报丧的电报给我，是打到我原单位中华书局上海编辑所（现上海人民出版社古典组）的，古典组给电话给虹口清管站组织组，通知我到出版社去看电报。站组织组给了我公假。我回家以后来，原单位从未去过（数次拜访过李俊老，是以老同事老上司的关系去他家里候谒的。九月下旬《通知》发表时，原单位的一位党员干部

9618

(ii)

同师大毕业分配在古典组工作的王界云同志到我家来访问我，也只是作为私人的接触；不过，界云同志我是同他素不相识的，那位党员干部华宇一同志则原来是我颇要好的同事与友人。）这是第一次回到原单位。组织科的负责同志（也是原先在职时的同事）热情的接待了，给抄录了西安来的电文，并同我谈了一个多小时，编辑科的许多旧同事也来看了我。组织科的同志叫我要相信党的政策，还谈了正在考虑有些工作是要交给我做的，到那时会同清管站并同我个人联系。但就是不谈“归口”的问题。我觉得也没有必要在这时向他们谈谈个人治学的困境和条件的要求，就唯唯诺诺，顺着讲了几句客套，说反正我是有心报答党和人民对我宽大之恩的，党要我干什么，我总是尽力干，什么我也不会计较，通过多年改造，我在认识上的提高更促使我不计较什么。

看来，原单位是在考虑解决我的问题的，但到底是出什么点子来解决，也猜不透。如果还是把我丢在清管站，而只是弄点要我帮忙搞的东西给我作为业余工作弄弄，便称是调动了我的积极性，那就不过加重我的负担，并且对我愿意贡献自己的力量为自然科学史研究是更为不利的。

帜老的去世，对我精神上是个沉重的打击。反正您能从我拍去的唁电看出我的沉痛以及老人家对我的关系：“陕西省农林局辛老治丧委员会转辛师母礼鉴：惊闻帜老与世长辞，中心摧伤。师座学贯今古，艺极中外，桃李盈园，誉驰人寰。方当华主席抓纲治国，农业科

9614

(iii)

学，尤所企重。天不慭遗一老，党群俱痛。末学昔蒙教诲，备荷提携，宜雷压顶，似失慈亲。翘首秦关，泪糊双眶。尚祈师母善自节哀，师座遗著，请赐整理，早日问世，嘉惠后学。晚生胡道静谨唁，十月廿六日。"

十分感谢您把我国稻作历史的关键资料示知；《太原县志》用嘉靖本查举材料，也是非常有价值的。目前我还不能对祖国农业史继续做点研究——因为想把有限的光阴和能力扑在《梦溪笔谈补证》上，尽管在目前的条件下，我还是不能够干出什么来。而一俟将来有点馀力，大概我不会放弃对农史再出点力，那时更需要您不断对我指教和启发，现在我向您订下了远期的请求契约。

磨盘的资料亦极好！

今年上半年，上海人民出版社科技组把他们准备编辑出版的"中国科技史话"中的一种的"农业史话"的编写提纲打印出来，送一些单位征求意见，也到了师大历史系。由于杨士老（廷福先生）的建议，以私人的关系转交给我看看，要求提点看法。这份提纲编制得不错，我则十年荒疏，何能赞一词。日沐风雨，夜理旧业，徒手苦思，野人献曝，终于费了一个多月的中宵时间，草成一份并不见得有何参考价值的几点建议，约有万字，正本经士老送去师大历史系党总支，后来汇总意见送去出版社了。当这份拙见送到史系时，或许您已经过目。倘您当时不及看到，那末我有一个副本，什么时候将送请您看看。本来我写此稿时的一个想法，是借此考验考验自己差点已烧燃了的神经还能够挂起线路来派派用场吗？让您抽空看看，

八年囹圄生活，神经毕竟不正常。

9614

(iv)

的目的也就是说要请您从这个角度同要求上给我做个鉴定。这里面不存在客气，而是严格的要求，因为对于我恢复以及怎样来恢复自信心有重大的关系。（倘示知未看过即寄呈）

再有一件事想拜托您。约半个月前，读《光明日报·史学》一文，涉及沈括对地图测绘学发展的一个具体问题。这个问题是长期以来没有弄清楚过的，我以前也是稀里胡涂的。《史学》上的文章沿袭错误看法，不足为怪。我现在想提出自己的一个不成熟的看法，于是写了一篇短文。本身的学术质量是一个问题。就说还能勉强够上学术水平，现在报刊发表文章也还不可能是“不以人废言”的，所以我并没有给《光明日报》寄去，而只是複写了数份，寄送几位好友看看，求他们做学术上的评议，也让他们考察考察我这架电子计算机现时的效率如何。问题是涉及地理学的，而谭老（其骧先生）是我敬佩的地学泰斗，他向来对我亦极好，是我夙昔仰望的长者。但是我现在也惮于亲自送达，于是想托您在有便见到谭老时代为追求过目，给予批评，特别是指示其中不应有的谬误。原稿就留在他处好了，不必退回，因为複写有底稿。但是意见则恳乞您转告。其第一关，也是要恳乞您看过、通过，有意见同样直率指示。

小静最近没回来过。三十日的“先代会”，他参加了，是集体行动，所以他过市而未归家，只投寄了一个简信。这孩子还是肯用功的，做父亲的没有好好地在学问上帮助他，所以基

9614

（V）

础欠固，搞文学而史学的知识很不够，王老师您是爱护他的，您在万忙之暇，他本人同我都是切盼您能多给他一点指点，则免于盲人走瞎路之苦，乃是我父子所深切感戴的。

很啰唆，耽搁您宝贵的光阴，还要十分麻烦您为我的事进行一切，再一次致深重的感谢！！

敬礼

道静谨上，
内子附候。
1977.11.1.23:02.
溧阳路浙兴里105号。

闻陈望老在京去世，深为悲痛。老成凋谢，噩耗频传，尤抽心腑。望老为寒家两代世交，仆返家后却未及前趋候谒，将长为遗憾。并述心情奉告。

仆政历问题在解放初交代清楚后，组织上鉴定为不予处分，但安排到苏州人民革命大学学习一年，学习马列，认识政策，改造思想。尔后受家信任使用，担任中华书局上海编辑所编辑部第一组组长。历十年之久。

9644

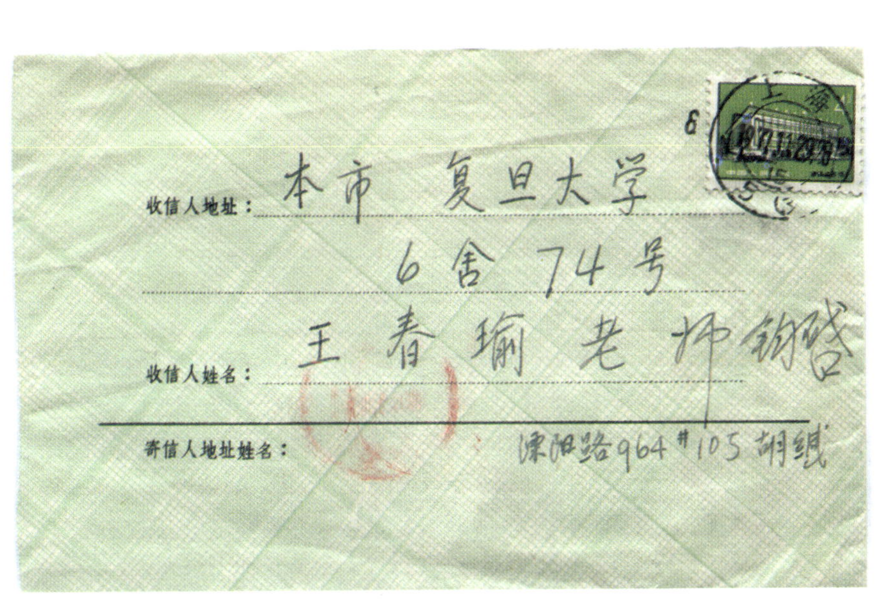

收信人地址：本市 复旦大学

6舍74号

收信人姓名：王春瑜老师钧启

寄信人地址姓名：溧阳路964#105胡缄

瑜兄：承荷躬亲写录顺斋稿文，衷心感激！您的研究重点不在农史，表格您可置之。北京开科学史会时，当趋前快聚。开会日期，庆馀同志能正确迅速了解，请向他探询可也。敬候 撰安

弟道静
素梁附候
1980，VIII，14.

POST CARD

北京
中国社会科学院
历史研究所
王春瑜同志

上海人民出版社胡

中国人民邮政 4分

柳江放排
Rafts floating down the Liu River

中国上海人民美术出版社印行

春瑜同志：

上月杪奉复芜札，想荷青及。我自月初起到出版社，情况尚好，知注敬闻。

小儿小静想考研究生，因开始并无招考文科讯息，就没有继续读起，只是要我留心消息而已。昨天听说复旦和师大的中文、历史两系，都将招收研究生，名额不多，须经老师推荐而后通过考试录取。详情则不知，日期报名也不清楚。想烦您代为探询一下，抽暇示知一些情况，看看小静以考哪一门为好。如有报考之可能，还要恳託大力推毂，成全其志。示复请直接写寄小静（松江县泖港红星中学）或我都可。谨此拜託，容俟面谢。此致

敬礼

胡道静上言

李素梁附候

1977.12.14凌晨

9614

中国人民邮政明信片

春瑜吾兄：损书

敬悉。平装本出版，即以奉寄。建翁所引"百科"查係明代《三才图會》，而《图會》所本，乃宋代陆佃（放翁祖先）所作《埤雅》。衰疾寻侵，积务交迫，心長力拙，未能有作為憾。 敬礼

弟道静

1980.1.17中宵

街心花园

中心市街の緑化地帯

Garden at the junction of crossroads

北京 建内大街五号

历史研究所

王春瑜同志

上海人民出版社胡

上海市邮电管理局

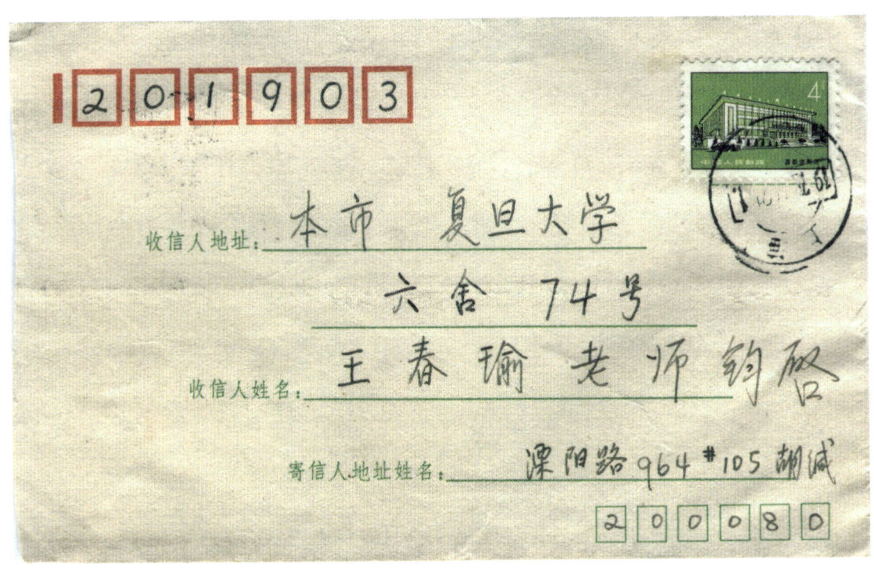

201903

收信人地址：本市 复旦大学

六舍 74号

收信人姓名：王春瑜老师钧启

寄信人地址姓名：溧阳路964#105胡缄

200080

上海人民出版社

春瑜吾兄：

示敬悉，所嘱事当照洽。但想先弄清楚一个情况，望即问明示复。援老的遗稿，究竟是《旧五代史》的"索引"（检查人名所在篇页的工具书）呢，还是"索隐"（考明史实的研究著作）？所以要这样问，因为古籍出版社在去年年初已发了一部《新旧五代史人名索引》稿*，即标点本《二十四史》的分史人名索引之一种（两史合一的一种），审此稿时我尚在古籍，所以确知其事。而如果是"索隐"，那么我想这里都会欢迎，倘然智超同志不是一定要给古籍，

*与在北京书局已出版的「史记人名索引」、「后汉书」、「晋书」、「隋书」的人名索引是一套的书。

上海人民出版社

我願先同这里谈一下。但不论如何，先决问题是部论著稿还是一种工具书

朱鹤龄集的平装本至今仍未出版。中华文史论丛上已登出广告，我以为必已出了，去古反书店则外柜、内柜均无，发友说没有来。于是电询古反社影印组，说在江西印是印好了，钉不出来。钉好運到上海也须时日。他们满有信心地答我说，四月底定可问世，来后会买先告我。即将此状奉告。

敬礼

弟道静

素琛嘱我向您问好

1980 Ⅲ 27

春瑜同志：

知道您正集中精力分析研究明季农民军在进京后内部各个阶层的动向，十分高兴！这是抓住矛盾焦点做深入分析的历史研究的重大课题。预祝您的成功！

您问起关于《豆棚闲话》的几个问题，我现在不能交白卷，只得抱歉。(一)贝向生的那本书，由于十个出版社分家的缘故，冻结调阅，正在"析产"，因此无法借阅。我找了两个朋友，在他们的藏书中也没有这本书。今后我再寻问看。(二)"艾衲"的意义和徐菊潭的事迹，我也都无所知。

小静报考了师大的古籍整理专业，
[illegible]
询问报考情况时才知道有一门课的，一下子就决定报考了。但他没有读什么古书，只能是试考考而已。

我情况似旧，了无开展，令人闷损。付上的先生带去稿是研究沈括药学稿的一个附录，很不成熟，而正稿还没有写。将来正稿附稿都要向您请教！敬礼！

道静上 李渠附候 1978.4.6.

顾学颉

顾学颉，古典文学家。字肇仓，号卡坎，别署坎斋。国立北平师范大学毕业。历任西北大学、西北师院、湖北师院等高校讲师、副教授、教授、系主任，人民文学出版社高级编辑。曾任国家古籍整理出版规划小组顾问。中国作协会员。主要作品有《元人杂剧选》（注释）、《醒世恒言》（注释）、《今古奇观》（注释）。

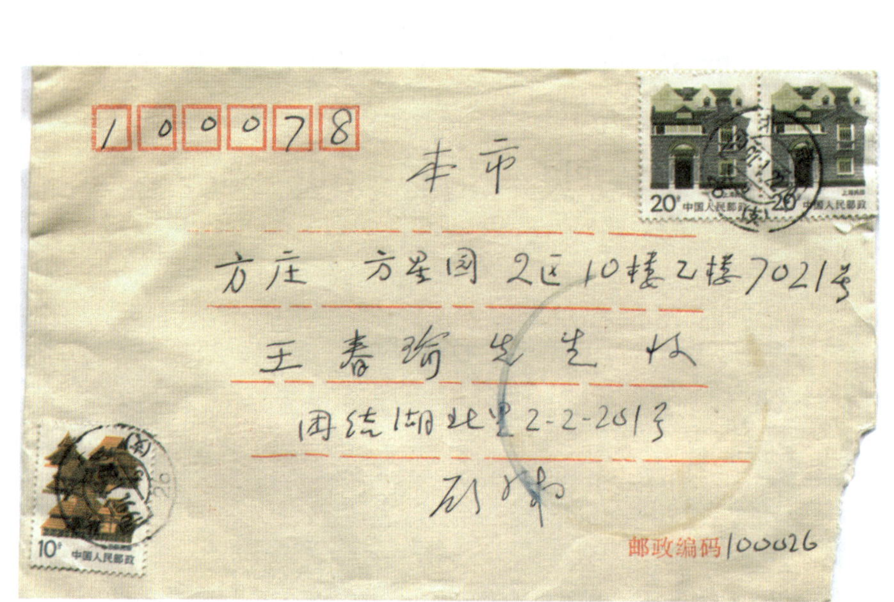
100078
本市
方庄 方星园2区10楼乙楼7021号
王春瑜先生 收
团结湖北里2-2-201号
邮政编码100026

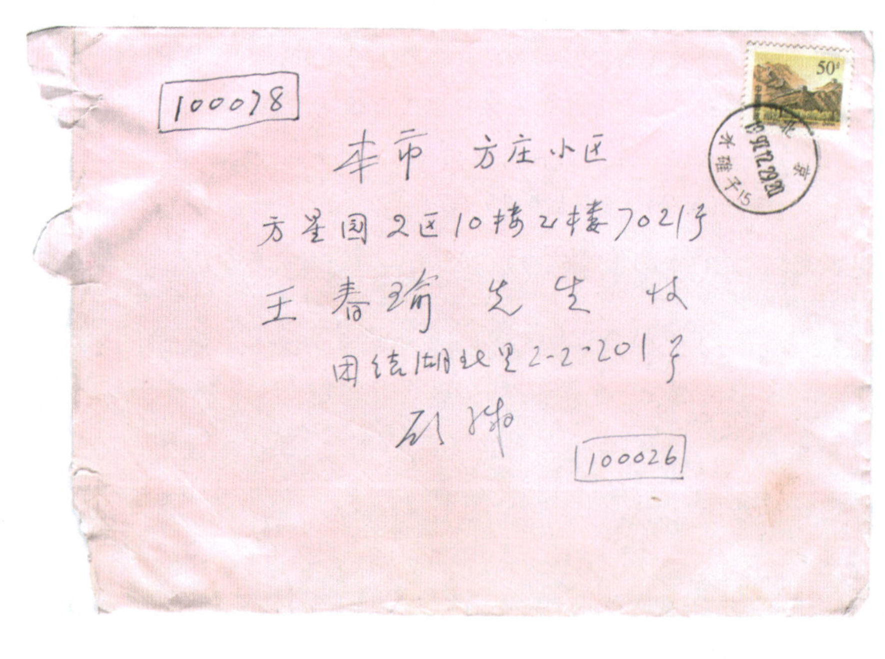
100078
本市 方庄小区
方星园2区10楼乙楼7021号
王春瑜先生 收
团结湖北里2-2-201号
100026

第　页

春瑜先生：您好！

昨天通电话，适值您上班。

关于书名事，我又查了一下，除了《尔雅》《说文》较早期的本训外，后来文学文字运用中，有所引申、发展，并且与它的本义刚好相反，这在训诂学中是常见的事，原不足为怪。六朝时，诗人已用以形容弱水，并确用了"微澜"一辞。清人孙蓬生诗集中，也用之形容静水。古人既有先例可循，应免杜撰之嫌矣。故特函奉告，请仍用所拟之名，不必改易也。《卷头诗》未写关于书名数语，亦请代为删去。至歉！只怪自己读书不细心，倦于翻检考核，致有羞黄反复之失。

年初，杂事多。疏于相候，并致歉意。

敬祝

春节愉快，阖府吉祥！

弟[illegible]上

1997.1.22.

20×20=400　　人民文学出版社稿纸

第　　页

春瑜先生：您好！

今托人送上拙稿的大部分，约12-13万字，请审正。尚缺几篇，因有的还有初稿或腹稿，当过一两月写就后再送上。承赐书名，极好！谢谢！惟忝居"书海"之列有愧耳。稿中有何不妥或问题时，请随时来电话联系，为荷。

专此，即颂

刻安

胡学颖 上

1996.10.3

电话：6502.9370

20×20=400　　人民文学出版社稿纸

第1页

春瑜先生：您好！

新春一元复始，万象更新，想您也必精神抖擞，大挥如椽之笔，为古今一线更添新曲也。日前，幸读"一线"大作，读之令人百感丛生。既有伤世之怀，亦有"何自苦也"之感。"株连"之说，余亦同感。纵程度有不同，情况各异，而所说历程，则与我同感受则一。"丁酉"之役，首当其冲，秦楚地囚，十有余载，自不待言。时老伴（当时正风华正茂，尚非老妪）为某全国著名中学之优秀教师，且为第一名列"之前"见报之日，她突然从积极分子中心会议上退出，很快也被戴上"桂冠"，降级处分，与粉笔绝缘，株连之快，殊出意料。"文革"中，连被迫的劳动权也被停止，勒令退职。（我是"主犯"，除降五级之外，尚蒙恩留在工作岗位上效力。而株连之"从犯"竟退职，天下竟有如此"法治"！）这且从略。亲属外，连朋友的著作中涉及到我和我的文章以及有关的手稿而上的古人，也都"有幸"被株连在一锅端了！夏承焘先生著唐宋词人年

2

谱，首引温庭筠。承蒙先生不弃，全文撷录拙文数千言于大文中。“57”后这书再版，又不得不将压卷之温传，屈居末座。而鄙名亦不得不以某代之。前几年我写朋友的纪念文章时，曾提到此事，并悲而叹说：诛十族，算是朱皇帝的发明；但反右“扩大”而止。像温庭筠一生坎坷，死后千年，也遭株连。为朱元璋死而有知，也定自叹弗如了！因为他又添了一族。不料拙文在前此两个刊物上，都早被责编删去此节判断的话。可见“株连”之毒，深入人心；而连诛之举，迄今尚未解禁。“十一族”之说，似可补大作一端也。

先慈坎坷，尤酷烈于我。家丈人株连而死，实人生最凄惨之事。友人舒芜兄亦同遭此厄，文革中，在某中学竟被打致死。“暗无天日”，实无法形容其情态；无天日，不过看不见东西罢了，尚无无端被置于死地的危险。先生是史学专家，我也粗阅史籍，上下五千年，实未没见过这样的纪录。人们常说的“史无前例”，语虽朴素，使千古万魂。“前不见古人”，也希望“后不见来者”，则万人人幸矣！古今一线幸，可能这一关，只能“幸”到此为止矣！（“常读太史公伤脑筋”，平时也从不与人谈此事。因为先生同为个中人，“自己拿杯惜醉人”，遂信笔涂鸦，胡说一气，希谅之！）

前日，党校出版社编辑部朱同志（不知道名字）来电话，说他正在审阅拙稿，说了一些客气、赞许的话。并询问黎锦熙日记目前的情况，是否已出版？我就所知情况，及我在两次全国古籍规划会议上的书面意见等情况简单地告诉了他。他的这份日记（70多年不间断），实是一份文献财富，我人微言

经，只能呼吁而已，将来很可能成为一堆废纸。第3页

情况如此，有何办法？

近来身体越来越坏，虽未发大病，但病痛丛生，每天以多种药物保命。就像长江大河秋汛，堵住这里，溃了那里，无可奈何！耳聋，与人对话，有两大不便，听不清对方说什么，常常所答非所问，弄得成笑话。另外，谈话过久（半小时内），马上犯心脏病，轻则间歇，重则绞痛。因此，通电话，听不清；谈话，不方便。只好"息交绝游"；其实，并非个性如此。只好为闲云野鹤，终日兀坐书斋。但眼生白内障，逐渐发展，目前已不能仔细看书阅报。"人生到此，天道宁论！"不过，我也不过份悲观。自然规律，生老病死，不过如是而已。悲观也没用。每天，我们在室内坚持锻炼，上下午各一次，约20分钟，已坚持数十年。过去还在公园里耍剑、打拳，现在床头还竖立一剑，已久不闻鸡起舞矣！老伴有几次病危抢救，从鬼门关里逃出来，现在只能扶墙而行。身边又无年轻人，保姆，平常作也无多大，节前有一个回家过年，来不了。只好事必躬亲，勉力为之，为了生存，只好如此。过去听人说，找一个保姆，比找一个对象还难。现在才真正领略其中甘苦（有苦无甘）。

朱同志的名字，出版社的地址、编码，电话，都请函告，以便和他们联系。近翻底稿，发现偶有笔误、漏字，不知送去的稿子是否已改、补。所以我想自己看一校。好在字数不多，不致影响他们的印制工作。人民文学出版社稿纸

第4页

我们虽属新交，但彼此遭遇大致相仿，而思路也是近似，年岁相距甚远，就算是忘年之交吧，如果不嫌弃的话。正因为有这样的想法，所以写起信来，也就不拘形式，如同老朋友对话一样，想说什么就说什么，说到哪里算哪里，拉拉杂杂，耽误了您的宝贵时间，很对不起！

最后，还要补充几句废话，因为信纸还有一点空白。

古今一线牵的思想，我早已有之。正式形成，是在大学求学时代。业师钱玄同先生教文字音韵、经学，都是以历史变迁的眼光去讲授的，"究天人之际，通古今之变"，学以致用，都是钱、黎锦熙、高步瀛几位先生讲学的精神所在。他们几位对我都很好，很热心地解答、指导、讨论我提出的问题。陈垣先生也是我的老师，史学知识，很多是从他那里得来的。我编写的一本小册子《海峡两岸著名学者——师友录》（已看过校样）中，对他们几位老师（还有在台湾的胡适、林尹几位）的讲学精神，都谈到过这一点。书出版后，当奉上请教。

复旦大学教授中，也有我的一位老师，还健在，不知您是否听过他的课？他是蔡尚思先生。我上高中时，他教国学概论课。当时同学们都认为他是思想开阔的老师。因为我不懂也不研究思想理论，所以后来没有和蔡先生联系。此信三起三落，前后历时两周，才算写完，就此打住吧。

20×20=400

敬颂 健笔凌云；顺此 俪祉。

人民文学出版社稿纸

弟 刘学熙

97.3.9

王春瑜先生
新年大吉大利
身体健康
邵学起敬贺
1998年元旦

吴藕汀

吴藕汀，国画家，诗人。浙江省嘉兴市人，号药窗、小钝、信天翁等。家道殷实，自幼过着左琴右书的生活，并师从当地画家郭季人。客居南浔镇，重返嘉兴，已是五十年后。此时正是“文革”结束，历史翻开新页之日。作画、著述不辍。出版《烟雨楼史话》《嘉兴三百年艺林志》《药窗词》等多部著作。担任浙江省文史馆员。我与湖州文友张建智先生曾趋嘉兴吴宅拜访老人，受到亲切接待，居所有花木之胜。先岳父过季荃公，藏有嘉兴女画家施一揆绘《黛玉葬花图》，超凡脱俗，我妻过校元女士携归，我一直想弄清施氏生平，无果。蒙吴藕汀先生介绍戏曲史大家庄一拂先生，告我施氏生平，并提供施氏照片，了却夙愿，遂写《施一揆与黛玉葬花图》，刊于《大公报》《北京日报》，收入拙著《卖糖时节忆吹箫》集中。吴老高谊难忘。

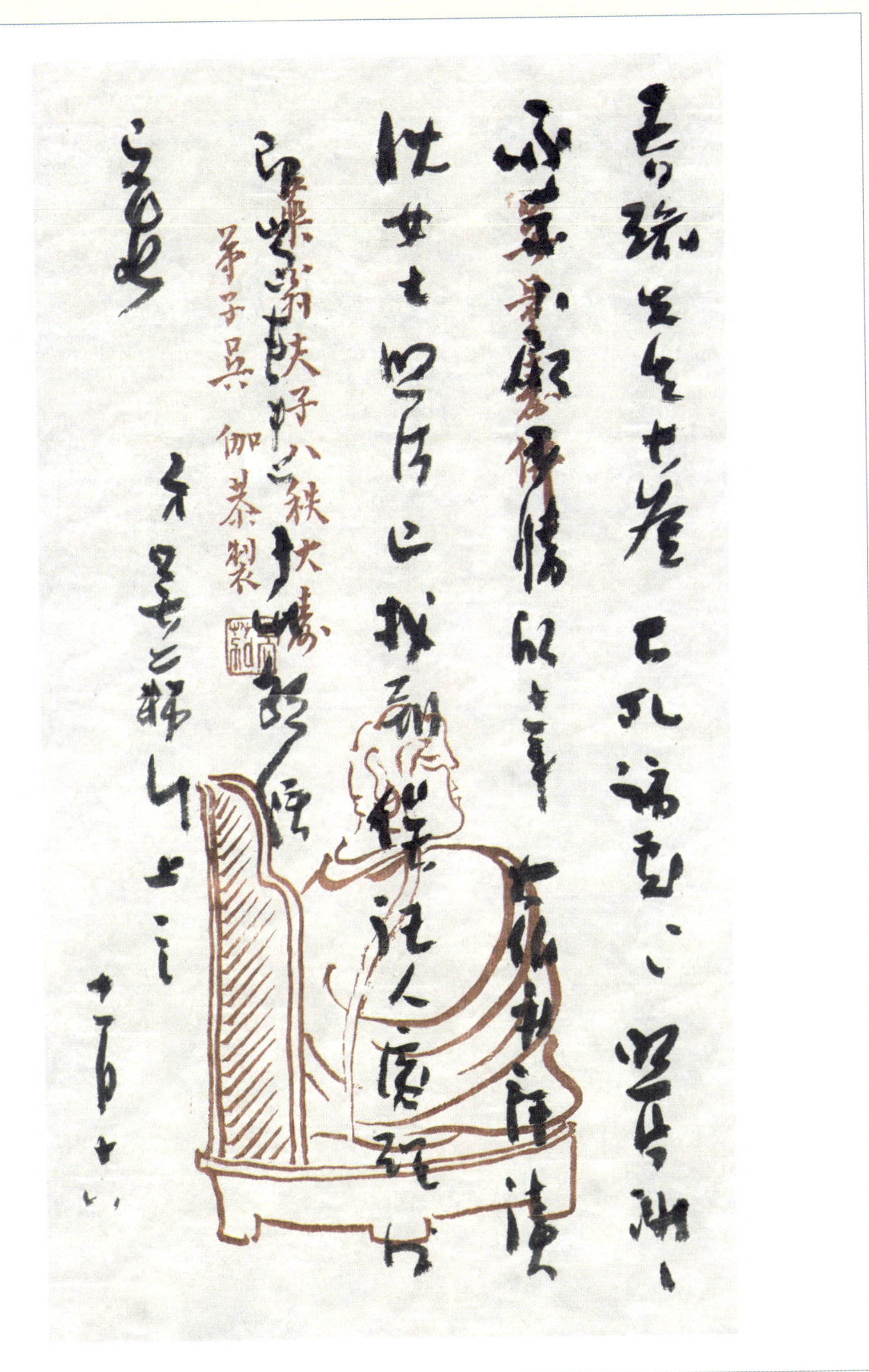

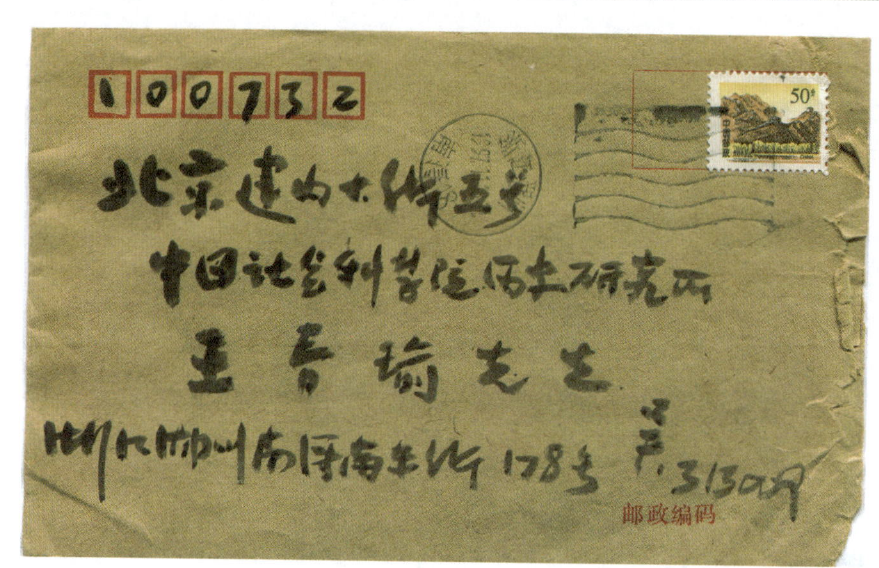
100732
北京建内大街五号
中国社会科学院历史研究所
王春瑜先生
邮政编码

戈宝权

戈宝权，江苏省东台市人。笔名葆荃、北辰、苏牧。清华大学肄业，著名俄国文学翻译家、研究家、外交家。新中国成立后，曾任首任驻苏联临时代表、文化参赞、中苏友好协会副秘书长。后任中国社会科学院外国文学研究所研究员。曾翻译苏联、东欧和亚非拉各国文学著作五十多部，并著有《中外关系史》《翻译史》《作家论》。编著有《戈宝权译文集》《普希金在中国》等多部，一生著述不辍。他喜藏书，藏有《托尔斯泰全集》，九十卷，是中国之冠。他藏有二万多册书，涉及古今中外，不乏善本、珍本，1986年全部捐给故乡江苏省，政府奖给他一笔巨款，他用以设立“戈宝权文学翻译奖”，扶植翻译界后辈。他的婚姻不顺利，所幸晚年在夫人梁佩兰悉心照顾下，得以善终。

东台县经济发达，20世纪80年代改为县级市，上级单位是地级市盐城市。我是盐城市建湖县人，是戈先生大同乡，故在南京、东台，都曾与戈宝权先生交往过，他平易近人，夫人梁佩兰也颇热情。先生殁后，我还曾至东台，参观其旧居。

中国社会科学院一些老人，曾叹息戈宝权先生车子越坐越大，由坐小轿车到坐公共汽车；房子越住越小，由住小洋房到住集体宿舍。但戈老处之泰然，从无怨言。新中国成立后，第一次评级，他就被定为十级，是高干，后来每次评级，他都辞谢，让给别人，直到去世，仍是十级。这也是值得后人追念的。

中国社会科学院外国文学研究所

历史研究所

王春瑜同志：

你好！

十一月份我应香港中文大学邀请访问和讲学时，在大学图书馆选印了台湾中央研究院近代史研究所关于俄侨存我国档案。此件你需要了一份，现托赵之和同志带给你，请查收。

此致

敬礼！

戈宝权

1987年12月10日

冒舒湮

冒舒湮，记者、剧作家、话剧演员。祖籍江苏省如皋县，生于浙江省温州市。是明末四公子之一冒辟疆后裔。曾在苏州吴中公学读书，与唐讷（江青的前夫）是好友。后来他与名报人、记者陆铿（字大声）也是好友，20世纪80年代曾写过《江湖好汉陆大声》一文，附于《陆铿回忆录》这本书末。他是演艺界黄门三杰黄宗江、黄宗洛、黄宗英的表哥。舒湮毕业于上海国立暨南大学政治系。曾任上海《晨报·每日电影》编辑，曾因写作《〈铁板红泪录〉评》一文名动影坛。抗战时，他受邹韬奋委托，访问延安，与朱德总司令长谈。后又采访抗战前线，著成战地报告文学集《烽烟万里》，出版后受到读者欢迎。在战时重庆，他写了话剧《董小宛》，并在剧中扮演一个角色，久演不衰。20世纪80年代，台湾演艺界曾重演此剧，受到观众欢迎。舒湮、黄宗江与我均是好友，他俩先后去世，我均曾在

《中华读书报》著文悼念。80年代初，舒湮在三联书店出版了精装本《扫叶集》，全书显示了他深厚的国学、历史学、文学、英文根底，令人难以企及。

舒湮极富语言天赋，和他聊天时，说到温州便讲温州话，我一句也未听懂，说苏州话、上海话、如皋话、四川话等，无不原汁原味。说普通话，更是十分标准。他生性幽默，我听了他的俏皮话，笑得前仰后合，他却面不改色，这是常人难以做到的。

他对20世纪30年代上海的话剧事业，作出过重要贡献。他在话剧《樱桃园》中，扮演叶赫留道夫公爵。他曾跟我说，因为太沉浸于角色了，拥抱女角色时，几乎把她搂得喘不过气来。其实，他也是典型的性情中人，曾写过《十八个梦》，详细动情地回忆他与十八位美女名媛恋爱的往事，有好几万字，娓娓道来，情意绵绵，如行云流水，根本不像八十多岁的衰翁写的，实在令我佩服。可惜其族人坚决反对公开发表此长文，实在遗憾。

春瑜同志：

偶检旧信，得八七年六月来函，谈拙作如皋水绘园和武则天明堂二文，拟刊《掌故丛书》第三辑，并云第二辑已于该年九月出版，不详第三辑是否业经问世？念念！

匆问

近好！ 并候 四玉

冒舒湮

91-9-14

第二辑如已出版，请惠我一册。

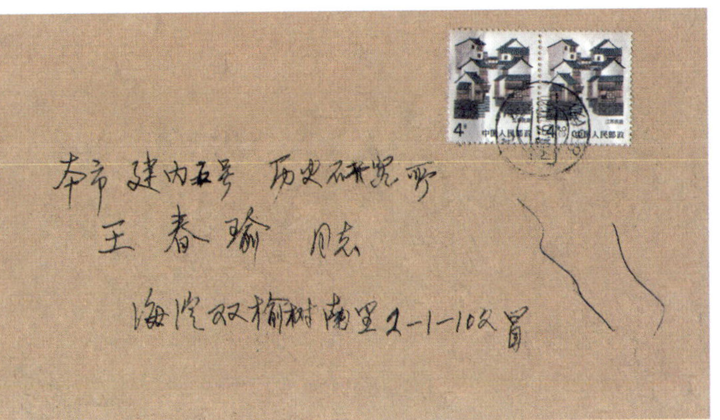

本市 建内五号 历史研究所

王春瑜 同志

海淀双榆树南里2-1-106 冒

吴江

吴江，浙江省诸暨市人。中学肄业后，1937年参加工作并加入中国共产党。曾在延安陕北公学、鲁迅艺术学院求学。后在晋察冀边区从事教育、宣传工作。新中国成立后，曾在中央书记处政研室、全国人大、《红旗》杂志、中央党校、中央社会主义学院任职。著有《工农联盟问题》《中国资本主义经济改造问题》《历史辩证法论集》《认识论十讲》《哲学专题二十讲》《当代社会主义若干问题》《十年的路——和胡耀邦相处的日子》《中国封建意识形态研究》《吴江论集》《吴江别集》等。

春玲同志：

这些版面有"历史意义"，可寄给你备忘留之一些，看他有何感想，有没有"意见"？你是历史学家，这两人也是历史人物了，你费不费心？是否考虑一下：如何对待这件事？

王

9.6.

春玲同志：此篇从《南方周末》12月23日剪下，"通史难作"。是对的，但通史不必没有。你写的小通史对我说很有效益（老人也能懂），但是这个问题，不知你有何见解可否写点东西？也可以对已出的通史加以评论。张岂之却值得。如何？

王征

12.26.

2004年

D30 阅读　　责任编辑　刘小磊

■书海泛舟记　　□范福潮

通史难作

少时读书，父亲不让我读《资治通鉴》和《通鉴纪事本末》之类的编年"通史"，他说："史不必通，知一国事是一国事，知一朝事是一朝事，《通鉴》对史书任意删削，剪裁失当之处比比皆是，此等编年纪事流水账，最是误人。章实斋认为《通鉴》为史最粗，而《纪事本末》又为《通鉴》之奴仆，此类不足为史学，只可为史纂、史钞。通史难作，读又无益，可叹后人不悟。"

我读的第一部近代史学家写的通史是周谷城先生的《中国通史》，继而读钱穆先生的《国史大纲》和翦伯赞先生的《中国史纲要》，均有受益；待读郭沫若先生的《中国史纲》和范文澜先生的《中国通史简编》时，味同嚼蜡。成年后，遍读史籍，博采众长，已知鉴别品赏，轻易不翻通史。偶在书店翻阅近年新编通史，冗长沉闷，说教连篇，欲向读者灌输的观念太多，不忍卒读。再见"通史"，惟恐避之不及。

近日查阅历史书目，见自民国至今九十二年间，大陆和台湾出版的中国通史不下百种，这还未计算港澳地区和海外出版的汉语版通史，也不包括日本及外国史学家编写的外文版中国通史。有些"豪华版"通史洋洋十巨册，最新的版本竟从"原始社会"一直编到公元1999年，真是"通"得可以。有位书商想编一部通史，找了十几位"史学家"分工编纂，竟找到了我的一位写小说的朋友头上。他笑道：如此编史，真是儿戏。

通史难作，难在何处？一者，史料浩如烟海，去伪存真不易，相互矛盾的史料又多，不同的观点，都可以引用到相宜的史料为证，这样，先入为主的观念极易影响客观公正的结论。二者，中国历史悠远，不算传说时代，有年可记之史自周共和元年至今即有2844年，一年写一千字，就能写284万字，卷帙浩繁，力有不逮。三者，"通"字作祟，想写的方面太多，举凡历国历朝的政治、经济、军事制度、工农商业、对外关系、文化、思想、学术等，都想面面俱到，作者不可能是各方面的专家，因此常常顾此失彼，蜻蜓点水，浅尝辄止，泛泛而谈，了无深意。四者，结构呆板，语言枯燥，观念堆砌，不忍卒读。五者，大多因袭成论，鲜有独家见识，千部一面，冗长乏味，貌似佳肴，实是杂烩……总而言之，难就难在做通家不易，有胆、有识、有文采的通家太少。

其实，史不必通，删繁就简，提要钩玄，能把一国、一朝或是一件史事写好，写出真知灼见，已是功德无量了。近代诸多史家，既无乾嘉学者的考据功底，又无欧美历史学家谨严独立的治学精神，好大喜功，以作通史为衡量其学术水准的标志，实在害人害己。想起钱穆先生"通史大业，殊不敢轻率为之"的感叹，确是诤言。（二四）

胡兰成何许人也

胡兰成其人 胡兰成，1906年生于浙江嵊县(今嵊州市)北乡的胡村，字蕊生。中学时被开除，20岁时娶了第一个妻子玉凤。北伐期间，胡在燕京大学谋得了一份文书职务，工作闲暇，常到教室里坐坐，这也算是胡的“最高学历”了。胡在燕大混了一年后又回到了家乡，先后在杭州、萧山等地任中学教师。后来妻子生病死了，胡又南下广西，辗转南宁、百色、柳州等地，也还是中学教员。家事艰难，玉凤死了，他四处借贷，无门向隅。后来勉强借了点钱草草埋葬，免不了给人冷嘲热讽，这是胡的家常便饭……

早年生活如果穷愁困顿，能给一个人带来生的振奋，也能够给他造成志的沉沦。而胡自愿选择了后者，而且终身不变。许多年后，胡还咬牙切齿地说：“我对于怎样天崩地裂的灾难，与人世的割恩断爱，要我流一滴眼泪，总也不能了。我幼年时的啼哭，都已经还给了母亲；成年的号泣，都已还给了玉凤。此心已回到了如天地之不仁。”

“如天地之不仁”的誓言终于在政治上露出了狰狞头角。1936年，发生了“桂系”军阀反对蒋介石的“两广事变”，胡在广西教书，在《柳州日报》等报纸上发表文章，鼓吹两广与中央分裂，受到了军法审判。可他的政论暗藏玄机，引起了暗中窥觑者的注意，汪精卫系的《中华日报》开始约他撰稿。文章发表后，马上得到日本帝国主义刊物的青睐，当即翻译转载。抗战爆发，上海沦陷，胡被调到香港《南华日报》当编辑，写了一篇卖国社论《战难，和亦不易》。当时汪精卫叛国已是箭在弦上，汪妻陈璧君正处心积虑收罗各号喽罗，胡被认为是个“人才”，立刻提升为《中华日报》总主笔。1939年春天，汪、陈等人紧锣密鼓着手组织伪政权，也电邀胡入伙，充当汪的“侍从秘书”。第二年汪伪政府成立，胡任伪行政院宣传部政务次长、伪国民党中央执行委员，并兼任《中华日报》总主笔。汪称胡“兰成先生”，经常向他“殷殷垂询”，他因此被称为汪精卫的“文胆”。

抗战胜利，汪伪汉奸一一被通缉，胡潜逃到浙江温州。他改名换姓，借张爱玲裙带冒称是张佩纶之后。胡于此凄风苦雨之中，却又席不暇冷，与一名叫范秀美的女子同居。其间，张爱玲探到胡潜藏的地址，曾经千里寻夫，于是妻妾分工，早晚陪伴。胡竟然说“因为都是好人的世界”。胡在武汉还和第三个女人小周交往，他把记述这段情的《武汉记》拿给张看，张当然“看不下去”！张爱玲绝望了，但回上海后仍旧经常给胡寄钱。后来，抓汉奸的风声渐渐过去，胡又做起东山再起的美梦。经当地名流介绍，胡在温州中学谋到了一份教职。胡洋洋得意，完全忘却了汉奸正身。给张写信，最后还忘不了提一句“时有村妇来灯下坐语”。一副浮浪文人相，让张感到越来越恶心，终于下决心同胡断绝来往。

新中国成立后，胡兰成潜逃到了日本。晚年胡曾在台湾重弹旧调，在台湾中华文化学院教书。不久汉奸身份暴露，被台湾正义之士驱逐回日，几年后呜呼哀哉。

“为文而造情”的高手 胡兰成无非是“为文而造情”的高手。他没有受过多少正规教育，山野烟霞是他本家风情，写着写着，突然从以前的文本里拈出一句，便让人觉得清新。但他的文章正像他做人，有灵气而无灵魂。

胡在日本时，出版了《山河岁月》、《今生今世》、《禅是一枝花》、《今日何日兮》等书。有人对于他身在外国还念念不忘中华文化大为惊讶，其实，中国从古到今大凡奸邪之徒，哪个不崇敬中华文化？又有哪个心里不明白，自己正是“中华文化”的产品？两个国家如果文化上认同，好，也不好。战争一起，弱小一方卖国者就多。中国人里面，这文化认同的心结，也是许多人干那不尴不尬勾当的深层原因，值得分析，以识其奸。【《齐鲁晚报》2月21日钱定平文】

王春瑜同志：

中华民族的融合过程极为错综复杂。我们居住的这块大陆，自古以来不知有多少部落、许多民族自称立国，然后分分合合，实质我觉得也正是个大同（同之含义，不知始于何时），然后混合成今天的多部族（国家）。前后所谓中华民族的大融合，当是以黄帝族、炎帝族和夷族为核心，这恐怕只是根据古籍与传说的推测，而且大抵限于所谓"汉族"的形成。夷族之名根据古书，把汉族以外的各族都称夷族，没有道理。所谓夷族，大抵当存在于中南部一带地区（如山东、江浙等地）。西域呢，西藏呢，东北呢，蒙古呢，云南呢，我看也不好以戎族一语了之。大陆的周边，不同部落、不同"族"的事多得多。我们希望我们的史学界能够有人写出一部"中华民族融合史"，这是一件大好事。早一时期（例如西周以前）粗一点、宽一点，多吸收一点神话传说都可以，写几部书了。春秋战国，秦汉，魏晋南北朝，唐，宋（特别是宋代，宋、辽、夏、金、蒙古等族的关系）。宋以后，则是中华民族融合更为重要的时期。最后融合期是宋、元、明、清四朝。所以宋以后会继续引述的。至今，我国有没有一部中华民族融合史或类似的书，我不清楚。但中国历史学权威专家肯定有这样一部书。写这样一部书当然不容易了，要到各地区先作深入的调查考察（这几年各地地下发掘不少，搞民族研究的人也不少）。但我认为这种研究可以做，值得做的。不知你能否给以研究，我们能否考虑一下。顺便附上从报上剪下来的一则材料。

敬礼！

吴江
2004年1月12日

“四面楚歌”是淮安民歌

经20年系统地研究淮安地方史和中国秦汉史，专家断言，淮安的先民——淮夷，是中国历史的主创者之一；淮安的先秦和秦汉史，当是中国历史的一个开端。

北京大学历史学教授、副校长、国学大师翦伯赞曾指出，中华民族早期的大融合主要以三个部族为核心，他们是黄帝族、炎帝族和夷族。

专家经过进一步考证指出，夷族中最强大的淮夷，首领为伯益，他既是凿井的发明者，又是弓箭的发明者，最后成了大禹治水的得力助手，被推为禹的接班人。但禹的儿子启废除“禅让制”，搞起了“世袭制”。为平息强大的淮夷的不满，启就将伯益的小儿子若木封在淮河流域，活动中心在淮安。因为古时候“虎”、“楚”、“徐”三字的读音相同，淮夷的图腾为“虎”，又被称为徐，封国即为徐国。徐国一度成为东夷的首领，率东夷36国兵力打进中原，迫使周穆王承认他为东方盟主。后周穆王联合南部荆蛮（后来也称为楚、荆楚）骑兵偷袭徐国，徐王率民众退到彭城武原县东山，东山后来便被叫作徐山。我国最早的一部地理书《禹贡》把泰山以南、淮河下游以北地域称作徐州，其依据也是由此而来。淮夷也被称为徐戎。之后楚汉相争，刘邦、项羽、韩信都是淮夷的后代，或者说都是淮楚人。项羽垓下被围，四面楚歌当是淮地民歌，项羽与虞姬生离死别时所唱的《垓下歌》《和歌》也是淮地民歌。

【《南京晨报》1月8日】

在少数民族经济发展文化水平提高以后，民族的独立自主意识会增强。这是趋向，自治倾向会加强。我们的民族多元统一结构面临新的问题。 又及新加坡人非常了解中国，其认识的历史和当代水平甚至超过我国一些政论评论家。所谓“崛起”之类，这篇文章或许值得一读。特予寄阅。吴江 2.27.

2004年

第786期　2004年2月27日　星期五
编辑　宋念申　美编　张　颖　电话(010)65369569

国际论坛　　环球时报　15

中国迎来第四次崛起

［新加坡］　王赓武

■ 就当前中国所面临的情况而言，任何向传统政治文化回归的企图都会失败。但中国也不会接受资本主义的自由意识形态，中国正在试图创造一种新的文化

■ 那种认为中国将赶超并威胁其他大国的说法实际上是一种误解。对中国来说，真正重要的是：如何面对社会显现的诸多问题；如何保持现行社会制度的稳定；如何实现国家统一

■ 变革中的中国已经决意要通过积极推动东亚的经济地区主义来帮助改变这一地区。这样的积极态度对中国及其邻国来说都是全新的

中国的崛起让人们更关注一个繁荣强大的中国可能给地区带来的挑战。过去中国就曾对邻国的发展产生过影响。那今后的它会怎样呢？

主要起源于西方文化，被西方世界全球化了的现代性席卷了全球。在过去的100多年中，这种现代性已经深入这一地区，以至于如今大多数国家尽管有些不情愿也只得把它作为全球发展中的主要引导力量。一旦这种现代文化被广泛接受，所有信奉它的国家就可能具有十分相似的文化价值观。中国在目前还不大可能对抗这种文化，但新崛起的中国可能会改造这种已被接受的文化，并造就一个崭新的中国。如果是这样，它对地区又意味着什么呢？

中国历史上的三次崛起带给周边的影响

很显然，任何关于中国崛起的讨论都会使我们想起过去200年里中国与其他列强相比是何等的衰败。但中国也曾有过统一和强大的时候。我们有必要把中国的这次崛起与中国历史上其他几次处于优势地位和普遍被认为崛起的阶段进行一个比较。

历史上，中国至少曾有三次被公认为是地区最强大的国家。第一次是从公元前3世纪到公元3世纪，这一时期持续了400多年。在此之后的400多年里，中国四分五裂为几个动荡不安的小国。公元7世纪，中国又一次实现了统一。在这个过程中，有许多人开始皈依佛教。14世纪末，中国第三次崛起，这一次又持续了约400年。这期间，儒家思想重新被确立为统治者的正统思想。

比较而言，在衰落近200年之后，中国目前的这次崛起与以往的几次差别很大。一方面，这次崛起发生在全球化时代，技术和市场的影响是前所未有的。同时，中国的周边地区活跃着很多强国。另外，台湾问题悬而未决，中国的统一大业尚未完成。在这种情况下，我们有必要问中国的历史是否还影响着今天的中国。如果是这样，这对中国未来在地区的地位又意味着什么呢？

我们应该用更长远的眼光来解答这个问题，并且不应忽视当中国富裕繁荣的时候，其邻邦都在做什么。

中国的第一次统一可谓意义重大，中国在国际上通用的英文名字“China”可能就来自于第一个统一了中国的秦朝。接下来，汉朝统治了很长时间，以至于从此之后有了“汉人”一说。在随后的3个世纪里，汉朝的影响力波及到了朝鲜半岛和东南亚的部分地区。当时汉朝周边的一些国家开始进口汉朝的商品和技术——主要是丝绸、纸张、陶瓷以及陆军和海军技术——这一下就持续了上千年。在这个早期阶段，中国给人印象最深刻的是经济文化，而以贵族宫廷文化和地方宗教、礼仪、惯例所代表的中华价值观并没有广泛传播开来。比方说，中国的汉字十分独特，但流传不广。在这个时期的创造性艺术中，除了与进行贸易的制成品相联系的技术和设计外，基本上都没有得到外国人的欣赏。

但是，7世纪唐朝的建立不仅宣布了中国的第二次崛起，而且巩固了中国在南方的力量，并通过陆路向四周扩展影响力。这种影响力还传播到了隔海相望的日本。但是随着唐朝的衰落，中国文化在这些地区的影响力也逐渐衰退了。

不过，唐朝统一的强大中国毕竟维持了近300年，而这时的中国完全不同于汉朝的中国。在这两个朝代之间，佛教在中国流传开来，北方游牧部落在中原定居下来。这两种影响的强大混合力塑造出的中国，显示出了高度的世界性。在这一时期，中国不仅高度开放而且迎来了一个贸易和工业不断增长的时代。来自遥远国度的商人和旅行者带来的新东西不仅丰富了中国人的生活，而且对中国文化做出了贡献，由此造就了一个中国历史上真正的全盛时期。但是，这时候的中国统治仍然过度依赖军事和贵族力量，无法保证长期的稳定和繁荣，因此，到8世纪就没落了。

1368年，明朝建立了。中国由此实现了第三次崛起。虽然这次与前两次相比有些逊色，中国强大的力量仍给这一地区留下了很深的印象。但中国的政治文化却从那时开始变得十分保守。除了官方允许的对外贸易和笃信伊斯兰教的宦官郑和在15世纪到印度洋进行过海上探险外，中国并没有太大兴趣去宣扬其财富和技术。这种闭关锁国的政策导致国家江河日下。尽管明朝统治者加强防御，仍不断遭到来自周边的侵袭，并最终被满族人所征服。虽然建国之初的清朝非常强大，而且更具侵略性，但在此之后的统治中却更多地延续了明朝的保守和闭关锁国政策，最终衰落下去。1840年，强大的英国进攻中国时，清政府统治下的中国已没有还手之力了。

中国的第四次崛起有着全新的历史背景

下面我谈谈中国今天的崛起，这是中国第四次崛起为地区大国。目前中国的改革动力完全可以和2000多年前中国第一次统一的爆发力相提并论。今天的中国还让人想起7世纪时中国的复兴。那时的中国战胜了外来入侵、吸收了外来思想，还向外国贸易和新技术打开了大门，为今天的中国创造了宝贵的文化遗产。至于清朝在18世纪确立的疆土，对今天的中国也是至关重要的遗产。在这片土地上生活着的数十个少数民族就是今天中国国家主权和民族力量的核心。

当然，世界在经历了欧洲的殖民主义和帝国主义后已经面目全非，中国的这一次崛起与以往截然不同。因为现在的中国既要面对西方人200年殖民统治留下的种种问题，又要面对美国这个超级大国的挑战。有人认为，中国的过去并不重要，只要新的力量能够维持平衡就可以了。但有些东西是不能回避的，比如，中国在地区内的规模和它所带来的政治分量是无法抹去的，而且无论中国还是其邻国，都不会忘记中国强大的历史。

当然，就当前中国所面临的情况而言，任何向传统政治文化回归的企图都会失败。但中国也不会接受资本主义的自由意识形态，中国正在试图创造一种新的文化——这将是中国领导人面临的一项长期任务。

对地区来说，这就意味着中国需要单独来消化吸收这些变化并把它内化。但同时，中国对自己在向全球政治经济阶段调整的困难时期中所遇到的任何威胁都会保持高度敏感。就中国的规模来说，它只要保持内部的稳定与团结就不需要担心其近邻。但中国也吸取了足够的历史教训，它明白一个远处的大国——一个像美国这样强大的大国——会通过散布“中国威胁论”在中国周边制造一个敌对联盟。在这样的情形下，中国给这个大国提供任何能够扰乱自己发展和生存计划的借口都是不明智的。

中国要应对市场经济全球化的挑战需要一种新的经济文化。这种新的经济文化对发展的承诺是绝对的，而且不断加剧的严酷竞争对多数中国人来说都是可怕的。但中国在关键的两点上已经无法回头：它不得不满足13亿人口的期望并且生产足够的资源，以保证这个国家永远不再遭侵犯。维持经济的快速增长和公平分配财富之间的均衡至关重要，中国可能会不惜一切代价来维持这一目标。

那种认为中国将赶超并威胁其他大国的说法实际上是一种误解。对中国来说，真正重要的是：如何面对社会显现的诸多问题；如何保持现行社会制度的稳定；如何实现国家统一。这意味着中国需要的是和平和善意。这不仅是当前的需要，而且是长期的需要。因为中国要把数量庞大的劳动力带入相对公正和平等的小康生活并不是件容易的事。

中国的价值观又会怎样呢？与日本、印度以及伊斯兰世界一样，中国具有根深蒂固的传统文化，而且一直在阻止这种文化被西方文化所全面取代。当然，传统价值观在中国农村还有保留，但城市化和工业化的速度以及农民必须在城市中谋求生存的现实，正在对保持这种传统构成严重的挑战。

过去的100年对中国人来说是一个漫长而痛苦的转变时期。眼下，如果我们看看中国城市和主要城镇的年轻人就会知道，中国的流行文化或是来自西方，或是来自日、韩，或是来自新加坡等华人社区。只有少数人还在关心旧价值观的重建。但他们并不能逆转潮流。

中国最近的崛起使中国人面临众多激烈的变革，这对其周边地区的意义又是什么呢？中国的邻国并不了解中国人在20世纪所经历的情感和精神上的折磨，而中国人自己正在进行着痛苦的重塑。

其实，地区国家应该去了解中国过去数个世纪的历史。因为正是中国所经历的种种磨难使中国人获得了一种自2000多年前中国首次统一以来所仅见的、崭新的精神和活力。

中国崛起有助于改变一超主宰世界的局面

最后，我要谈谈关于中国崛起对现行国际体系结构的影响。我认为，假如中国按目前的增长率发展下去，它不会改变这一结构。但如果这种趋势持续下去，它将有助于改变目前一个超级大国主宰世界的局面。如果中国想对这一进程有所推动，最可能采取的做法就是不与美国这个超级大国对抗，而是支持这样一种观念深入全球：即如果我们的世界不被一个强大到可以随意干涉其他主权国家内政的国家所主宰，会变得更好。

这里，中国与其周边国家的关系是一个重要的标志。最值得注意的就是中国加入东盟地区论坛，以及通过中国-东盟自由贸易协定及与其他东亚国家的双边协定推动的经济一体化。中国对周边事务已不再是一个被动的观望者。变革中的中国已经决意要通过积极推动东亚的经济地区主义来帮助改变这一地区。这样的积极态度对中国及其邻国来说都是全新的。这是一个崭新的现象，前面的路还很长，但如果这种经济地区主义成功了，它将影响世界其他地区未来的发展道路。▲

（作者是新加坡国立大学东亚政治和经济研究所所长）

（本版文章仅代表作者个人观点，欢迎读者参与讨论，电子信箱：taolun@peopledaily.com.cn）

和平崛起并非易事

2月13日“国际论坛”上的文章认为，中国能够而且必须实现和平崛起。但笔者认为，和平崛起并非易事。

参与

从国际环境上看，一国的崛起不是一蹴而就的，任何国家所面临的国际经济、政治、安全环境始终处于动态变化中。在崛起的过程中，中国如何实现同周边和其他国家及地区的良性互动是中国塑造有利于自身长远发展环境的重要基础和必备条件。

从崛起方式上看，和平方式的选择并不完全取决于中国的主观战略。例如，在涉及中国核心利益的台湾问题上，中国必须要保留武力方式作为实现国家统一的选择之一。

从崛起的影响上看，中国的崛起必将超越“为和平而崛起”的层面。一方面它符合中国的长远利益和发展需要，另一方面它也将提供给国际社会一种崭新的、非强权道路的发展理念和模式。因此，中国在崛起过程中遇到那些偏好甚至崇尚强权道路模式国家的干扰乃至破坏是不可避免的，这对中国的和平崛起也是一大考验。▲（安徽　许涛）

周汝昌

周汝昌，天津人。燕京大学西语系毕业。新中国成立后，在人民文学出版社当编辑，后任中国艺术研究院研究员。红学家，著有《红楼梦新解》。他提出《红楼梦》后三十回不是高鹗所著，而是乾隆皇帝组成的写作班子写的，无任何历史依据，实属臆测。又支持刘心武把红学变成“秦学”怪论，为学界诟病，聂绀弩先生曾批评他“根本不懂《红楼梦》”。他对清初曹家历史文献搜罗下了苦功，在红学界首屈一指。

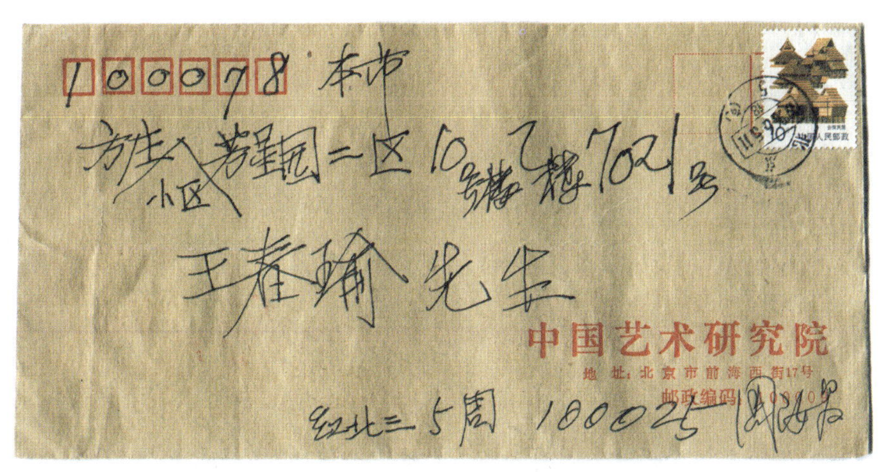

100078 本市

方庄小区芳星园二区10号楼乙楼702号

王春瑜先生

中国艺术研究院

地址：北京市前海西街17号

邮政编码100009

红北三5周 100025 周汝昌

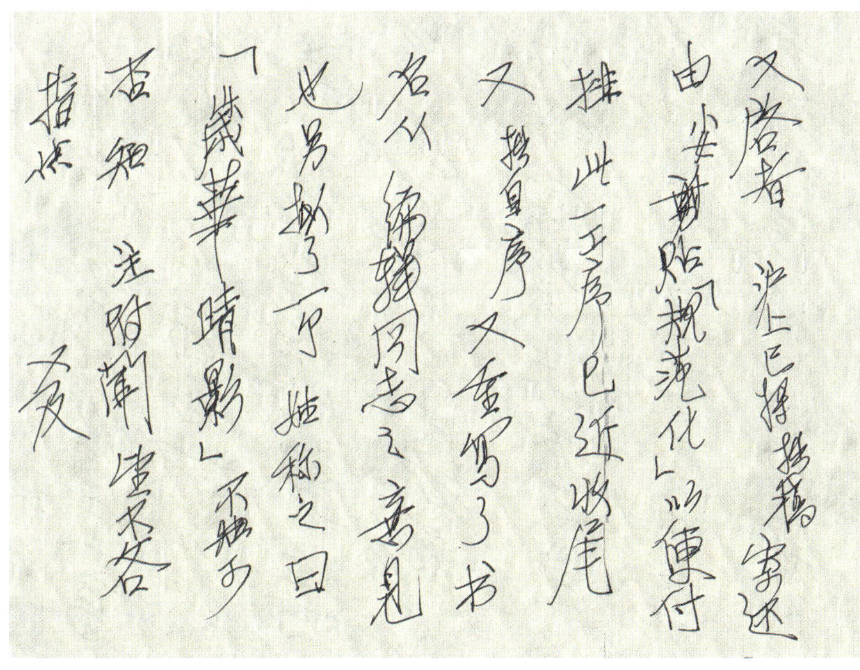

又启者 沪上已将拙稿寄还

由小安补贴"规范化"以便付

排 此一王序已近收尾

又 拙自序 又重写了一书

名以 编辑同志之意见

也另拟了一下 姑称之曰

"岁华晴影"不知于

台知 注附闻 望不吝

指教 又及

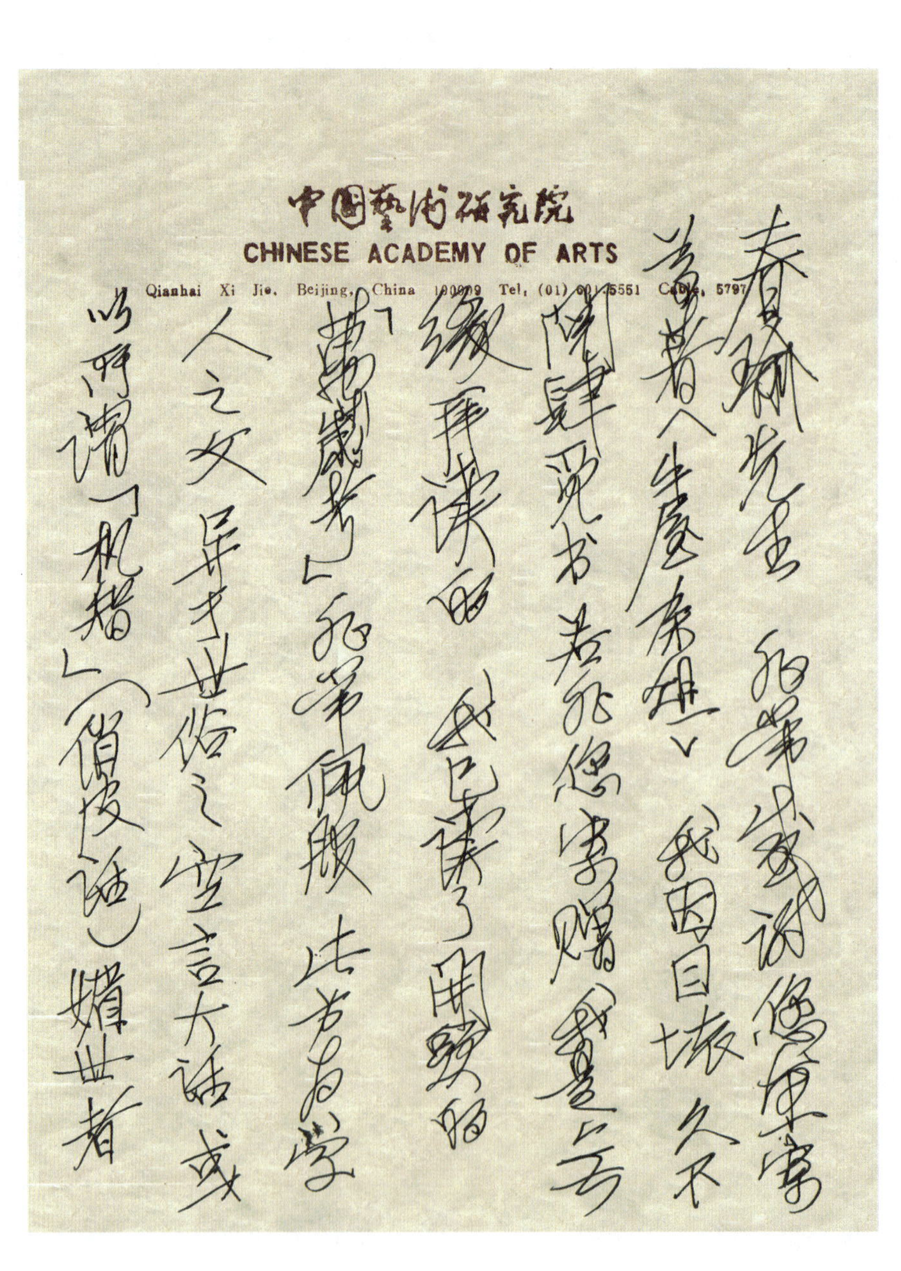

中国艺术研究院
CHINESE ACADEMY OF ARTS
Qianhai Xi Jie, Beijing, China 100009 Tel: (01) 601.5551 Cable: 5797

春林先生 [illegible]您[illegible]
[illegible]著《[illegible]》我因目疾久不
阅[illegible]书 若非您[illegible]赠《[illegible]》云
[illegible]拜读的 我已读了[illegible]
「[illegible]」我常佩服此书有学
人之文 异乎世俗之空言大话 或
以[illegible]「机智」（俏皮话）媚世者

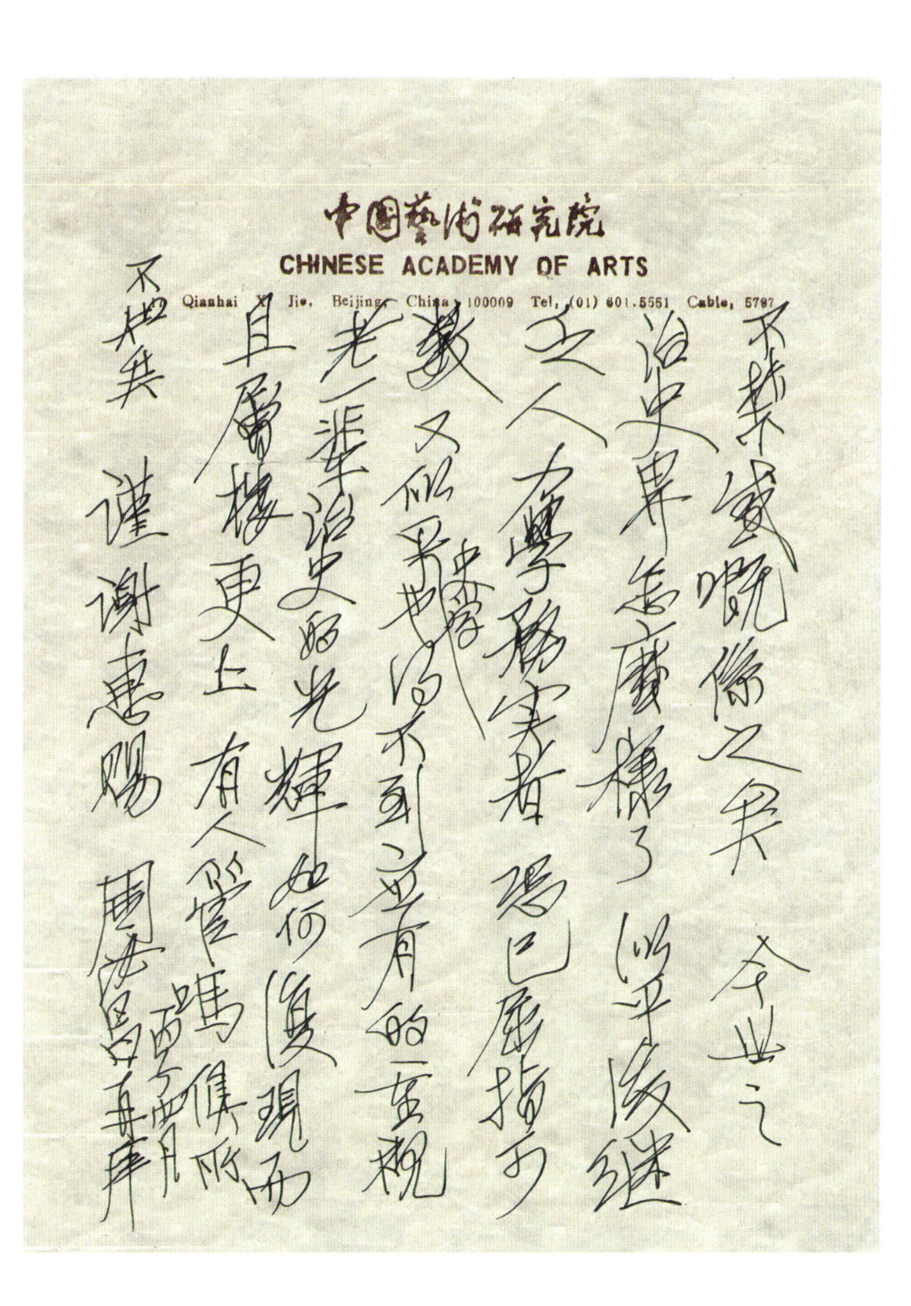

中国艺术研究院
CHINESE ACADEMY OF ARTS
17 Qianhai Xi Jie, Beijing, China, 100009 Tel. (01) 601.5551 Cable: 5787

丕基感慨係之矣 今世之
治史專志廣樣了 以平後繼
之人 研學務實者 遇已屈指可
數 又況研學中學者也得不到三並有的一套觀
老一輩治史好光輝如何復現而
且屬樓更上 有人照管嗎 俱所
不一 大安
謹謝惠賜
周汝昌 再拜 丙子四月

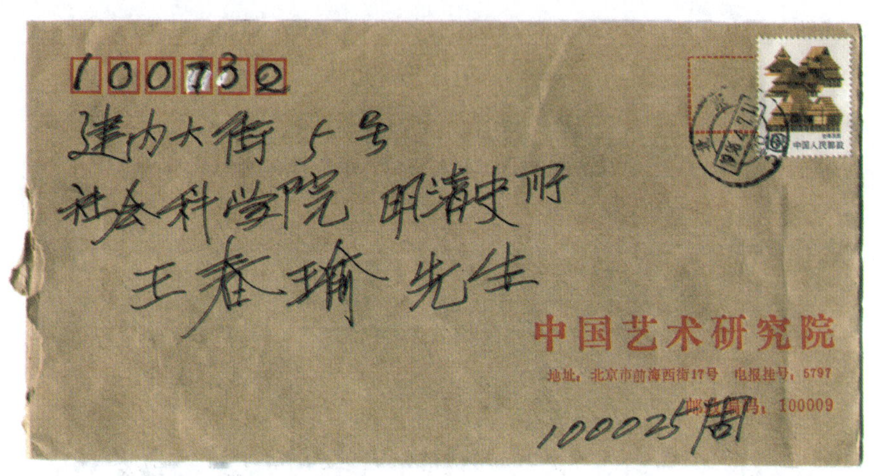

100732
建内大街5号
社会科学院 明清史所
王春瑜先生
中国艺术研究院
地址：北京市前海西街17号 电报挂号：5797
邮政编码：100009
100025周

春瑜先生：
足疾不愈，迟迟奉答，
实在抱歉。对丛书主编之事，
您太客气谦辞了！第一，任主
编未有论年齿多少之
例；第二，此乃一套丛刊之
性质，您任主编，万不能形
歧相异。为此，请您万勿
过[illegible]拘所议，[illegible]我们结一翰
墨因缘，并非美事，幸
赐依允为幸。
[illegible]与小人之心[illegible]
安，因无大意义也。[illegible]
祺！
周汝昌拜

王春瑜先生惠鉴：

早应奉书问候联系，不想病了一个月的光景，把编辑整理的计划打乱耽搁了，以此迟迟未能发展，实在抱歉之至，尚乞多谅。

经过小女之努力，集子总算初步整理编排就绪。谨将草目与拙序寄呈，供您了解概况并指示要否。

限于条件，我无从备份，暂留了三分

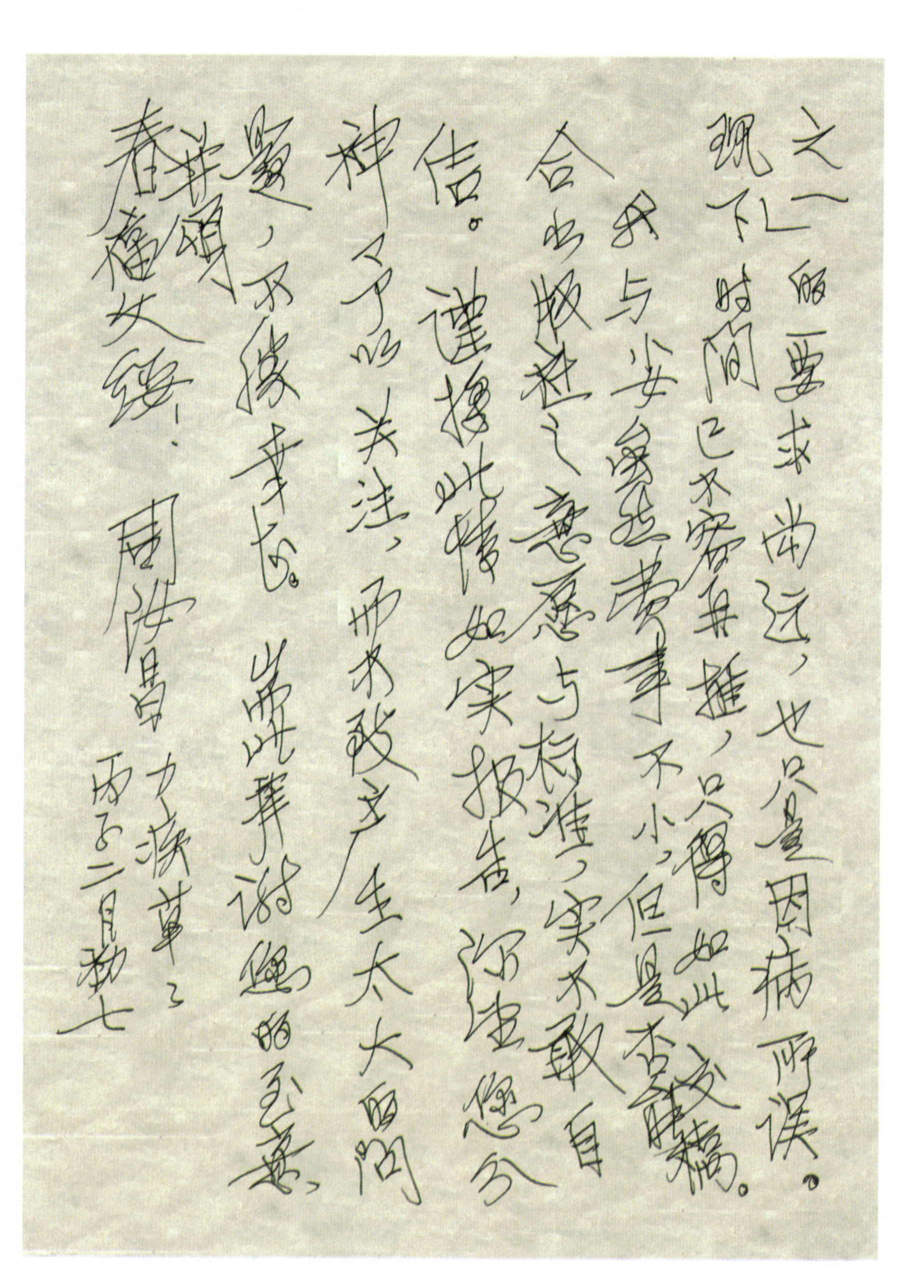

之一的要求尚远，也只是因病所误。现下时间已不容再拖，只得如此交稿。我与安泉兄费事不小，但是否合出版社之意愿与标准，实不敢自信。谨将此情如实报告，还望您分神予以关注，而不致产生太大的问题，不胜拜托。此番拜谢您的意见，并颂

春禧文绥！

周汝昌 力疾草草

丙子二月初七

曾彦修

曾彦修，四川省宜宾市人。1935 年在重庆北碚兼善中学毕业。1937 年 12 月到延安，入陕北公学。1938 年加入中国共产党。1941 年夏调中央政治研究室工作。1943 年 3 月调中央宣传部。1949 年由胡乔木安排南下广州，任中央华南分局宣传部副部长兼《华南日报》总编辑、广东省教育局局长、广东人民出版社社长。后调京任人民出版社社长、总编辑。他在延安时开始发表杂文，笔名严秀，《从〈孟德新书〉失传说起》《九斤老太论》，是杂文界公认的经典。1957 年他把自己划为右派，完成单位指标，保护同志，后被下放到上海《辞海》编辑部工作。平反后，恢复职务，及行政八级高干待遇。但他生活简朴，为人低调。除著有杂文集外，另著《审干杂谈》《天堂往事录》《论睁眼看世界》《杂忆》《京沪竹枝词》，均有广泛影响。

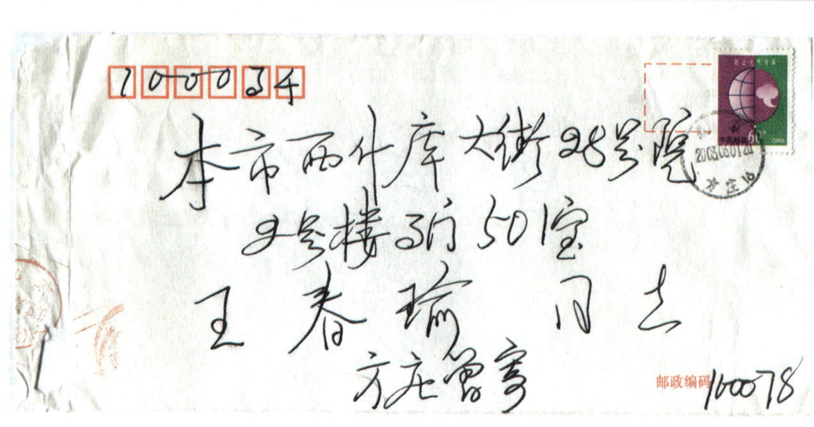

100034

本市西什库大街28号院
2号楼3门501室
王春瑜同志
方庄曾寄

邮政编码100078

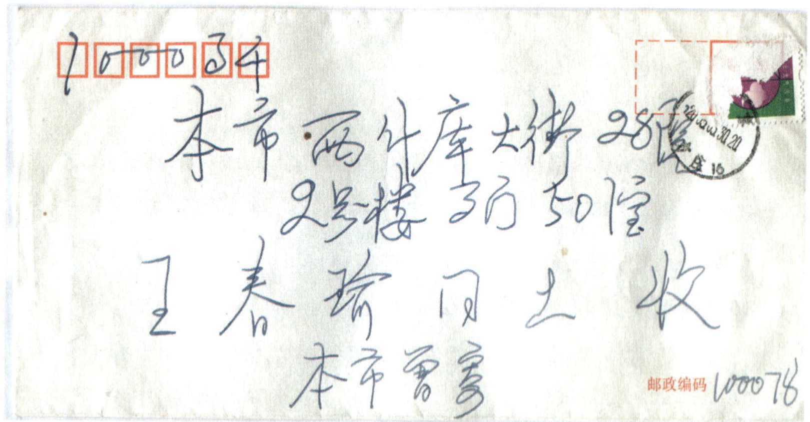

100034

本市西什库大街28号院
2号楼3门501室
王春瑜同志收
本市曾寄

邮政编码100078

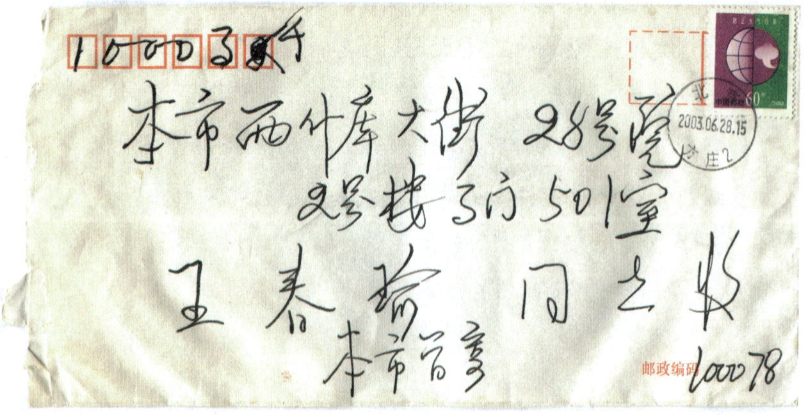

100034

本市西什库大街28号院
2号楼3门501室
王春瑜同志收
本市曾寄

邮政编码100078

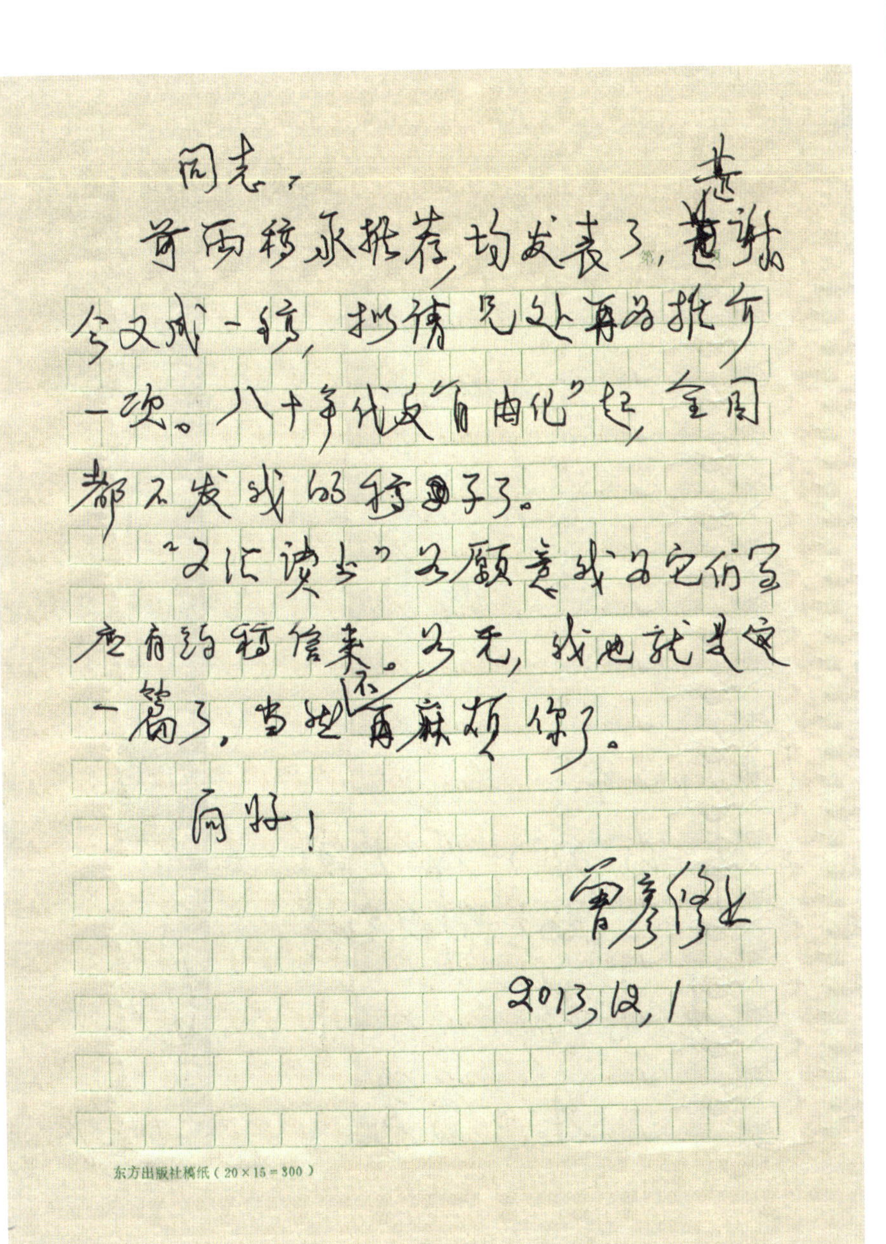

同志：

前两稿承推荐，均发表了，甚谢。今又成一稿，抄请兄处再为推介一次。八十年代反"自由化"起，全国都不发我的稿子了。

"文汇读书"不愿意我为它们写应有约稿信来。若无，我也就是这一篇了，当然不再麻烦你了。

向好！

曾彦修上

2013，12，1

东方出版社稿纸（20×15＝300）

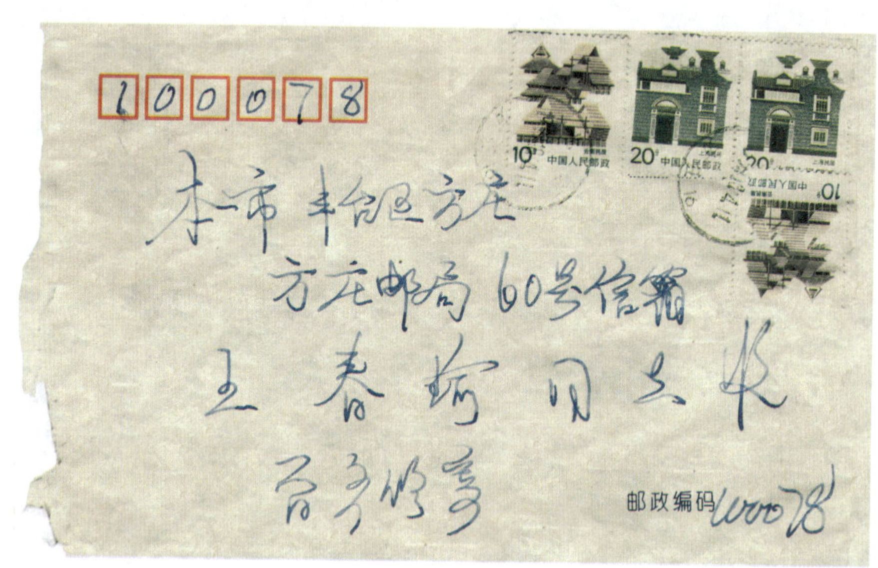
100078
本市丰台区方庄
方庄邮局60号信箱
王春瑜同志收
邮政编码100078

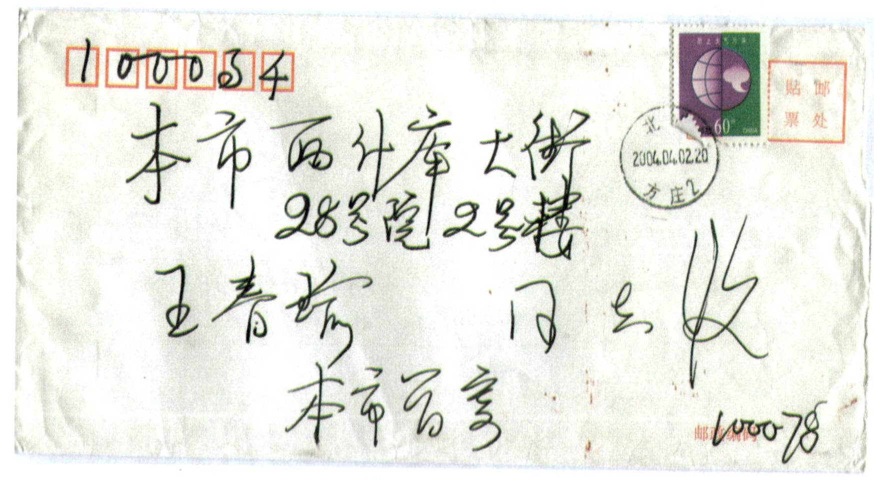
100034
本市西什库大街
28号院2号楼
王春瑜同志收
2004.04.02.20
方庄2
贴邮
票处
100078

1

春萍同志：

一月十一日至十四日在杭，上次你因来电话中之贵友张君拟在湖州作短途指导之好意，遂尔不敢劳动张君。上官过境，此事谓之"打秋风"，未识友人告之，比打秋风还要坏了。再思再四，终不敢电告张君。歉疚之情，难于言表，请你代向张君请求为感。

但我想买真正好湖笔数支之意，仍甚殷切。据说现在湖州王一品也买不到真好笔了。兹附上三百元，烦你汇给张君，恐仍要找到经理才能买到真好笔，最好是能买到二三十年前存货，则必真无疑。

我所需求者，不过上等狼毫三几枝左右而

2

已。其中小楷狼毫2-3支（全毛长15厘米左右），小中楷一支（全毛长15厘米—20厘米）。若能另得一支真正中楷长锋羊毫（全毛约达25厘米左右），足矣。过去有全狼毫"大兰竹"（全毛长30厘米左右），此种笔一支可用十余年，若能得一真品，自当喜出望外。

以上全部，八十年代初在上海外滩老周虎臣笔庄购者，全部价约20-30元左右。今若以15倍乘之，则300左右，大致可行。至一品笔，重在全毛考究，而不重在外观。今之假笔，大约90%成本用在笔杆及包装上。

全狼毫外观笔毛饱满，作咖啡色，笔尖部分作褐黑色，此部分越长则笔锋越好，越听话。

3

好羊毫则必须羊毛根根挺直，无尖毛（作粉白色），无曲毛。笔尖部分作成灰色。另外，白毫也须全笔毫毛饱满。今之假笔，用料既不足欠成，均不能用（此种笔全毫不稳，发开后直不起来）。

寄上三百元，劳烦转汇去。但我要求发票，原因在怕以百元笔作十元赠送耳。

寄递之法，十分简单。用旧报纸数张，经卷重后，再将笔插入，封好，用普通或挂号印刷品寄均可。我从前在深圳买笔均用此法，此外无法寄递。不过所买之笔，均全是假货，不能用。

午

（又湖州附近之善琏镇的湖笔，外观已胜过去十倍，笔毛质量则退步不止十倍，已全部毛刷化，此次我在杭州、绍兴已花了近四百元买了一些，四字店家开，又全是大小毛刷，故"善琏湖笔"已绝不可用了。顺祝

秋日安好！

曾彦修拜

99，11，5。

（又，此信可转致贵友鹏君即可。）

毛、郭书法均好不错，但观今败笔，均不似当年之狼毫，因狼毫不致出此败笔也。

春瑜同志：

拙作文章即发，甚谢！

敝文他们是怕吞，因不知上面会怎么表态。因此，你能否代我询问一下，他们的上级、上上级有否表态？如未听到京上级有何表示，则我拟借该报写点东西，不谈政治。

今又写成一文，如无定稿，此次仍拟请君代转寄一下，方便些。借你大旗，甚谢。

问好！

曾彦修 上

2013，11，11。

1

春玲同志：

大著《中国人的情谊》，已拜读完毕，不胜钦佩。老兄若读，知必沧海。尤可佩者，是雄踞泰山之巅，以事实说话。

（一）主题极佳，眼高手顶，使阶级斗争迷雾诸公也难对你下手。数十年上下不安，人性泯灭，友谊变敌，令人深思。今足下独选此题，真是善哉善哉要得菩萨保佑了。与极左派作理论斗争，是十分不智的。他们动辄引马恩毛之预，究竟是全民的眼前利益重要，还是马恩毛的一句话重要？

与极左派正面争论必争也必败，他们的胜利是事先就已铁定了的。因为他们是在坚持马毛之政，而你则是在"修正"，不败何能维持神圣事业？老兄此一著作在于张人性而部兽性，对"斗争万岁"来个釜底抽薪。此事只有学者能为之，非我辈无识者所能为也。

是非标准根本不同。

公在述及双享处，尤令人泣下，我特别感动。 3

（二）公文已成，不便多说，但有两点似要建言。一，传教士一章似太略，对他们的贡献讲的似太少，可否略增一点，当然更通俗。二，附录之文较难懂，似要略加解释才好。

（三）总的建议，是否稍后再费点功夫，索性将此文段写一下，变成增改本。要多给个意把此书变成艺术性读物。按先生在某处有"梅花才罢，樱花又开"诗句，甚美甚美。本此精神态度改写此书，必当声名永存。

（四）出版问题。目前人社坐吃官书已躺倒了，对本书未必有多大兴趣，非我所能有所影响。而人社又是奉命专讲斗争的书的，更非我所能影响了了。再者，生活书店招牌已揭，第一批注本与，有四川马识途一本，有与我一本。我看足下之与，加以此一段似更为适宜（但改为上下册好）。若阁下愿意，我当与小马商量，设法复示。老兄自分是"人民"招牌，那是官方招牌呀！

（五）书名研究。似太一般，且不太顺口，并有点叫人摸不着头脑之感，可否改一改。

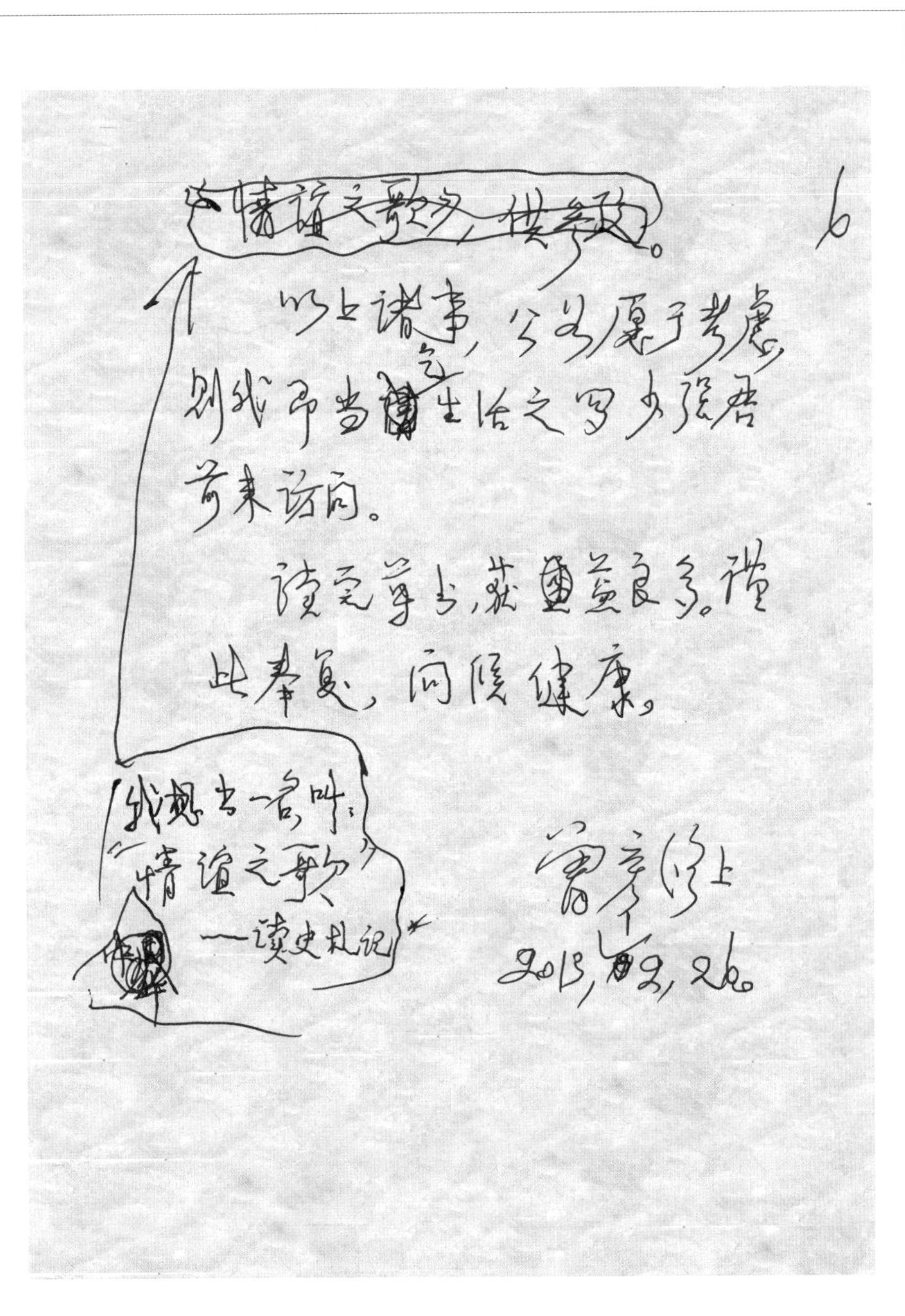

6

《情谊之歌》，供参考。

以上诸事，公若愿予考虑，则我即当嘱《生活》之写手张君前来访问。

读完尊书，获益良多。谨此奉复，即候健康。

我想出一书叫：《情谊之歌》——读史札记

曾彦修上

2013，2，26。

⑫

王青榆同志：

兹寄上两岸至亲一文草稿，请审阅。本人拟将此文以本文上网。恳请考虑，有无修改之各项提法意见：

本人拟于二月下旬邀请一些同志请教座谈。时间、地点，另行奉闻。祝

春节愉快！

曾彦修拜
07.1.27

邮：100034
本市西什库大街
28院5号楼
3门501室
电话：66034090

前两稿承大力介绍给，遂得发表，甚谢。这多年是一切报刊都拒绝发表我的文章，是以搁笔。今文汇读上连发两篇，虽无甚政治意义，但我不知上面思想机关发现后会有何反映。我今又成一篇，仍要烦请你代寄。如该刊要我写，当有约稿信来。我九十五岁了，不能拿着几篇短文去求人发表。他们不来信我也不会再寄稿了。屡次麻烦，甚歉。

按：舒老所说的两篇文章，均在《文汇读书周报》发表。我给该报编者朱自奋女士打招呼，她特地给舒老写了约稿函，舒老阅后很高兴。人老了，都有些“老小孩”，舒老也不例外。他所述的“一切报刊都拒绝发表我的文章”，看也是过虑。谁敢封杀这位新闻出版界的老前辈、杂文泰斗？人老了往往多疑也。2016年1月17日上午

1

春玲同志：

我大致在七月十一日前后可到抵杭，贵友之电话、地址，望即电话告知。

我非行家，乃所以保存文笔之情，保留几支稍微像样一点的毛笔。如尚能保存七十年代末、八十年代初的笔的水平，我准备买几枝，价格在300—500元之内。

笔的好坏，一般看外形可大致判断，不必把开了写方能确定。笔毛的纯净、挺拔、色泽，整个笔毛的外形等几个方面可知其大概。

贵友上次寄来之三种小笔，其中"七紫三羊"，系为小学生所用之发蒙普及笔，但其质量已远不若二十年前遍地可购之"七紫三羊"矣。至于另二种特小笔"小乌龙""湘江一品"，化开后，发叉，其实无法使用。这种笔更多的似用于工笔画勾勒线条之用。这三种笔，无论欧、虞

2

颜柳，苏黄、米蔡，文、董、赵、邓(石如)、吴(玉如)、康(生)、康(有为)、郑(孝胥)一律均写不出来。毛、郭、启功前这种笔也写不出好字来。善书者不择笔之说大误，无好笔任何书写均难，更不用说书法家了。

我初买者，主要是真狼毫(北京琉璃厂据也是假货，最近我在巷口看了两家，小楷每支银，一看就是羊毛染色。羊毛中那种生无吸色性能差，仍呈白色。我回头就走，不再看下去了。

我要买：二支真狼毫小楷、中楷。能买到过去存的中华竹、大吴竹的纯狼毫各一支当然更好。

纯净羊毫小楷、中楷各二支。能买到长锋中楷、大楷各一支更好。

此外，猪鬃品质好的，也想买。但此种笔看外形就难判断(面对面，非不可判断)。

3

总之，只要真正的好笔，什么都可买来保存。笔价因陈衰差很，只合了300-500元。

此次来的三种笔，刻字也太马虎，哪里能同二三十年前的王一品相比。

我在上海时，在延安路与陕西北路十字路口附近一小文具店所购大楷《双璧》，0.36元一支，笔毛夹端约1/4长度均是半透明的。此种笔今日即使36元一枝，我也愿买，就怕已买不到了。（凡好羊毫笔夹端约1/4部分均是半透明的，只有这样，这笔锋才听话）

至杭州确有王一品代销店，烦觅友代为介绍，由某友在杭州购买即可。但我怀疑，王一品笔也是否已与从前不可同日而语了。

麻烦你，谢谢！

曾彦修拜

99.10.3.

附识：

黄老信中提到的"贵友"，是湖州人文学者张建智先生。他是黄老前妻的姨侄。黄老平素不用毛笔写字，小楷也未必见佳。但他对湖笔却颇在行，从此信也可看出，他做事总是十分认真，一丝不苟的。

2015年1月17日上午

千锤万凿出深山烈火
焚烧只等闲粉身碎骨浑
不怕要留清白在人间
于谦诗

万彦修同志

陆定一 七十八岁

陈，延中宣时老领导。

此件为一友人1982年在广州小岛向陈乞字后，又代我乞了一张。

录诗有足戒勉之意。

呈上阅，弟乾勉

何满子

何满子，原名孙承勋，出生于杭州市富阳一个大家族。新中国成立前，历任衡阳《力报》记者、南京《大刚报》记者、天津《益世报》驻南京特派员。与人民音乐家冼星海是好友。结交作家胡风。新中国成立后，曾任《上海自由论坛晚报》总编辑、大众书店编辑、复旦大学中文系教授、上海古典文学出版社编辑、上海古籍出版社编审。治学面甚广，以杂文家名世。传世著作共三十余种。在1955年“肃清胡风反革命集团”的冤案中，何满子卷入，发配宁夏劳改，1962年患病，差点饿死，幸得上海市委文教书记石西民关心，得以回沪治病，并留在上海。

他是杂文前辈，也是性情中人，待人热情似火，我主编杂文丛书，邀他加盟，他从不推辞，不计较稿费高低。我常去上海，有时去拜访他，他必赠我其大著，请我到饭店飨以美食。他与夫人吴仲华女士，是患难之交，伉俪情深。20世纪80年代他与夫人来京探望老友，《求是》杂志杂文家朱铁志闻讯，在该刊食堂设宴招待何老、吴老，请我去作陪。何老跟我说："我这次来京，是公子陪小姐游春的。"我和铁志都闻言大笑。对武侠小说，尤其是金庸的武侠小说，他全盘否定，认为"武侠小说不论新旧，都是为旧文化续命的"。并说冯其庸及我等学人评点金庸小说，"就是小学生水平"。他并不因为我是他的好友，而笔下留情。当然，我决不会在意何老的这些话，学术见解，常常人各一词，是再正常不过的。我和冯其庸等人是不是"小学生水平"，是无需证明的。当然也有文坛小痞子，大骂我，想挑拨我和金庸的关系，从中渔利，那不过是枉费心机。

何满子先生暮年，身体日衰。有次我去探望他，他长叹一口气，说："老贾这两天病情很危险啊！"老贾是贾植芳先生（1915—2008），他俩是患难之交，对他非常关心。王元化先生曾跟我说，"胡风分子中人品最好的是贾植芳，满子也是好的"。何满子先生遽归道山后，我写了《送别何满子先生》，发表在《中华读书报》上，心中的失落，难以名状。

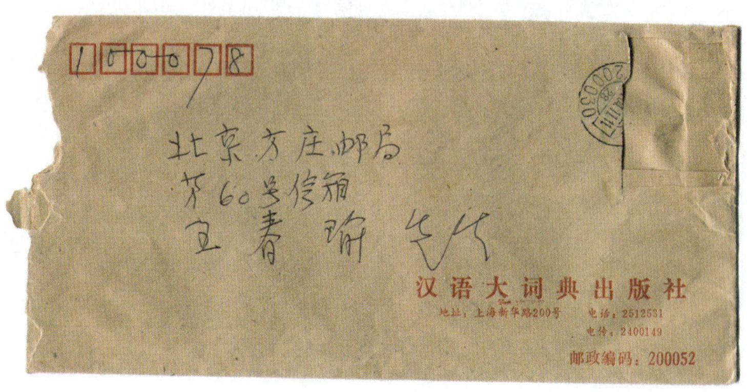

100078
北京方庄邮局
第60号信箱
王春瑜先生
汉语大词典出版社
地址：上海新华路200号 电话：2512531
电传：2400149
邮政编码：200052

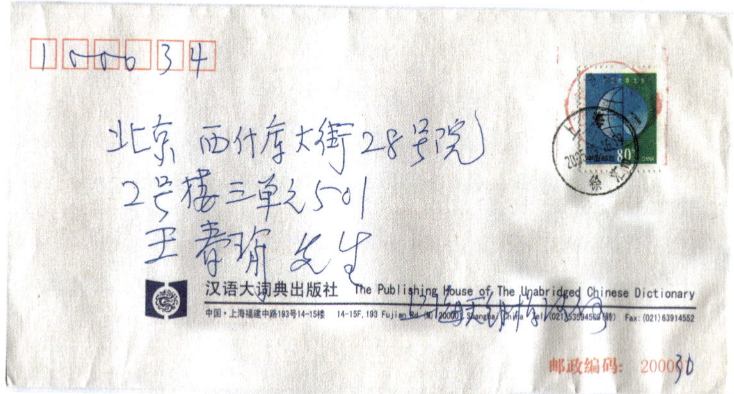

100034
北京 西什库大街28号院
2号楼三单元501
王春瑜先生
汉语大词典出版社 The Publishing House of The Unabridged Chinese Dictionary
中国·上海福建中路193号14-15楼 14-15F, 193 Fujian Rd
Fax: (021)63914552
邮政编码：200030

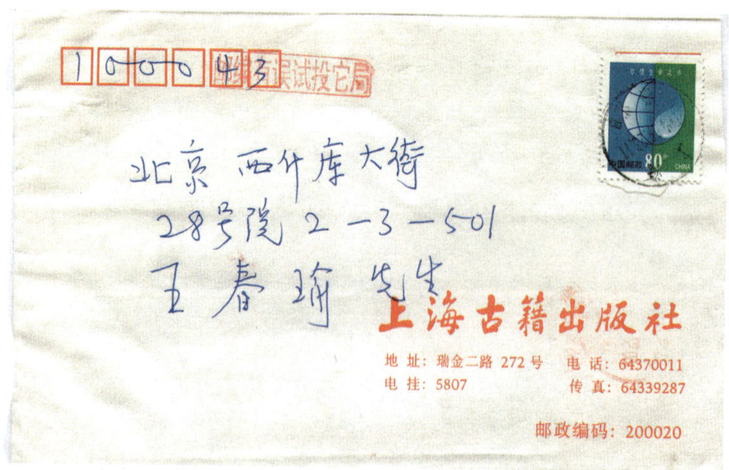

100043
北京 西什库大街
28号院 2-3-501
王春瑜先生
上海古籍出版社
地 址：瑞金二路 272 号 电 话：64370011
电 挂：5807 传 真：64339287
邮政编码：200020

漢語大詞典出版社

19　年　月　日　第　页　共　页

泰瑜兄：

日前古籍社送来了《历史演义精选》的出版合约。那么张军是分别与作者立约的了。规定八月份交稿。正好《中华读书报》今日刊出了我的《梨枣读后》的题记。我已编好全书，下周一即可送去。特此通报。

《×××历史演义精选》作书名，太径直。故我定名为《梨枣读后》（即指梨枣刊梓之意）而以"……精选"为副题。郑兄与我和另几位亦宜定一书名，而以"……精选"为副题。兄以为？

上海已入秋，京中想更早见凉意。冷暖交接之际，请祈珍卫。匆上，不具。祝

秋吉

弟 何满子 040827

装 订 线

地址：上海新华路200号　电话：62811435　传真：62810149　邮编：200052

漢語大詞典出版社

青玲兄：手书附序并收，谢谢。来示谓书现付印，集兄一本寄还，勿念。他中风入院，我看该序先已见报，知近已渐痊。谓四月份中旬可送出。则可重修一番，当宜小功告成，当谓有友捧场之大也。

序如已寄及可，谈妨述长，专可修订。于是近文，前已序，亦多谈矣，实可十分必要情，恐临时朋友间之相吹捧之讥也。

因家所装修，需时三个月，可以胜利大逃亡，至一个楼暂栖，但邮件不畅，每日有人去取邮件。暂居处潮湿，诸多不便，为恨耳。匆复，不具。顺候

撰安

弟何满子拜 四月十日

漢語大詞典出版社

寿瑜兄：

今见《中华读书报》新一期头版头条，仍在狂捧那汉奸臭婆娘张爱玲。一版上竟有两条新闻以炒此人。弟日前寄去一信，附去徐怀谦主笔"内参"稿，前此又数回函兄与京中文友商量表态事。兄等竟无动作，令弟十分伤心。

"内参"之后唯一可鼓处，是原定于6月6日在上海美琪大戏院上演之话剧《张爱玲》，6日报上公告暂缓演出。请延至12月再上演云云。

漢語大詞典出版社

要之，国人有历史健忘症，我们这一代亲历抗日战争的人，嫉恶汉奸，而新一代则已无恩仇直感。遂使丑类得以横行无阻，令人切齿！

看来汪精卫、周佛海诸人均将粉墨登场了，身丁斯世，夫复何言。

搞文化的，衮衮诸公，好不知耻并成为何许人云。

足下能听之乎？匆匆，祝

文安

罗竹风 9.16

此件不全

漢語大詞典出版社

一九五九年上海春明书店出版。十年成书，当时实有急需，每从抄稿而收，售得三万（按币制改革后实为三百元）之济急。而亦完本二册耳。兄提起此书，直是将于青年丑序也。金庸掌龍子請，於此等人亦无庸讳饰，因渊大去年先读为心良，文化教育界[illegible]达者至此，不能启世胜矣，故不忍而作之。方今世界，易郑渊修良都道之高[illegible]良之流[illegible]颇须贤手，亦有法而已。文化环境日恶，可见之未来恐怕更加陵夷，悲夫。草复不具，

青文

弟何满子拜 八月廿七日

漢語大詞典出版社

19　　年　　月　　日　第　　頁　共　　頁

泰瑜兄：

9月13日手示奉到。所拟六种集名均甚允当。弟名为《桑槐谈片》，取"指桑骂槐"之意，非"收之桑榆"之"桑榆"。既已有"随笔精选"，则改"桑槐随笔"即犯重矣；且"谈片"亦很通俗，故决定不改了。稿已送社。

昨日与文化出版社通电话，他们询起阁下，嘱通信时代候，特闻。

据福建人民社房向东（他上月来沪）见告，牧惠有一本历史随笔在该社，不知是否即此本，何以一女两嫁？殊可疑。

专复即颂

秋祺

何满子 上　九月廿二日

地址：上海新华路200号　电话：62811435　传真：62810149　邮编：200052

漢語大詞典出版社

春瑜兄：

吴江书收到，谢谢。此公笔健，《随笔》几乎期期有文，正如于光远所说，21世纪"新手"矣。

上月得于公电话，说肠上有肿块，将入院手术，不知情况如何？

弟粗健。"非典"搞得人心惶惶，幸弟闭居不出，倒也省心。光荣给[illegible]。

为彭柏山文集作文一篇，投中华读书报已半月余，未见刊出，不知如何也。

匆白，祝 春安 弟满子顿 0421

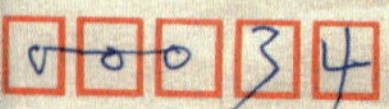

100034

北京西什库大街

28号院2号楼三单元501

王春瑜先生

上海古籍出版社

瑞金二路272号 电话：4370011 电报挂号：5807 传真：4339287

邮政编码 200020

100034

北京西什库大街28号院

2号楼三单元501

王春瑜先生

上海古籍出版社

地 址：瑞金二路 272 号 电 话：64370011

电 挂：5807 传 真：64339287

邮政编码：200020

漢語大詞典出版社

19　年　月　日　第　页　共　页

春瑜兄：

惠函并《甲申三百六十年祭》并悉。拜读后，甚佩说论翔实。唯一缺憾，囿于就事论事，未有涉及时政评论，不免仍是书生文章。治史者，鉴古知今，方是归着。对社会现象作有力之批判，然后才是知识。且兄之文发表于香港，言论条件佳于内地，正好乘机发挥，不知何以顾虑而不甩开来谈？作文非人生、历史、文化批判则可不作，愿与兄共勉。弟性鲁直，率言勿怪为幸。近又读四书，言论实制天棘地，亦数月以来，披杂文已有四篇，近之纵史说史，当再举手待宣道宾客。学之。如是，

顺颂

撰安

弟何满子　五月十九日

地址：上海新华路200号　电话：62811435　传真：62810149　邮编：200052

漢語大詞典出版社

春瑜先生：

日前收到出版社寄来《中国反贪史》两巨帙，欣喜感激之至。因无学心，故曾托邵燕祥兄便中代谢盛情。其实无论人们如何致力于去贪腐，效果均不大。知识分子自作多情，以为在历时今古可鉴也已。但做人亦只能如此，不可为而为，聊胜[illegible]浊世。

贵友刘[illegible]有文集，因送福建人民出版社，但人情势利，必须要名。刘君深急[illegible]，今日该社电话谓，可于明年寄稿来试之，但[illegible]不能出已经说过之定本，云云。李敖[illegible]

漢語大詞典出版社

读几句，但对其文字，不求了解，即说错亦难抓拿。故将此情况奉告，请您斟酌转告刘君。可估计可用可能只占半数。何如请酌。

北京酷暑方过，上海又燠闷如京城，终日昏昏，真无可奈何。瞎忙而无成果，真"不中用也"矣。

匆此，敬请研安，并颂

暑祺

弟 何满子 拜

0628

漢語大詞典出版社

春瑞兄：那天之前我打手电话给文化先生，先生说来人处将来我处云云。不料先行决定为此与你，未来托将来机为憾。

现有一事，上周活四点来会我，并令他传达，供出北京文友们的文件字意。但准备把四点一句大面化之，未不会通知大家关注出力。我再致之友总会号召一下，请北京文友出一把力。

我上八月十二日，接到书元来信介绍南京社科院（不知他是怎么听到我家电话号码的）来电，告我九月间华东师大将召开张爱玲国际研讨会（他从台湾《联合报》上消息得知）。我觉此年是全国纪念抗战胜利六十周年，竟开纪念一个附逆文人的国际会，太不像话，嘱我建言阻止。我即有建议发表，于是我通告文化。文化于17日电告，准任大此，当天《文汇报》上还有评《张爱玲》一则的消息，很不像话。他像在上海开先方面进念外，恐怕这事要

漢語大詞典出版社

开放议了行。嘱我摘文评我。我乃摘文投《人民日报》伴体评。他即电话回答。文章发表不便。他已写了"内参"稿,恐更有力。此文将退回,可另投(因《人民》指责同行《文汇报》不便去投)他报发表。我想,他将参上之说、我的意,此事最好由文学的人出面,以壮声势。

得怀谊今来信,已发内参稿,摘要引了我的文章。现我将此文寄上,请兄与文友会家时将此文传阅,请大家多以不同角度,撰文声援之。使王蒙知众怒不可犯。至嘱,至嘱。文化也相当成此事。据他说,上海宣传部的大人物竟不知此事的大沉好,可悲可笑。

匆此奉达,不另。祝

撰安　罗竹风

8.29.

漢語大詞典出版社

春晖兄：

顷接辽人民出版社陶琦来电，谓兄给《山脉说文丛》的书稿未收到。该丛书规定是三月前交稿的，恐兄因忙偶忘。故亟来信，这个"主催"真是以"催"为职事了。

弟因整修房屋，暂寓别处，但你们可寄原址，有人去取的。

匆上，祝

安

弟何满子 0328

钱谷融

钱谷融，华东师范大学中文系教授，文艺理论家。他的名言是“文学是人学”，1958年曾遭到猛烈批判，扣上抹煞人的阶级性、是修正主义观点的大帽子。跳得最高的，是当时在读的两个女学生戴厚英、陈秉德，名噪一时。1974年我在江苏大丰“五七干校”，见到年迈的施蛰存教授，及中年的钱谷融教授。我因参预策划1968年上海第一次炮击张春桥的活动，1970年被“四人帮”在上海的代理人，强行打倒，戴上现行反革命分子的帽子，押到大丰“五七干校”劳动改造。当时自然不便和钱谷融先生攀谈。20世纪80年代，我常去上海，与王元化先生住一个宾馆，王老称赞钱谷融先生的文艺理论水平很高，使我加深了对钱先生的了解。在中国作家协会第六次代表大会上，我俩都是代表，相见甚欢，得以长谈。此后，电话、书信往来不辍。我很尊敬他。

春瑜兄：

闻名已久，作代会上幸遇，不胜欢喜。大作收到，谢谢。拙著《散淡人生》在京丰宾馆时似已面呈，但恐记错，如未有，示知即寄。阳历元旦已过，阴历春节即将到来，岁暮天寒，望多保重。

此请

大安！

钱谷融

元月5日

100078

北京方庄邮局

60号信箱

王春瑜先生

上海华东师大二村89号钱

邮政编码 200062

王元化

王元化，生于湖北省武昌，祖籍江陵，思想家、学者、作家，笔名洛蚀文、方典，年青时即加入中国共产党。1935年在北平参加学生救亡运动，后参加中华民族解放先锋队。历任《文艺通讯》总站负责人、中共上海地下党文委成员，《联合晚报》《夕拾》《展望》《地下文萃》编辑，华东局宣传部文学科科长，新文艺出版社副社长，上海作协、上海出版局党组成员，上海市委宣传部长，上海市作协副主席。17岁开始发表作品，著作甚丰。以对《文心雕龙》研究的精辟，及晚年巨著《思辨录》，尤为学界称道。浙江出版家特地为他出版了竹纸本竖排全集，共一百套，蒙赠我一套，弥足珍贵。他晚年对五四运动、一二·九运动，进行了反思，更对马克思主义的三个来源，特别是空想社会主义进行了深刻的思考，指出对中国思想界、社会实践的影响，从而奠定了当代思想家的历史地位。哲学家、理论家吴江老先生说，“元化是当代思想家，绝无仅有”。洵为至论。他还指出，鲁迅早期对人性的剖析、呼唤，其社会意义要大过其杂文成就。

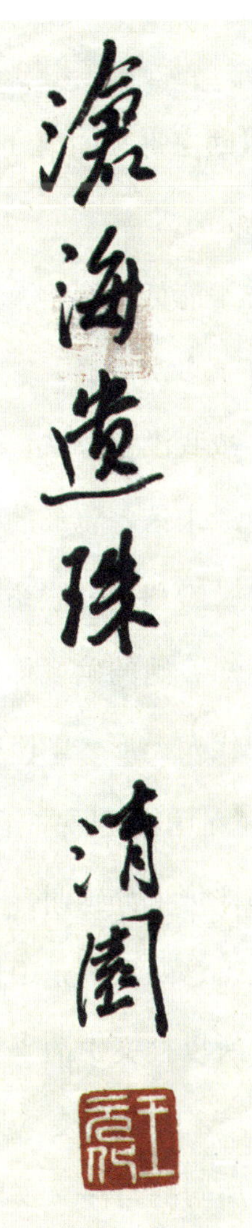

按：这是王元化先生应我请求，为文友杂文大家牧惠先生遗集题写的书名。

春瑜先生：

十八日来信及所附退回在寄来的信（十日）并附大作简报一纸都已收到。

我最近几个月因头昏不能低头写字，想打电话给你，但没有电话号码。想问小莲，但打了多次电话，她的电话已经变了，大概她因为搬家，电话也改了，故我没有办法，只好请人代笔，口述此信给你。望收到信后，来电或来信，将你的电话号示知，以后可用电话和你联系。这是我目前唯一和朋友联系的办法。倘你知道小莲的新的地址或电话，亦请示知。她的确像你所说的，不是大大咧咧就是骂骂咧咧，这是她这一代人无形之中所受到的文革毒害。我不知劝告多少回，要她改一改，但积习已深，看样子很难改的了。

你对拙著日记所作的评价十分感谢。文中所述两点至今似乎未受到别人的注意，但我觉得这两点倒是中国现当代史上具有一定意义的问题。你是史学家，所以拙文中的平凡记叙一下子就抓住了。不知我在《九十年代反思录》中所记老人家一九五八年于北戴河会议所作的人民公社决议中所附的自注《张鲁传》其实是雷同于五十年前刘申叔的同样理论（还有认为农民是革命的主力军，也同样是雷同于刘说）。这是我于偶然中得知以为是独得之秘，认为提出了一个十分要紧的问题，但迄今尚未有人注意及此。

你向我推荐王朝柱。我大约于八十年代后期在深圳或杭州的创作之家也已见过，并作过几次谈话。你说他人不错，我的印象也如此，但分手后，就再没有往来了。信中所提到的，他从档案揭示的若干秘闻，其中有几条我也从别人处听到过，但有些则是不知道的。那时我还似乎读过他的一两本报告文学，如今，他这样走红，我却是不清楚的。我现在几乎什么会都不参加，和外界比较隔绝，信息很少。以后倘能和你以电话联系，我想一定可以从你处得到一些消息。最近从杂志上读到两篇燕祥兄的大作，一载于《收获》，一载于《随笔》，我认为都是其中最值得一读的文字。读吴江的新作，虽并不怎么样，但文后夹带的附笔却极有看头。《收获》中的那篇好象是回忆的系列之一，写得很好。这种写法也是他的独创。与其他回忆文不同，很有新意，我也喜欢。你的文笔是日渐向精炼老辣方向走，也是在当今许多只知绕舌的杂文家中很难见到的。

得信后请即将尊处的电话号示知，并告我平时在何时打电话给你最为方便

匆匆不尽一一，请向京中友人致意。

祝

好！

王元化

二〇〇二、七、廿三

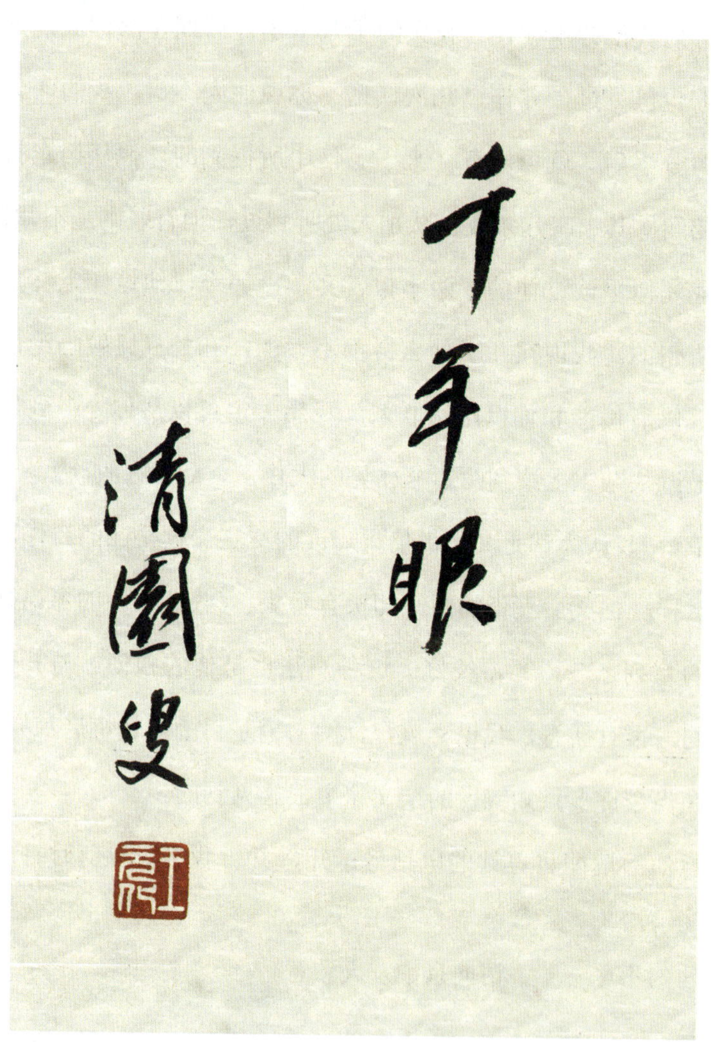

按：这是王元化先生应我请求为上海古籍出版社出版的、由我主编的《千年眼文丛（历史随笔丛书）》题写的书名。

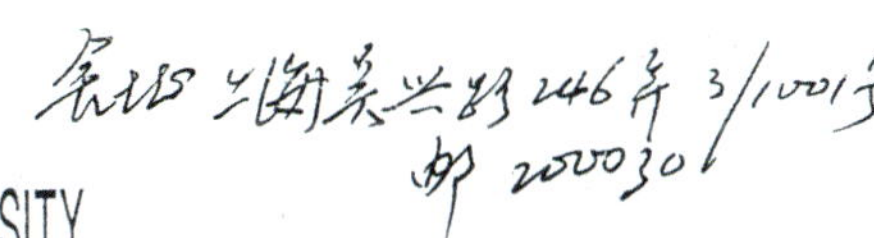
寓址 上海吴兴路246弄3/1001号
邮200030

HANGZHOU UNIVERSITY
杭州大學
ZHEJIANG, CHINA 310028

Tel: 0571—8071224
Fax: 0571—8070107

寿瑜先生：

八月廿五手书奉悉。

承示《新时期》刊载，并告之有关辛芳信息，甚感。辛芳死时情况，当时曾经多方探听仍不清楚。如蒙先生处可设法托人介绍，或能不以即可直接联系。

专此一复

即颂

大安

王元化

一九九六年

九月十四

→

见后面

信甫写毕，即得夏宝先生电话号码，已去电联系。夏先生说他六七年代在原敌社川东，即从中组过事，未去过苏北，故不知李芳事。大约您将他与在邑处工作过者混同了。为先生转告当处工作过了。此一线索断掉，李芳如何只好请他们来了解。

—元化

即日

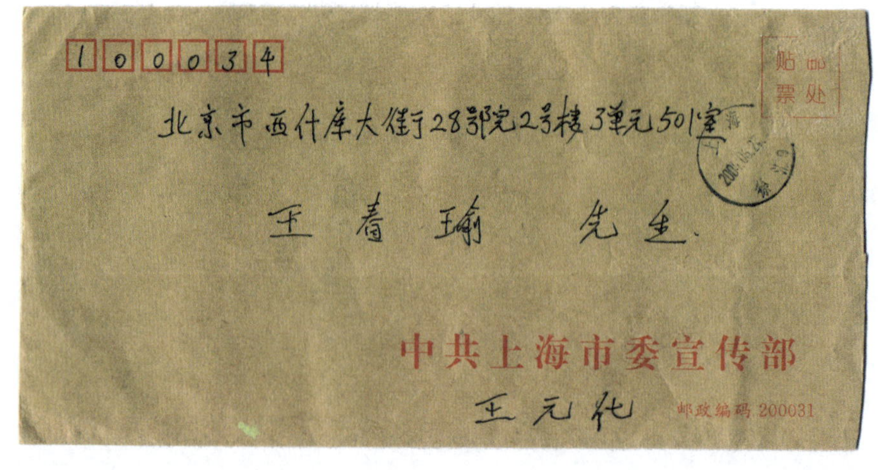

100034

北京市西什库大街28号院2号楼3单元501室

王春瑜 先生

中共上海市委宣传部

王元化 邮政编码 200031

杨廷福

杨廷福，字士则，上海市人，原籍宁波。1945年毕业于复旦大学中文系，一度就读于无锡国学专门科学校。曾任上海政法学院、同济大学讲师。追随大律师章世钊，与国学、史学大师陈垣经常通信。古文、书法、古诗俱佳。精通星命学，算卦尤准。他在中国科技史、农学史权威胡道静家，说自己只能活到六十岁，我刚好在场，后果然在六十岁时因肺癌去世。1956年他在上海市委召开的座谈会上，强调法制建设，反对人治。却因此在反右时被打成右派，撤掉高级讲师职称，工资从180元降为80元，劳动改造。全家生活陷入困境。他曾偷偷在节假日坐船到宁波，贩卖凉席，赚钱贴补家用。他抽烟，只能买最次的八分钱一包的“大生产”牌香烟。但是，他每晚仍艰苦治学，研究唐律、玄奘，写出《玄奘年寿考论》《玄奘西行首途年月考释》《唐律疏议制作年代考》《唐律对古代亚洲各国的影响》重要论文。此时他的工作单位是上海教育学院。“文革”后期，他被摘掉右派帽子。随即被借调到以老革命、老作家李一氓为首的“国务院古籍整理小组”，从事《玄奘年谱》的点校工作。“四人帮”粉碎后，他的“右派”得到改正，前述重要论文均发表，谭其骧师说他的论玄奘二篇文章，可与清代乾嘉大学者抗衡。他任教育学院古籍研究所所长，并兼任华东师大古籍研究所研究员，出版专著《唐律初探》。他在1956年上海市委召开的座谈会上的发言稿，重新在《人民日报》刊出。惜英才不永，仅得中寿。遗体告别时，周谷城师盛赞“他是一位天才”，非虚誉也。

我与廷福兄是莫逆之交，患难之交，视如兄长。他去世后，我写了《廷福兄长，魂兮归来》等文悼念，刊于报刊，后收入拙著《中国人的情谊》中。

春琦学長兄左右　一載未晤
芝眉懸切
玄襟維有神往　前
文旆南旋　而弟適有閩陝之行　緣慳一
面　頃其屬兄來滬　藉諳
佳勝　爲慰　只於我
兄才學極傾倒　請支持
兄主論　弟除一如恆　近復有貴山九華之
遊　而往鎔絡繹　擱手不得　良苦苦　現日
本文部有向我國教育部提出申請　有明
治大學法學博士岡野誠于明春來華進
修半載　指名弟爲導師　專攻唐律　弟
學淺不敢當　而該教育部已指令師大下
達　弟又不得不勉爲其難矣　惟日本學者
于唐律用力甚勤　著述頗多　弟亦爲指
導者力不從心　又不能抗命　雖美推擺
頃越年　拙著樣書已到　坊間尚不及問世
恭奉上十五冊　除請
兄提致[illegible]我

兄便中轉遞　轉請祖總力泉高華
家鉞桂生家駒楊訥白鋼一雅吳本
桂林與鯨鋒先生及陳清泉諸兄蘇
璧碧同志指教爲荷我
兄亦謂俟書出版後可爲文介紹於京
中報紙　弟謹如命　出版社迅即寄
下樣書　緣書不及裝訂　其餘請報上作一介紹以
光寵該出版社也　並又煩熙
攘筆揮毫　章章甚張有有
崇馬　弟于拙著購買多冊　日後可以
或思慮不及　社科院中　弟所認識
者或有閩人士尚需寄奉者之
亦不怕有遺漏　冊後共未役以[illegible]人
也　耑此　敬請
著安　侍弟　廷福拜手　廿八
附呈拙著十五冊

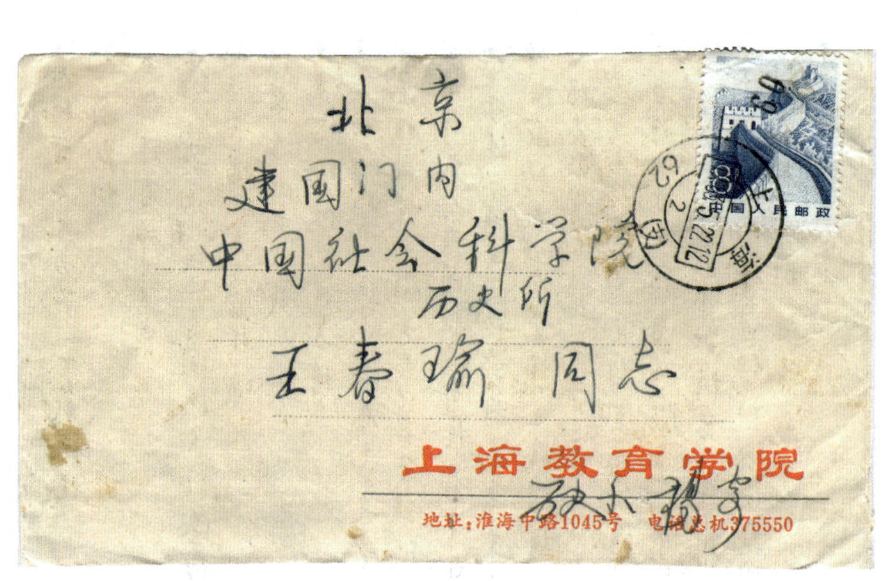

北京
建国门内
中国社会科学院
历史所
王春瑜 同志

上海教育学院
地址：淮海中路1045号 电话总机375550

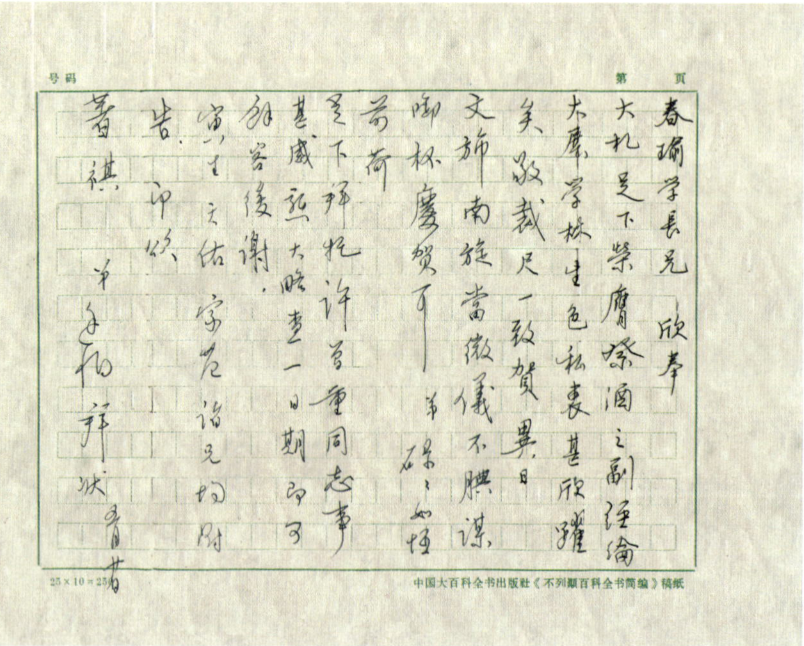

号码　　　　第　　页

春瑜学長兄：欣奉
大札，足下榮膺繁劇之副，經綸
大展，學林生色，私衷甚欣躍。
美、敦哉！尺一致賀。異日
文旆南旋，當徵儀不腆，謀
卿杯慶賀可。　弟碌碌如恒，
苟苟。
足下拜托許首重同志事，
甚感。熟大略查一日期，即可
躬容後謝。
寅生、天佑、家君諸兄均附
告。即頌
著祺
弟 手福 拜狀 首 廿日

25×10=250　　中国大百科全书出版社《不列颠百科全书简编》稿纸

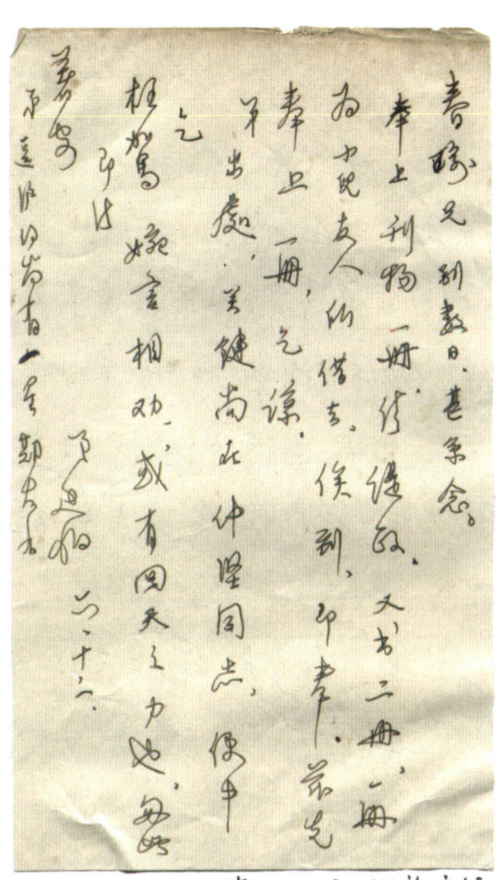
春琳兄：别数日，甚系念。奉上刊物一册，供续阅。文书二册，一册为小儿友人所借去，俟到，即奉上，兹先奉上一册，乞谅。草出处，关键尚在仲坚同志，便中乞相机婉言相劝，或有回天之力也。匆匆即颂

著安

弟廷福 六、十一

又廷顺即当有一笺，[illegible]

附记：文革中，张春桥为加强对上海高校的控制，将华东师大、上海师院、上海体育学院、上海半工半读师院、上海教育学院五校合併，组成上海师范大学。"四人帮"粉碎后，五校均要求独立，得到上海市委批准。华东师大历史系，欲留廷福兄，不果，但教育学院、上海师院拒绝，仲坚同志是新四军老战士，时任教育学院人事处长，我与这位老大姐关系不错，廷福兄托我去仲坚同志说项，未果。后教育学院转成古籍整理研究所，任命廷福兄任所长，副院长兼某长。

春珍兄：您好！

第　页

三日晚，略备小酒，请 枉驾一叙。

打了几次电话，您不在。兹有吾友 友人胡瑞林先生，系民族资本家后代，因落实了政策，去秦来京游览。今拟事毕，于明日到，然解决一栖身之所，而单之招待所已颇满。胡君大约数月，返毕即返程，专为感谢。弟先谈了些，只得有求于兄。未知有无困难？是否示知。明天电示 550224 为荷。

又郑老威光来京相访，更是徐兄真，都已交谈，认为极好。又叫弟写了一段致人事部门，想即可成功也。 匆此即请

晓安

弟 廷锡上

9.29

中华书局
商务印书馆 稿纸

(15行×20字=300字)

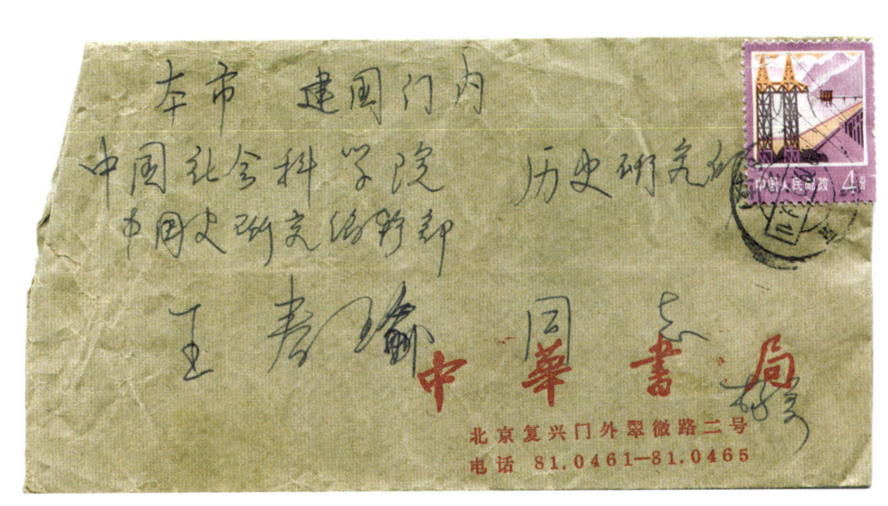

春瑜学長吾兄：别二月时不見，叔度想以饥渴。所獲手示，快何如也。吳泰先生大著，弟回憶起兄曾談及，弟即向傅兄道，如有稿来，即交與傅兄，回來寓目吳先生大文也（亦未有寄与弟何物来）。轉稿遺落，有負重友，不安之至。未有存底，徒耗吳先生心血，尤為歉仄。煩懇再請傅兄追思檢核存儀是禱。弟返滬後冗務雜沓除上课外，须兼毕业导师，大史学研究所研究员及历史词典之分科主编，以事撰述等文章与宋史研究会两处之唐史研究会未果行，作为缺席理事，奈何奈何。近又被选居佐，務不群。

又王申酉冤案，弟早已（果如尊意，且云天津作为冤案更见所泄未写）缴札，义愤填膺，近获知上海陈国栋同志已主持其事，市委即拟定一为冤案，二王作好同志事，以平反昭雪。三吴于王如何主即执行之，且提尚待调查，似有问题也。弟以为此事已上达中央，既揭示我辈，似不必出此矣。

兄何以为然？望有以示教。十二月间弟或将至京，参与民主建国中央会议，则又得以良晤，藉聆謦欬，话旧快实无何如也。弟手札言及始月编会事，荆人未见。题赏诸诗已阅。又祖述为安徽人，河南人民出版社则不如安徽出版社以为地方人物，其搜辑精存，兄或徐图之。匆此

敬请

著安

弟 子庸 上 十月四日

京中诸友好请代候

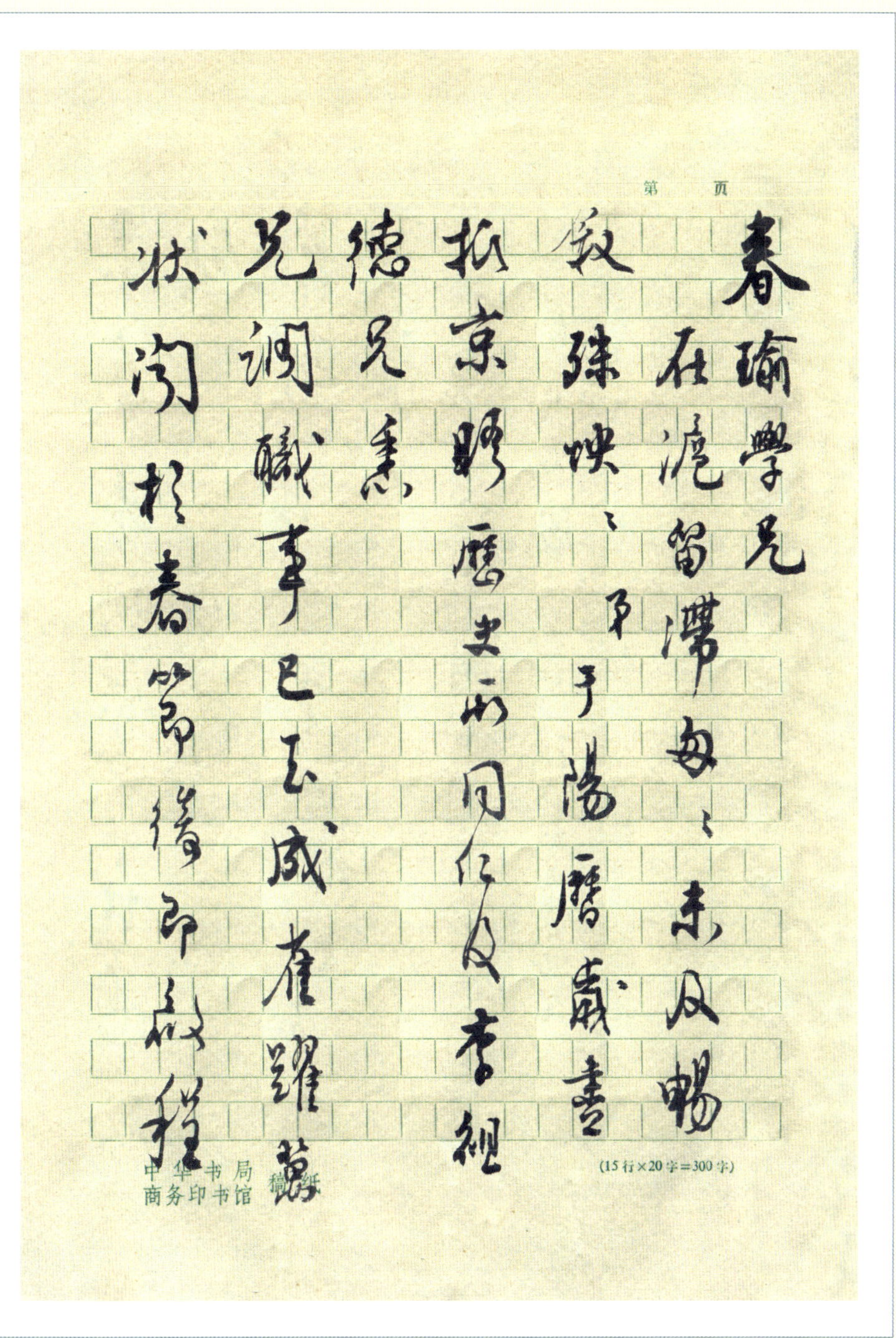

第　　页

春瑜學兄
在滬留滯每々未及暢
敘殊怏々弟于陽曆歲暮
抵京晤歷史所同仁及李組
德兄悉
兄調職事已定、咸雀躍萬
狀聞擬春節後即啟程

(15行×20字=300字)

中华书局　商务印书馆　稿纸

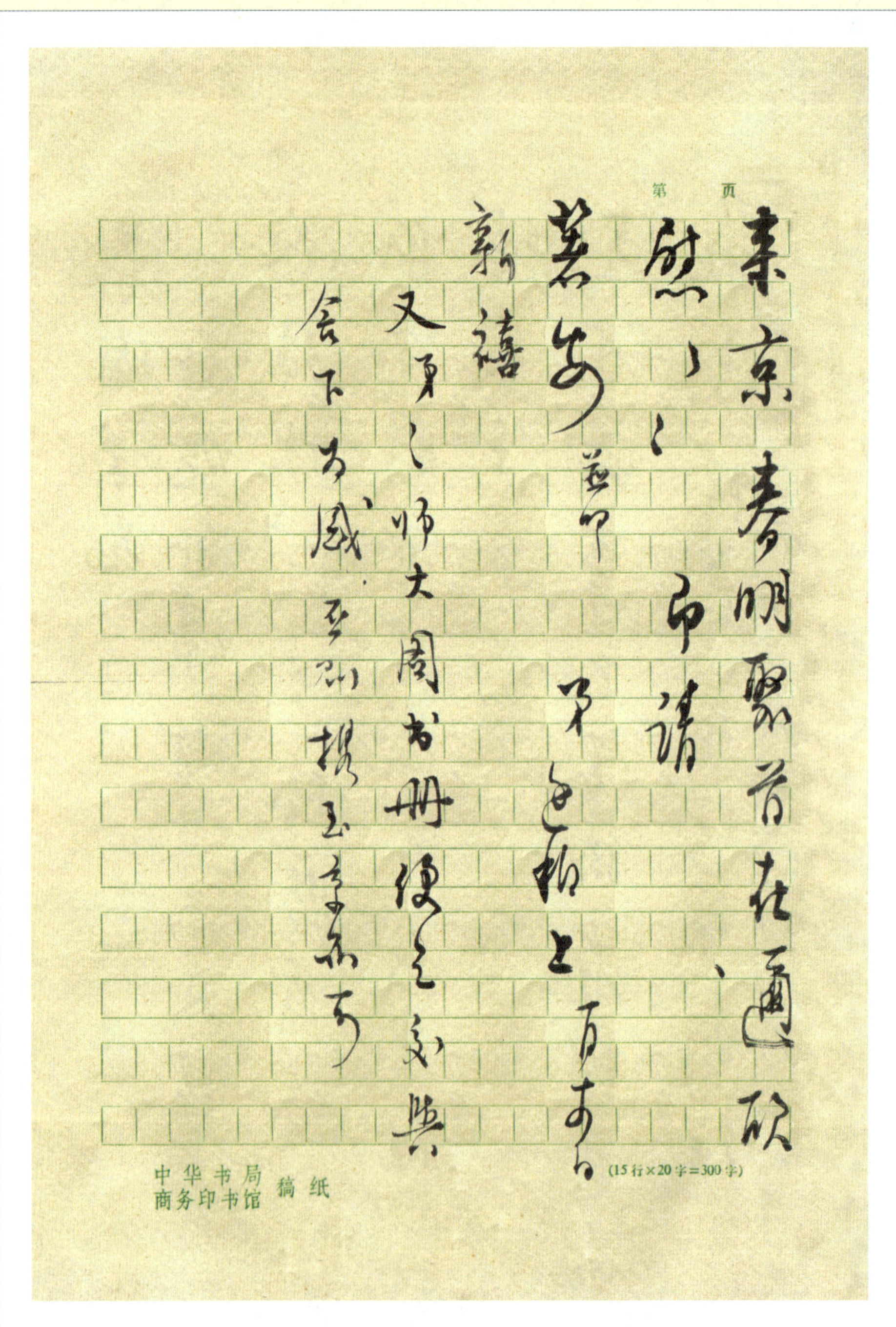

第　页

来京奉明聚首在迩，欣

慰〻〻，即请

著安　燕铭　弟[illegible]上　一月十日

新禧

又[illegible]〻师大周书册，使之[illegible]与

舍下大感，至谢。[illegible]玉[illegible]寄

(15行×20字=300字)

中华书局
商务印书馆　稿纸

山根幸夫

山根幸夫，日本著名历史学家。兵库县人。1941 年进入东京帝国大学（今东京大学）文学院东洋史专业学习，1947 年 10 月毕业后转为该校特别研究生。1952 年任东洋大学文学院特约讲师，翌年升任副教授，以后又在多所大学任教，1961 年起担任东京女子大学文理学院教授，1990 年 3 月退休。2005 年 6 月 24 日在东京病故，享年 84 岁。

山根幸夫教授对中国非常友好，曾自费来华参观、学术访问七十余次。他自刻钢板，印《明代史研究》，报道中国明史研究动态，并发表学者的学术论文。他曾应邀访问中国社会科学院历史研究所，作学术报告，与笔者有很深的友谊。他曾在杂志上著文，抨击日本极右势力复活军国主义的叫嚣。我曾著文《樱花·梅花——忆山根幸夫先生》，收入拙著《中国人的情谊》中。

山根幸夫先生主要著作：

山根幸夫主编《中国史研究入门》上、下册。

学术论文多篇。

王 春瑜 先生

中国 北京市
方庄郵局 60号信箱

BY AIR MAIL 航空
PAR AVION

王 春瑜先生 令夫人

Season's Greetings and Best Wishes
for
The New Year

新年を祝し 御一家の
御健康を祈ります

二〇〇二年元旦

山 根 幸 夫

戴文葆

戴文葆，曾用名戴文宝，笔名慕松、郁进、丁闻葆。江苏省阜宁县人。盐城中学肄业。1945 年 8 月毕业于复旦大学法学院。1946 年，出任《大公报》评委、副编辑主任、管委会委员。新中国成立后，先后在人民出版社、中华书局、文物出版社、三联书店工作。发表多篇出版工作的论文。20 世纪末，主编《书海浮槎文丛》，甚有影响。他的散文集《月是故乡明》，写故乡阜宁的人和事，一往情深，文字简洁。文葆先生为人正直，嫉恶如仇，历经坎坷，仍不改初衷。他担任中国图书奖评委，坚持原则。文葆先生去世后，我曾写《怀念戴文葆学长》一文，刊于《光明日报》2012 年 12 月 14 日。

他还为清余怀著《板桥杂记》增注，旁征博引，颇见功力。

生活·讀書·新知 三联书店
北京朝内大街一六六号
香港分店：中环域多利皇后街九号

编号：　　字第　　号第　　页
日期：　　　年　　月　　日

春瑜兄：

昨日匆匆一晤，摸清了住处，握谈甚快！稍过一些时候，当来细细聆教。

大作已付印，寄上复印一份，原件奉还。另复印一件，已寄交三联书店韬奋图书馆范兴华同志。谢谢！

祝康吉！

戴文葆拜上
六月廿二日上午

東方出版社

北京朝阳门内大街166号　　电报挂号：1003

春瑜兄：

来示拜悉。在《北京观察》看到《清官之难》。有人传说，在海外，江、邓公子合伙做生意，李小子单干，各有一套。成都市区友人来说，赔钱的企业都股份了。

附件已读，当将郑先生之意转致有关方面。

这次香山饭店之会，尚有些"恶人"，也不能阻止浊流冲进，奈何！我脾气不好，参与这种事，至少折寿两年。死了也罢！"专家"也多，也上市场混了，学术无地可容。以后详情面谈。

匆颂

笔健！

戴文葆顿上

九、一八

还有，什么"专家"，"专"什么？有些"钱"家不好对付。台面上的"钱家"越来越多了。

又上

100078

本市 方庄邮局60号信箱

王春瑜先生 大启

本市和平里南口民旺六巷大院三号楼
431室戎文蔚拜上 100013

春瑜兄：

收到了《铁线草》，针砭学风世风之作，足以警示掌印者流。

《问泉》附诗："只缘评委有"蠢"才，尔竟称之为"歪"才，蠢才还不会巧言令色，阿是？ 文蔚拜上

十一月十九日

附录

新世说

金生叹 文 叶春旸 画

隔膜

近日在盐城，闻文友言："文革"中，人民出版社资深编辑戴文葆，深受迫害，被扫地出门，放逐故里阜宁打扫厕所，俗称掏大粪。平反后，回社依旧编书，甘当蜡烛，照亮别人。戴氏学养深厚，所编书皆上品，不久前荣获出版界之大奖"韬奋奖"。消息传至桑梓，老农民奔走相告，曰："戴文葆当年在这里打扫厕所，任劳任怨，如今得了大奖'掏粪'奖！"余闻之先捧腹，继之则感悲凉：邹韬奋先生抗战时曾至盐城、滨海，在苏北享有盛誉，曾几何时，以彼命名之大奖，竟被人误解若是？在盐城郊区郭猛乡，余冒着绵绵细雨，向一中年村妇打听抗日烈士郭猛陵园所在地，答曰："不远，西边苹果园里就是。那有什么看头？"余闻之更感悲凉：瞻仰烈士墓，竟被认为无看头，呜乎！此二事虽小，但足见乡民（至少是一大部分）与文化隔膜之深。正是：

"掏粪大奖"有来由，
烈士陵园"无看头"；
如此隔膜实堪悲，
明月何时照高楼？

5月14日于北望楼

《文汇读书周报》6月6日第5版

100078

本市方庄芳星园二区十号楼乙楼
8021室

王春瑜同志 大启

本市东单西总布胡同55号6门101室戴文葆拜上

100005 邮政编码

钱伯城

钱伯城，笔名钱东甫、钱冬父、阳湖、成柏泉、辛雨。江苏省常州市人。1937年后，曾任上海书店练习生、上海文汇报社资料人员、中学语文教员。新中国成立后，在上海多家出版社供职，后任上海古籍出版社社长、总编辑。著有《辛弃疾传》《袁宏道集笺校》《问思集》等。

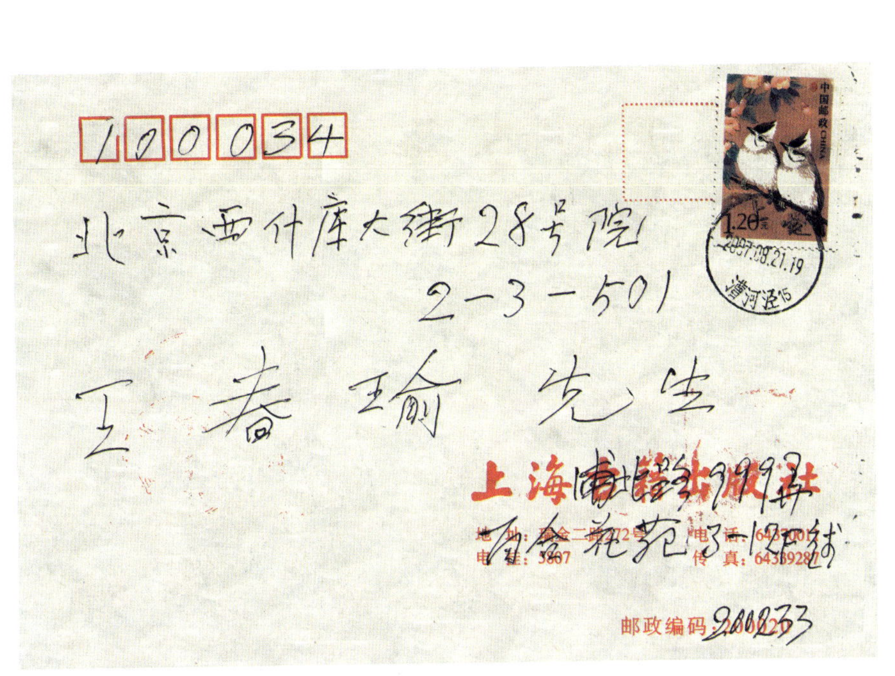

100034

北京西什库大街28号院

2-3-501

王春瑜先生

上海浦城路999弄

百合花苑3-1502 缄

邮政编码 200233

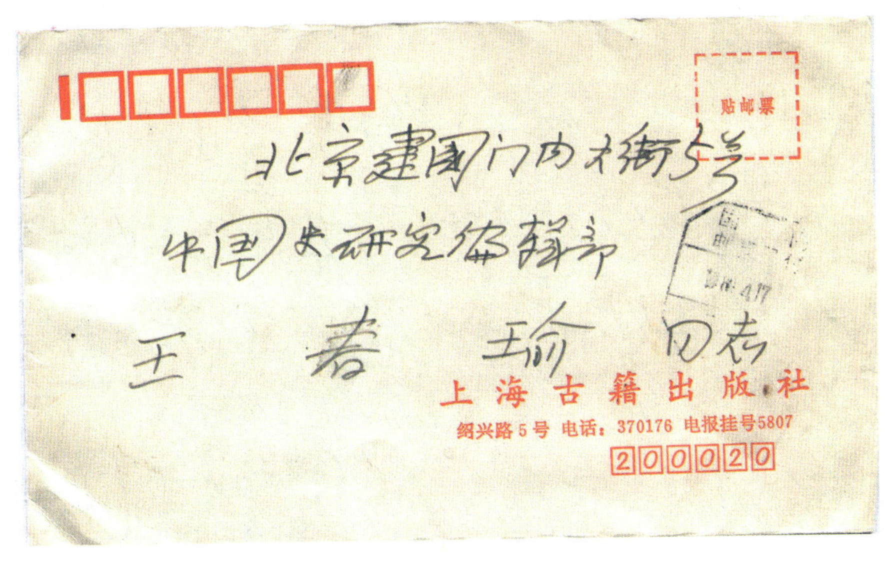

北京建国门内大街5号

中国史研究编辑部

王春瑜同志

上海古籍出版社

绍兴路5号 电话：370176 电报挂号5807

200020

上海古籍出版社

春瑜兄：

惠函并"掌故"均奉悉，尊识聪女士大作甚佳，已安排《谈丛》发稿，请转告并释念。"掌故"已拜读，琳琅满目，想见编者胸襟之不凡，甚佩（尤以关于"作协"学风一篇，发人深思）。何时可暇，请写一篇[illegible]，备补白之用。匆复不一，顺颂

春祺

钱伯城 上

十二月十七日

上海古籍出版社

春瑜道兄：

惠赠大著《古今集》拜收，谢谢！展书快读，觉史料运用之融会贯通，史识表述之卓越超群，佩甚佩甚！环视当今史学界，真能"今古一线穿"者，舍君其谁？陈诜健君"总序"写得也不错，便中可转告我敬意。

匆匆顺颂

敬礼

钱伯城 2005.1.11

来书地址微误，正写：

200233 上海浦北路999弄3—12F 西岸花苑

上海古籍出版社

春瑜文兄：

正拟写信，先得来书。上月晚间承热情电话约稿，勉为允诺。事后思之，实为未妥。鄙稿芜杂，恐难与丛书诸公比肩，内容字数亦多不副要求，反成主编之累，于心不安。考虑再三，辞谢为上。来日有缘，当图后效。遥遥惆怅，想蒙鉴谅。约稿合同一份璧还，多多不一，顺颂

编安

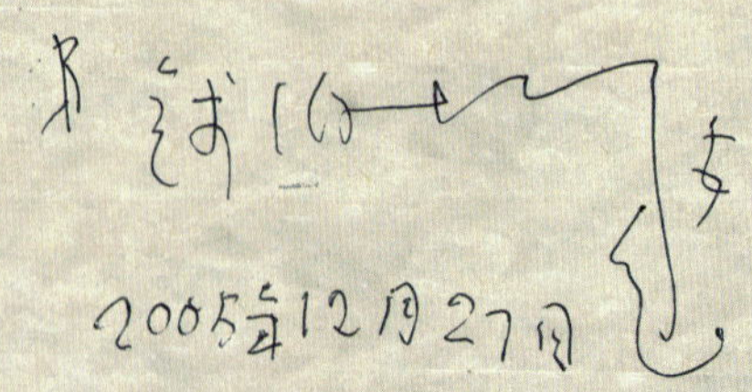

2005年12月27日

上海古籍出版社

春瑜兄：

一月九日手书奉悉，承蒙揄揚之。去年兄至寓通电话，仓卒间未知为谁，漫然无意，後乃憶及是兄，然已挂断。夜间遍查电话本所告，不揣冒来湖宾馆寻访，回讯已离宾去矣，至今深感歉然！尤以兄来沪时未得一面为憾也。

所示黄烈先生主编《魏晋南北朝史研究》一书，皆名家杰作，自宜予出版。然也

上海古籍出版社

寄来集刊，要何集刊甚多，也寄来现最新期。出版社现均自负盈亏，本系负责地位亦不能不考虑此等问题。是否可与黄先生商量，将稿件转至《中华文史论丛》，陆续刊用，如何？

士则兄遽归道山，思其前尘宛在，追阅论文，也宛如在眼前，为之黯然！

匆布达不一，顺颂

曾祺

钱伯城

一月十九日

上海古籍出版社

春瑜兄：

惠函并所赠书均拜悉，谢谢，稽复致歉。我兄著述宏富，论事采文如其人，可喜可贺。廷杖、宦官诸文堪称佳作，总能不懈。前承惠寄《[illegible]》大作，此系史学专著，精心介入寰，自为可传之作，惟因近日稍忙，未能及时安排，尚乞谅之，想兄亦能全面考虑也。本社杂务丛集，经月忙碌，如本社有不周，以速回复。

专肃，即颂

台安

《红学》一、二本，均属学术时代前列者！

弟 钱伯城上

四月十七日

上海古籍出版社

春瑜仁兄足下：

承惠寄大著《与君共饮明朝酒》，拜收谢谢！展卷快读，增我知识，欣何如之。丛书名亦佳，"看了就明白"，旨哉斯言，点子必自兄出，或即主编乎！附录李乔君等二跋，实同我心，不须多言矣。

酷热多多，不尽一一，顺颂

文安

弟钱伯城 上

2007，8，20.

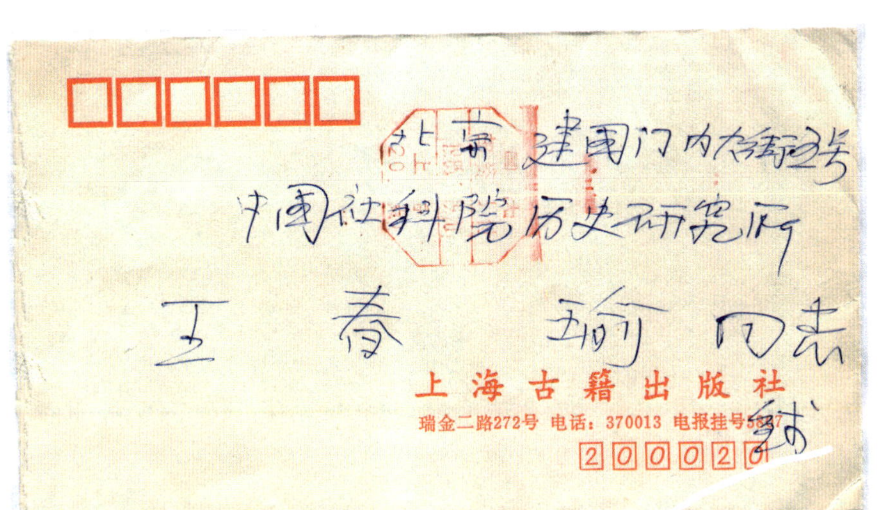

北京 建国门内大街5号

中国社科院历史研究所

王春瑜同志

上海古籍出版社

瑞金二路272号 电话：370013 电报挂号58[illegible]7

200020

缄

舒芜

舒芜，出身安徽省桐城书香门第，唐诗专家马茂元教授是其表兄。他少年即成名，长文《论主观》发表时，还是小青年。他与老作家胡风关系密切，1955年，他交出胡风给他的信，成了迫害胡风的炮弹，终生为人诟病。他为人聪明，文字清新。著有杂文《挂剑集》《说梦录》《挂剑新集》等，并出版了其作品全集。

他是《中国社会科学》杂志社编审。

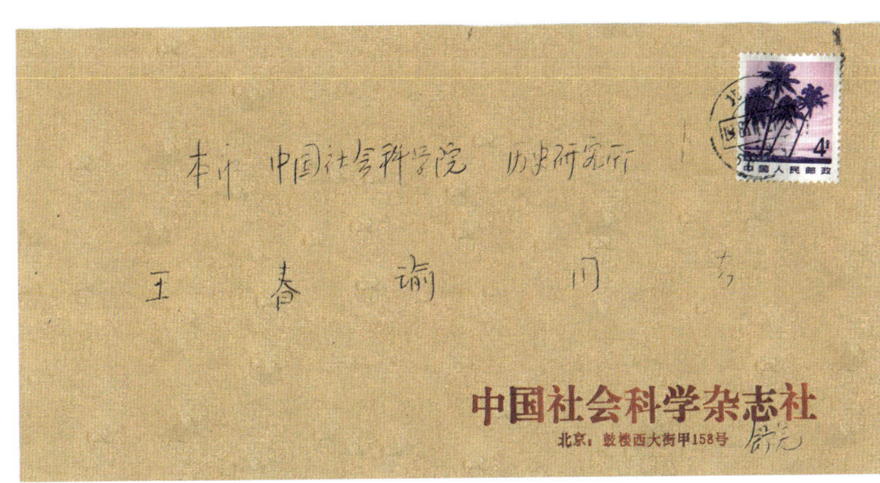
本市 中国社会科学院 历史研究所
王春瑜 同志
中国人民邮政
中国社会科学杂志社
北京：鼓楼西大街甲158号

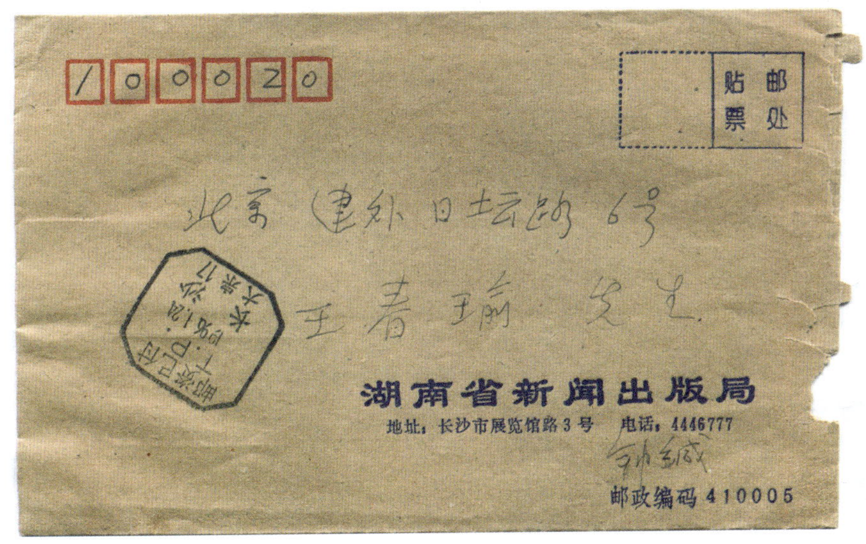
100020
贴邮票处
北京 建外日坛路6号
王春瑜 先生
湖南省新闻出版局
地址：长沙市展览馆路3号 电话：4446777
邮政编码 410005

中国社会科学编辑部

春瑜先生：——

关于"三味"之典，我抄有一条材料，录呈备览。

舒芜
1995.11.25

《增广诗句题解汇编》引李淑《邯郸书目》云：

"诗书，味之太羹；史为折俎；子为醯醢。是为书三味。"

太羹，肉汤汁。折俎，体解节折，升之于俎，就是切块。醯是醋，醢是肉酱。

（珏人：《书的"三味"》，1981年10月7日

《人民日报》第8版载）

02928·83·9·

中国社会科学编辑部

春瑜同志：

接奉手教，谢谢您的夸奖和鼓励。承指示当日《解放日报》社论那一段的原文，尤为感谢。那是把周王二人的"罪名"用两个分句紧连在一起说的，而且"批逆鳞"和"不发言"二者中都有一个"发"，我在紧张的心情中印象错乱，就更有致误之因了。

我一方面从一开始就"周冠王戴"，另方面也一直暗自怀疑：西诗书里是不大用"批逆鳞"这类典故的，不知怎么用上了的。"判语"的"人等"以后，查查原文，也不愿细读这些不愉快的事，所以一直未曾核对。但下笔时，又过于相信自己的记忆，就那么写上去了。——这些过程，给编者的信中本来详细说过，发表时被删节了一些。特以奉闻。

我因为心里正有怀疑，一读大作，才立刻去找了来，这也是要向您致谢的。

匆此布复，顺颂

撰绥！

舒芜上

1983.10.26

来新夏

来新夏，浙江省萧山人，毕业于北京师范大学历史系，师从陈垣先生。南开大学历史系教授、南开大学图书馆馆长、南开大学出版社社长。目录学家、方志学家、中国近代史学家，著有《方志学概论》《林则徐年谱》《北洋军阀史话》等，并有个人专集行世。

100078

中国邮政
贺年(有奖)明信片
Post of China

60分 中国邮政 CHINA

领奖人填写内容
姓名 地址或单位名称
证件名称 证件号码

北京 方庄
芳星园二区 10号楼
乙楼 7021
王春瑜先生

祝
体健文旺
阖府康泰

自行剪下兑奖无效

2000

天津南开大学北村
21 10-18
来新夏
邮政编码 300071

国家邮政局发行
Issued by the State Postal Bureau

定价 1.20元

刘世南

刘世南，江西省吉安市人。中学学历。长期任教于中学。“文革”后，任教于江西师范大学文学院。其父是前清秀才，教导他熟读儒学经典，为其古文献学打下坚实基础。刘世南治学谨严，长于考据，发表学术论文十多篇，自费出版《在学术殿堂外》。

江西师范大学文学院

春瑜先生：　兰州大学出版社寄书（《新编日知录》）两本，昨始收到，因地址误写成"南昌大学"，系由该校收发转寄，幸未遗失，而稿费必又误投，故费周折。幸为转告该社负责人，写成"江西南昌市江西师大退休办8092信箱"我收。　冯其庸先生8月21日曾来电话，谓所寄《史》、《外》、《诗稿》俱已收到，讲了读后意见。郁意钱枢如今尚健，耳聪目明，一切正常，如能与人大国学院诗君一罄下怀，诚为至幸。但不知先生能鼎力玉成之雅意，如能于秋凉时成行，则至当矣。经中仍希转告冯先生，需讲何种内容、时间、次数，并希示知，以便预为备课，免致匆遽将事，徒贻笑方家之诮也。　《新编日知录》荟萃群言，使为学者增识益智，所益匪浅。惟p.212第6行引孔广森云："如礼文明，饭与食为二事，"疑当作"如《礼》文，明饭与食为二事"。《礼》指上述《荀子·礼论》、《大戴礼记》，"明"犹今言"说明"。未知是否，请与原作者吕静先生一商之。　门人郭丹（福建师大文学院博导）不日寄上《在学术殿堂外》书评稿及光盘，收到后并乞示复。诸多冒渎，时在岁末，错纷冗冲，永矢勿谖也。　吴江先生好看，曾诵之集，收恩深情重，此老胸中如小儿老子自有甲兵，迥非时贤所及。经中乞为致敬。《好书吧》2004年10月1日第二期，p.31载先生之发言，其萃之数语，不一字千金。且座谈会于诗文增自由之学者，当以为表率，人人称颂。西谚云："我爱其人，我爱其友。"吴先生之谓矣！　另寄上10元，乞将出题所录写成的访谈录全稿挂号寄回我处，费神至感！即颂

著安！

刘世南上

2005.9.12

《文汇读书周报》有关文字已看到，谢王学靖先生原文未见。此间报国与君竟以"金生收"文为王蒙谈先生所写，谓为张声势者，不知乃先生之作。截造此君把寄辨见不出，想亦同样外质。高志钧 8891310021 之误释"正方治"，被甲为其学术水平矣。

又及

春琰先生：

手示敬悉，遵嘱奉上短文，自笑削足适屦，先生见之，当亦胡卢。《新编日知录》之文有创意。不知此书是否分类？若能钞寄目录一纸，以便一窥全豹。《殿堂外》我当续编，●俟目下《清文选》一结束，便当把笔。如先生必欲笔措正我笔下最好之材料也。

先生从前所写散文（包括杂文），皆为彼时之作，何妨予《新编日知录》不乃进？以我本来除不能所及，今日学术界风气，除极低差外，科研成果普遍量化，以致全国刊物，大收其版面费，而各高校教师为谋职称，趋之若鹜。此与旧日卖官鬻爵，亦复何殊？《书屋》曾报到，时有序利之文，抨击此事。窃以为《新编日知录》大可收录此类文章。广大群众与笔者人即当愿读此事，上海社会科学报曾刊出。先生曾寓目否？今日共识，白乐天"文章合为时而著"一语决未过时。张平《国家干部》所以为畅销书，非偶然也。intellectual之任务，非异人任也。

《殿堂外》末章即专论贵师高见，当为欲读者述，而已文有多位大学老师评语，终之以好，实谁欺？欺天乎？如未细读全稿而遽为此谬赞，将何以面对万千读者也？如已全读，是其水平与高君如青卫之流，岂不令天下人齿冷？

吴江先生近况何似？便中乞为代候。

专此并颂

安祺

刘世南上

2004.4.2晚于释耒书屋

张存武

张存武，山东省临朐县人，出身农家。1945 年初，他响应蒋经国“十万青年十万军”号召，中学尚未毕业，即渡海至东北，转道去浙江嘉兴，在蒋经国任校长的青年干校，读完高中后，取道海南岛，至台湾。台湾大学历史系毕业，在“中研院”近代史研究所工作，任研究员。1966 年出版《光绪卅一年中美工约风潮》。着眼中韩关系史、菲律宾华侨史研究，均有论著面世。作为抗战老兵，他心系祖国，怀念故土，曾几次来大陆访问、探亲。我与他 1985 年在香港大学召开的明清史国际研讨会上相识，一见如故。存武兄为人坦诚、热情。我二次赴台北开会，都受到他热诚款待。

張存武
中央研究院近代史研究所
台北市南港區研究院路二段一二八號
INSTITUTE OF MODERN HISTORY
ACADEMIA SINICA, TAIPEI, TAIWAN, R.O.C.
TEL:(02)27824166 FAX:(02)27861675
北京建外日壇路6號
社科院歷史所
王春瑜教授
BY AIR MAIL
PAR AVION

張存武
台北研究院路
2段70巷51號17樓
100034北京西什庫大街
28號院2-3-501
王春瑜教授
BY AIR MAIL
PAR AVION

張存武
INSTITUTE OF MODERN HISTORY
ACADEMIA SINICA
NANKANG TAIPEI, TAIWAN
REPUBLIC OF CHINA
北京建國門内大街5號
歷史研究所
王春瑜教授
BY AIR MAIL
PAR AVION

春瑜兄：

1. 令郎宇辉转寄大著收到，并已回信致谢。大著只阅读若干节，颇有讽时匡世之深意。在现实环境下，已尽到一个知识份子之责任了。

2. 我本年11月廿九日下午到香港，开港大历史系、亚洲中心举办之「海关研究国际研讨会」，遇见了不少大陆学者。今托「历史研究」编辑徐思彦小姐奉上此信，并问候起居。

3. 我在给令郎信中，请他转告你，减少工作，增进健康、保命。我自己这一年工作过忙，健康不如何。自十月底伤风至今不痊，夜间会还常常咳几次。

4. 本年二月我组织「海外华人研究学会」，明年一月开一小型国际会议，接着出版「海外华人研究」创刊号。今年自八月起，一连串会议、写论文，又要还文债。自八月至今好的差劲的已写了四篇，回去后在二月以前还要写三篇，包括整理85年明清史会议论文在内，而明年八月还要缴出一本书稿，名为《中国与朝鲜的开放：1860—1883》。我计划这些工作完了后休假一年，休息，以便到大陆各处走走。你知道我专攻地理及中国近代史，所以黑龙江、白山、广西、新疆、青藏每天都在我脑子中转，可惜外蒙已非我有。

5. 如果你自己及好友有够水准的学术专书稿（够不够水准大致自己都知道），愿意在台湾出版，请你和我联络。将过去所写同性质的论文加以修改，出版论文集也可。但论文集并无稿费，只是拿10%的版税。

6. 台湾已开始对中国有贡献之大陆学者访台。我想请谭其骧先生在历史地理学方面的豪傑。我有意在报上撰文介绍他及中国历史地图集。然后促请有关方面请他访台。似乎你和他相识。可否请你供给些资料？包括学术界对图集的批评

7. 只要寄信给我，直寄台湾台北市南港中研院近史所可，如寄资料，最好由香港转。我有老友在港，香港九龙美孚新村百老汇街7号C座11楼杨远教授转。现往来两岸之海外学者不少，也

可請他代帶。

5.我28日中午始知香港准我來港，翌日上午即啟程，所以無時間買點小禮物送人，請兄處寶島香烟兩包致意。

敬祝

健康愉快

申存武

1988/12/2晨

春瑜兄嫂：

感謝你们惠寄賀年卡來，对不起没奉寄賀卡。北京令人不安者霧霾，也非短時期能澄清者。我看香港及北京電視新闻，討論和時（兩岸），議論紛紛，一位畫家說，只說形像不論神無益。作畫猶發揮哲理。

現代史論应文寫了不少了吧，可否擲下一閱？我是過退休生活，近寫点回憶文字，整理以往寫的若干篇学術論文，先挑幾篇給你看，不必回了。

台北國立師範大学歷史研究所碩士班一位花蓮学生寫了篇明代中韓思想

吴政緯

文化交流史論文，得了中研院史語所設的傅斯年獎金，很高興，今四月底來北京看善本書，我也不知他看那方面的，不過我要他一定來向你請教，並告訴他再去看那些專家。他腦子很smart，可造之材。

愚夫婦恭候 大兄及嫂夫人。

2014年3月12日

張存武 劉津月

春瑞兄：

莱蓺先生带来文章阅悉，敬佩。

我已决定，并已在办赴大陆探亲手续。虽未完全确定日期，大致是九月廿四五自香港到北京。在北京盘桓四五天，然后回山东老家。探亲后再沿济南—泰安—曲阜—南京—上海—杭州而行。由沪上回湾。

因与内子同行，所以游山访胜为主。机票、旅馆我请旅行社安排，你不必费心。社科院不方便我不去，能看看数位老友足矣。我行程确定后再给你一信。你研究所电话号码给我知道，我到北京到旅馆后就给你电话。大致想看看北京图书馆长任继愈，中国华侨、华人文学会会长洪丝丝，因我现在任欧华海外华人研究学会也。

如有家中电话号码及社会院文研所传真号码，请告我。出门在外，联络地址多几个有益处，有急事可通知。需要给你带点甚麽东西呢？

安好

[illegible]
1989/8/22

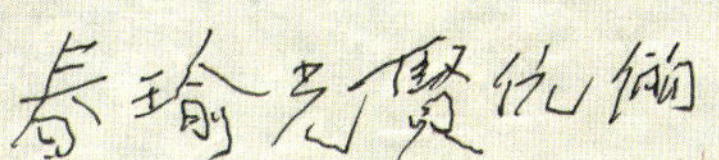

泰瑜先贤伉俪

張存武敬贺

大陸上各方面發展不錯，但很多方面还是不如百年帝國。鼓勵國人士氣民心可以説説强話，我还是赞成鄧小平先生的話，不要强出头，要韜光养晦。

1、

春瑜兄：

你今年1月14日信及所附三篇文章，我於二月二十八日收到。本月初一至初三我到阿里山、杉林溪等處旅行（是行政院中央公务人员休闲活动，此次通知所得到两個名额，我抽签得到此机会），在来回的车上将三文讀完，对譚其驤先生及其主编之中国歷史地图集有進一步認识。以前我已由大陸出版之各种人名錄中知道譚先生一点过去。其中最令我心折的是中国歷史地图集。我喜欢地理，尤其边疆地理。讀台大史研所第一年，读资治通鑑，取楊守敬地图，每讀到一地名必查看它的位置，所以讀的很慢。研究中韓関係史時則借重於日本人的满鲜歷史地理中之附图，常恨中国無现代法绘之史图。讀过譚先生的論文，及侯仁之、史念海先生之作，而《中国歷史自然地理》更引人入勝（台北，明文書局，打字盜印，85年翻印了），近来也看到陳桥驿先生的地名学论文。

我很想設法請譚先生来，但台政府订的條件中有共產党员不可。我想大陸有名学者，尤其負一单位责任者，不可能不是共產党员。此皆政治限制也。中國的统治者以压迫知識分子为优先任務，而發展学術文化乃次要事。上月下旬我与其他三十餘位学界同好簽名支持方勵之教授之要求，并請政府修改对大陸之学术文化政策，以利学術交流，即感於

2

像谭先生这样的对中国历史地理学者有用之地图，我们还是四五年来才买到。这还是因为我在中研院作事，常出国开会之故，绝大多数学者至今犹不知此书之存在也。除政府规定之外，我们还要注意谭先生的年龄健康。出版及外销必须自行能负荷。不过我会继续留意此事，能实现心头之愿。至于「长水集」我是现在是第一次知道。不要付赠，请为我买，这样子我才心安。我将撰写文章介绍中国历史地图集。

两本大著应该可以在此出版。我想能找上十本，一出就是一套，就可以将「明代食货与经济史料初探」放进去。此间有一明史座谈会，出版有通讯，台大历史系的任尊许多好友均为会员，我未参加，不过他们都将作品送我。我想我也有资格加入。我给你们介绍，行家弄成一块，事就好办了。事实上我们台湾的学术界人士已充分体认到大陆学术界的危机，所以我们想以台湾的较好经济环境来帮助大陆学术著作之出版，然因这仍是私下作的事，各干各的，无所联络。大致以文艺界领先。因此颇为易销也。无论如何我将快一点动。

我在澳洲Melbourne大学教书的朋友金承艺（清怀

3.

承郝玉之说（治清史，现在中研院近史所研究一年，写有关康熙帝之史）对我说，"贵公子宇翰很行，将来一定出人头地！"我很高兴。国家之兴在人才哉，中国的专制政治限制了人才，尤其是国共斗争，杀了多少人，多是精英，令人心痛！大陸上有同感。

有两件事烦你：

1. 我有一中學时代的好友，名叫陳建章，山东萊陽人（现在可能是萊西縣？他家在水沟头）。我们都是1945年春去当青年军打日本的学生。勝利後在浙江嘉兴青年中學上学。他非常优秀，人不高，头脑好，是大家同学一致首肯的傑出者。其後学校解散，我们先到衡陽。他入桂，经黔至川，我入粤，经海南島至台。这一蕭湘秦川之分别，决定了彼此命運。我入台大、出国、在中研院任职，他被开回萊陽，文革时吃了大亏（他在浙江读书时，父母已被扫地出门。大约他父亲是教中学的人）。我们同連，入中学後经常受到他的指点，故时思与他联络。如你有山东友好，請相机行事打探一下。我不愿他再受到任何打击。我们那时只知国家是甚么，根本不懂党为何物。当兵只为了打日本！

2. 近史所同仁王璽，已退休，陕西凤翔人，未结婚，患了淋巴腺癌，在台大医院治了年餘未好，听说大陸中医可治此。可

4

否请打听一下。他的病名是：恶性淋巴腫瘤。他想知道：1）何處有治此病之医生，2）有無成药可買？药名为何？治愈率多少？3）如此病人要北京有無医院可住？医生名字为何请告，以便直接找他。

1985年在香港大学宣读的論文兹寄出。那次與会目的在認识大陸學者，告诉你们台灣有韓國研究。近来將該文找出，想將明末中韓爭鴨绿江中島嶼之事寫一短文。當在中國方面負責交涉者为遼東都司（地方軍府），甚至是東寧府，無好的地圖绘下来（事情似未报到朝廷），而朝鮮負責者为其政府，人才好，故有很好的地圖绘入張可用。不过，圖亦據依朝鮮利益繪出。

根据我的考證，及中日間的條约，中韓國界是在長白山顶天池之南约十一里處，何以現在大陸的地圖（1984年分省圖）將天池一分为二，成了中韓國界所在？我找了许多資料，未找到大陸与北韓的劃界條约或任何文件。你有线索嗎？你能否介紹研究此事的人与我認識。民國以来最“愛國”、最“革命”的政府罵滿清賣國不留情，自己手不乾淨則不說。這叫賣國特权，賣國有理。

敬祝 文

春愉快

张存武 1989/3/8

恶性淋巴
腫瘤
Non Hodgkin
Lymphoma

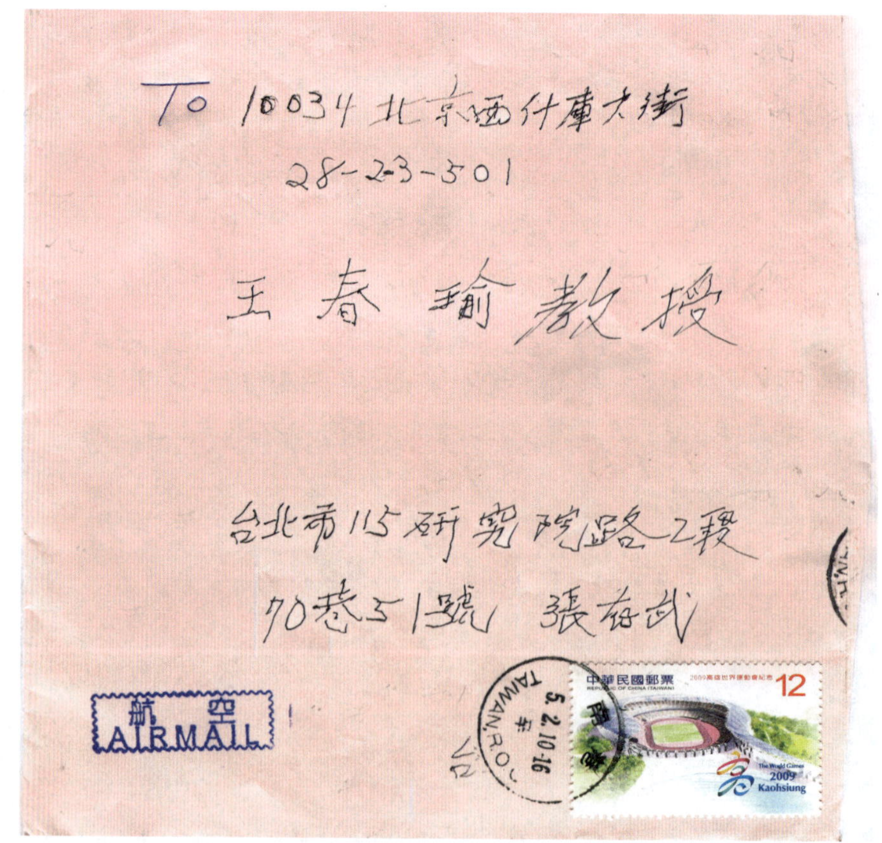

TO 10034 北京西什庫大街
28-23-501

王春瑜教授

台北市115研究院路2段
70巷51號 張存武

航空
AIRMAIL

春瑜兄：

你四月十九日信约在十天前收到。譚先生4月25日信和照片本月15日收到。拙稿（介绍譚先生及其所编地图）已送历史月刊，故譚公之照及《长水集》书影即刻送去。拙文本来排在六月號刊出，因主要负责人調動，又延到七月分。我们写文章的人当然也盼见自己文章刊，但大致是一旦写出，心中就轻松愉快了。历史月刊系台湾联合報系出版物，每月一號，彩图彩片不少，故印刷费高，听说第一期用了160万新台幣（以你们官价折合人民幣23万。台幣对美金，原为40:1，今为25-26:1）。文字内容为一般性，非学術性，旨在普及历史智识的推广。我即知會该刊，設法送你一两期，使你有個印像，进而为该刊写文章。老兄的史学文筆当为大家所乐读。如你将绝树庵故鄉考察记一類文章再加一点对其人其书的介绍，必引其读者興趣。不过用字要斟酌一下而已。

老友陳建常已取得联繫，他现在江西吉安。过往我同学公認为是最聪明的人，在江西一所工科大学畢業後，没幾年就莫名其妙大冤，挨了二十年，97款罪了，现已退休。人性天理不谈，以功利二字言之，是多么大的浪费！

政府4月17日宣佈公立学術、教育機構人员可以到大陸探親了。以前恨不得立刻去，解禁后反而不想去了。心情还是一樣，然已考虑实际问题了：女兒七月一、二日考大学，在此之前须照顾她的健康；冬春交替以来，老毛病鼻子过敏屡次發作，每發就像害一場感冒，連發幾次，身体就感觉弱了。我劝你節勞，然而自己未实行，公私文債还不清，还有「海外華人研究学会」費时費力，还要任怨。一句話，我雖六十餘，然还是熱血冷不下来，很少想自己的事，而学術呀，國家大事呀，管不了的事偏偏一直在心頭。近来中苏共同高峰會議，大陸学潮使得我憂心忡忡。我在自由时報發表了篇

〈对中美关系高峰会议的意见〉，今附上作批评。你会发现我处处顾着中国的利益，可能人们会说我落伍，然而四十年前我由从家偷跑出去当青年军，是要为这個國家而死，四十年後智识比以前多了，更忘不了這個國家了。年纪大了，情感脆弱，一年中两三次掉眼泪，都是像此刻给你写信一样，谈到这伤心的國事。

這信是在家中写的，现在是5月19日上午9点半，我要去近史所研究室了，要走10—15分钟。下次再谈。

祝

身体健康

张朋园

1989/5/15

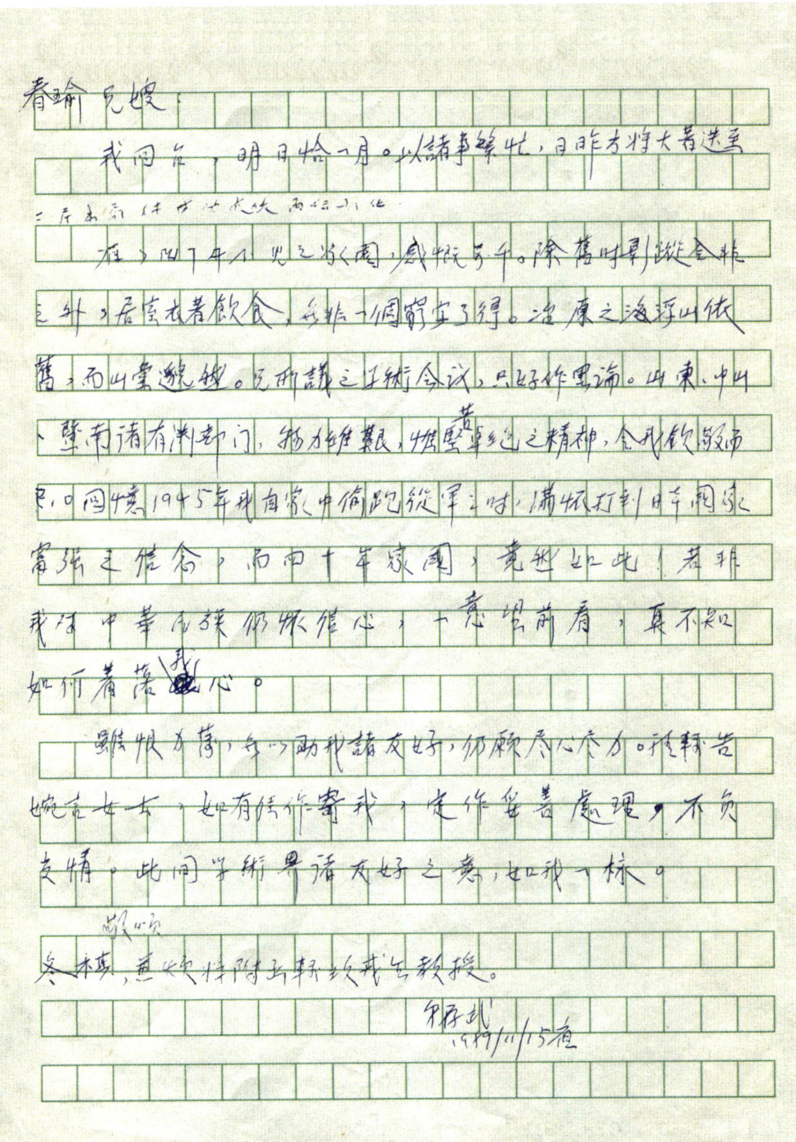

春瑜兄嫂：

我回台，明日恰一月。以諸事繁忙，日昨方将大著送至

在台北十年不见之家園，感慨万千。除舊时剧蹤全非之外，居室衣着飲食，無非一個窮字了得。淀康之滄浮山依舊，而山寨遊蹤。兄所議之学術会议，只好作罢论。山东、中山、暨南诸有关部门，物力维艰，犹坚持苦绝之精神，令我钦敬而已。回憶1945年我自家中偷跑從軍之时，满怀打到日本國家富强之信念，而四十年家国，竟然如此！若非我对中华民族仍怀信心，一意望前看，真不知如何着落我心。

雖恨力薄，乃以勖我諸友好，仍願尽心尽力。請轉告婉言女士，如有信件寄我，定作妥善處理，不负友情。此间学術界诸友好之意，如我一样。

敬颂
冬祺，並煩轉附函轉致戎先教授。

宋存武
1989/11/15夜

春瑜兄：我们中研院好友苏同炳先生带上

刚刚收到的三民书局寄来的空白著作权转让表。如你要版税，则一年收到很少，不如版权让出，一次拿三万台币。请你决定。如决定让，则填好后直接寄给我或请苏同炳带回均可。

苏先生以前是史语所图书馆馆员，现已退休。自修并撰写明史研究论文、书。书且被大陆中华书局盗印。他此次来大陆，一则观光，也想问问盗印的版税问题。请协助他。

稿费三万元新台币，也请你写一收据送我，以便转给他们。写写上书名，你的住址，身分证号码。年月日填西元就可以。

等你的转让寄来，向新闻局登记完了，就可领稿费了。钱怎样给你，也请明示。

请问问我兄还有无文章或书可以在台出版，并兼稿费。我必尽力而为你们这些我敬爱的朋友作点事。谭先生的地图是否已出了说明解释之类的文字？如是，请设法买一本寄我（不要请苏先生带，因台人来大陆都带些心爱的书回来）。

张存武
1989/11/20

汤志钧

汤志钧，江苏省武进人。历史学家，戊戌变法史专家，经学史学者。著有《戊戌变法史论丛》《章太炎年谱长编》《戊戌变法史》《近代上海大事记》等书。

北京 建国门内大街5号

中国社会科学院 历史研究所 中国史研究编辑

王春瑜 同志

上海社会科学院历史研究所

地址：上海徐家汇漕溪北路40号

上海延安西路1545号 汤寄

北京 建国门内大街5号

中国社会科学院历史研究所

"中国史研究"编辑部

王春瑜 同志

挂号 1234 上海50-1所

印刷物

上海社会科学院历史研究所

地址：上海徐家汇漕溪北路40号

延安西路1545号 汤志钧

北京 建国门内大街5号

中国社会科学院 历史研究所《中国史研究》编辑部

王春瑜 同志

上海社会科学院历史研究所

地址：上海徐家汇漕溪北路40号

上海延安西路1545号 汤寄

上海社会科学院

春瑜同志：

手书早悉。因春节事忙，廷福兄即将返京，嘱其面谈，以稽复为歉。

拙稿既撤下，那就只好推迟一期，免得您为难。我这种稿子并没有时间性，但自问该稿还是化了气力的。

廷福兄约七月返京。我月底可能来京，当畅叙。

附上稿酬收据一纸，麻烦转致。

此请

撰祺

志钧

三月四日

《中国史研究》近来的如何处能购。

上海社会科学院

春瑜兄：前寄《清律令文字案》稿，想早收到。据述柏兄言，你们打算入明年第一期，确否？能否赐校样否？

吕诚之先生传，早蒙嘱托就，因等杨宽、吕翼仁吕先生之女核阅，故稍迟寄致。与杨、吕均看过，并照他们意见增损。谨附上，请阅。道静兄与我有来往，闻以您事忙，如之，即致

敬礼 [illegible]

志钧 十二、十五

19　年　月　日　　　　第　页　共　页

世琛同志：

迭获来函，久以迟复，甚以为歉。

接手书，嘱对吕诚之先生史传有所述者。目下吕先生哲嗣翼仁先生尚在，由她提供材料，由我起草，比较易于着手，只要稍假时日，将能报命耳。

去冬，叶桂生同志嘱为《中国史研究》写稿，我已答应，且写了一半，近因连续外出开会，迄未结卷，暂当先行定稿，请便向叶同志致歉。

《中国史研究》，我亦记预订，第二期出版，请代购壹册，可否？

专复，此致

撰祺

志钧
十四日

复函仍寄"延安西路1545号杨宅"

上海社会科学院

李凌

李凌，原名李世英，祖籍广东省三水县，1924年5月12日生于广州市，在该市读完小学、中学。1942年，辗转至昆明，时年十七岁，考入西南联合大学，积极参加抗日救亡、反独裁争民主的进步学生运动，并于1948年加入中国共产党，担任西南联大地下党第二支部书记。1946年西南联大解散，三校复员北迁，李凌随之进入北平，在北京大学继续担任第二支部书记，从事党的地下工作。1947年赴解放区，在平山县中共中央青委工作。1949年春随解放大军进入北平，在中央青委研究室任职。后调空军当编辑，大尉军衔。1957年，他响应党的号召，参加“大鸣大放”，给空军司令刘亚楼贴了一张大字报《给刘亚楼同志吹一点和风细雨》，旋即被打成右派，开除党籍，遣送至北大荒劳改。1959年摘掉右派帽子。后在北京市委书记刘仁关心下，调北京通县麦庄公社任农业干事。1978年李凌冤案平反，恢复党籍。调中国社会科学院写作组，任《未定稿》主编，发表了不少在全国产生重大影响，批判“两个凡是”的文章。拙作《“万岁”考》，也是首先在《未定稿》发表的。1983年，调任中国社会科学出版社任副总编辑，出版了不少好书。英文版《中国概况》他出力尤多。著有《李凌集》《勇破坚冰的未定稿》《他山之石——其他地区、国家反腐败的经验和教训》等。李凌兄长是笔者的良师益友。

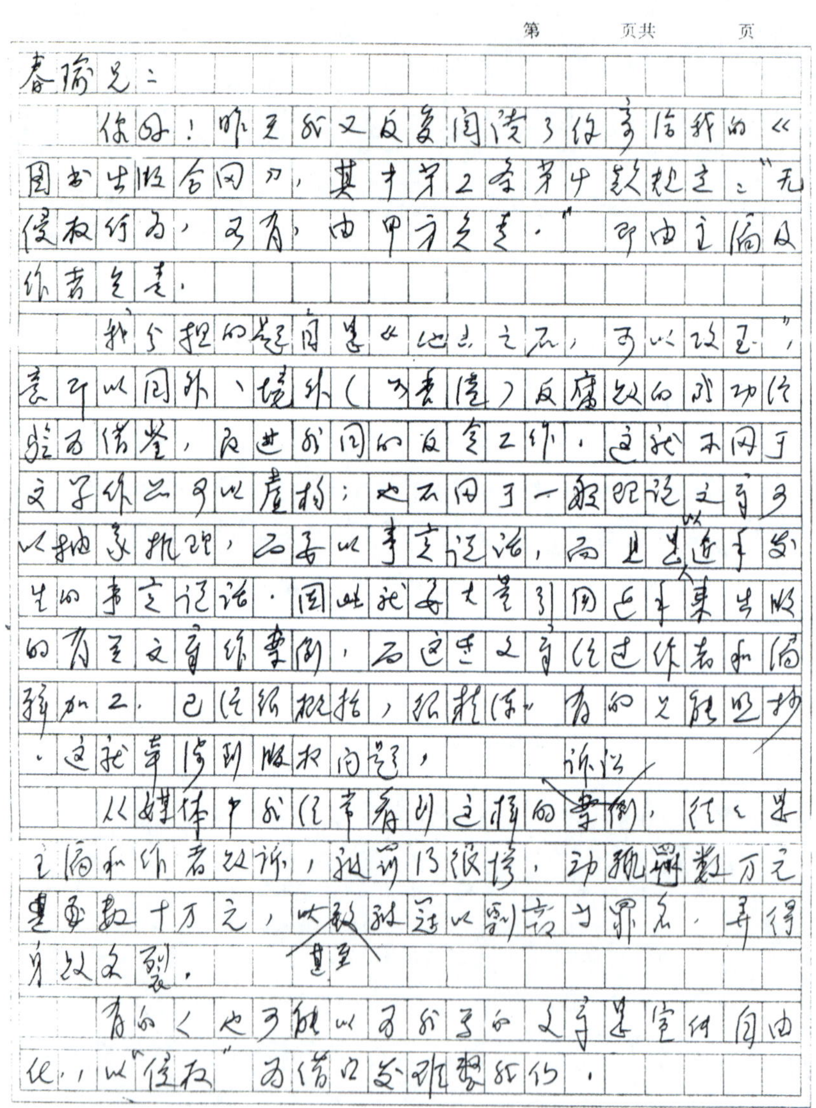

第　　页共　　页

春瑜兄：

你好！昨天我又反复阅读了你寄给我的《图书出版合同》，其中第2条第4款规定："无侵权行为，如有，由甲方负责。"可由主编及作者负责。

我今想的问题是从改革开放之后，可以说是"，要可以国外、境外（如香港）反腐败的成功经验为借鉴，促进我国的反贪工作。这就不同于文学作品可以虚构；也不同于一般的论文可以抽象推理，而要以事实说话，而且是以近年发生的事实说话。因此我要大量引用近年来出版的有关文章作案例，而这些文章经过作者和编辑加工，已经经过概括，经过保留有的只能照抄。这就牵涉到版权问题。

从媒体中我经常看到这样的诉讼案例，往往是主编和作者被诉，被罚得很惨，动辄罚数万元甚至数十万元，甚至被冠以剽窃之罪名，弄得身败名裂。

有的人也可能以为我写的文章是宣传自由化，以"侵权"为借口要挟我们。

（诚意纸品）20× 20=400

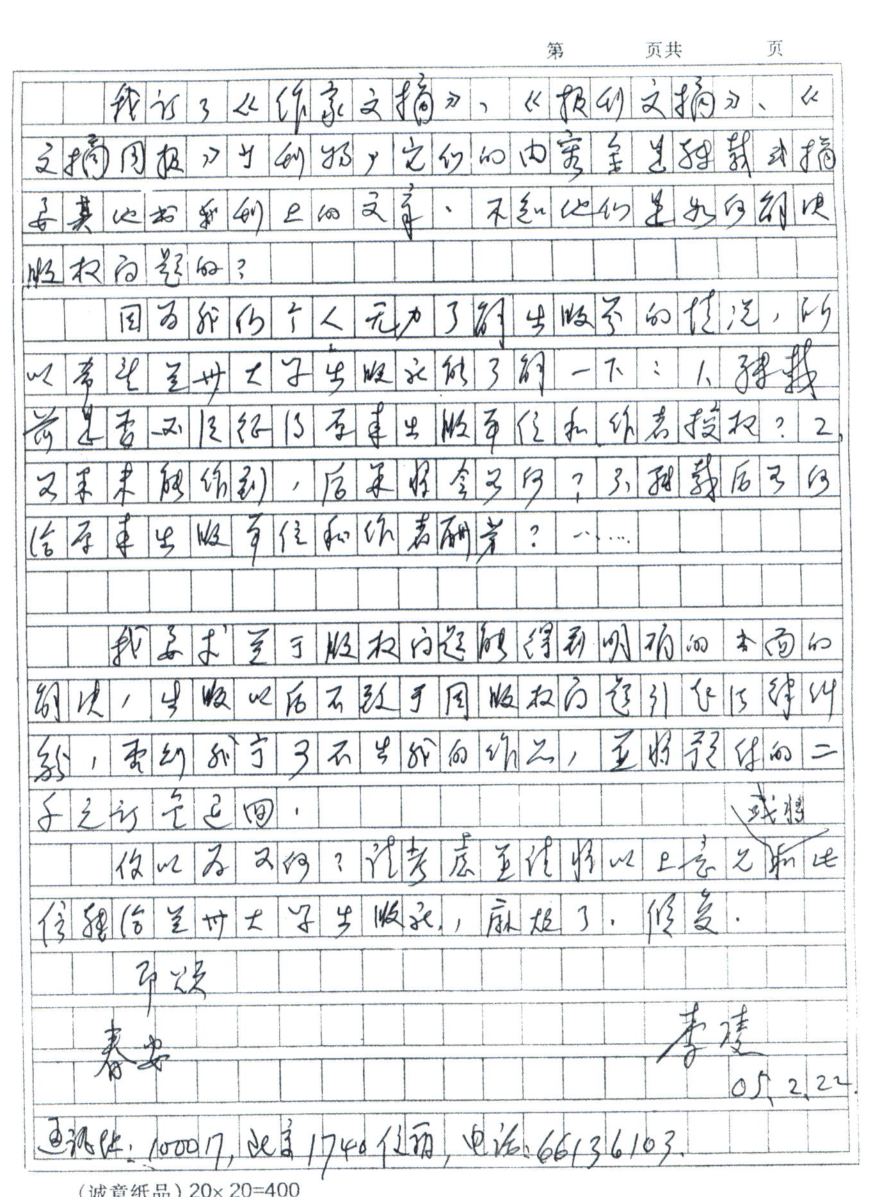

第　　页共　　页

我订了《作家文摘》、《报刊文摘》、《文摘周报》等刊物，它们的内容全是转载或摘录其他书刊上的文章。不知他们是如何解决版权问题的？

因为我们个人无力了解出版界的情况，所以希望兰州大学出版社能了解一下：1.转载前是否必须征得原出版单位和作者授权？2.如未能征到，应如何处理？3.转载后可否付给原出版单位和作者稿费？……

我要求关于版权问题能得到明确而合理的解决，出版以后不致于因版权问题引起法律纠纷，否则我宁可不出我的作品，并将预付的二千元订金退回。

你以为如何？请考虑并请将以上意见和此信转给兰州大学出版社，麻烦了。候复。

即颂

春安

李凌

05.2.22.

通讯处：100017，北京1740信箱，电话：66136103.

（诚意纸品）20×20=400

黄冕堂

黄冕堂，湖南省湘阴县人。山东大学历史系教授，明清史专家。著有《明史管见》《晚学集》《朱元璋评传》等。

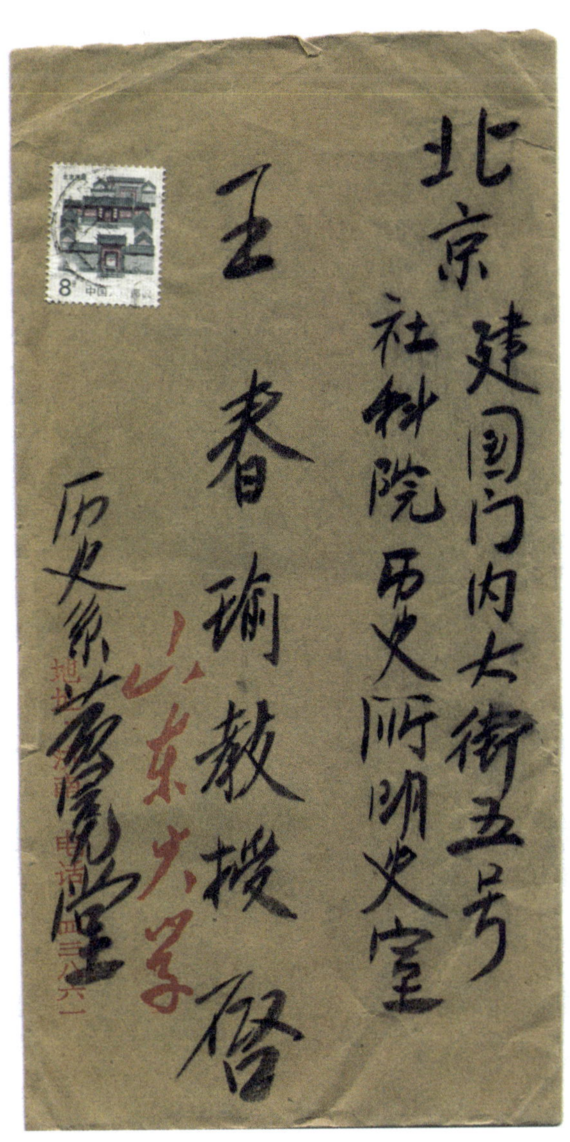

北京建国门内大街五号
社科院历史所明史室
王春瑜教授启

山东大学
历史系

地址
电话 四三八六一

春瑜同志：

前不久，于孟祥才和田昌五同志处获知，你兄去年冬已晋升正研究员，在当前高级职称名额竞争异常激烈的环境下，此次晋升，十分难能和值得祝贺。

我于八六年交出第一部书稿以来，一直在着手整理一些有关清史的阅读笔记，同时在第一历史档案馆磨了十年，每年追暑时间二至三月，集中力量抄录刑科题本，截至去年，已将乾嘉道三朝刑科题本土地债务门共一万卷摘抄了近七千卷，约三百余万字。这既是学校的学科建设也为撰写第二个书稿奠定了牢固的基础。现第二个稿子已接近竣工，全稿约四十万字，待出版后，定将奉寄求正。由于写稿任务和校内工作异常繁忙，故去年和前年未离开校门一步。六次专家学术会议都未能参会学

山东省历史学会稿纸　20×15＝300　第　页

月。今年太原的明史会已获非正式通知，并决定参会，拟交了论稿题目。南京尚有一次清史会，尚未获通知。

另有件事，想请　仁兄帮帮忙，不知可否？过去这几次明史会，几乎都是由筹办单位点名邀请我参加，而且山东大学也几乎都无更多的邀请名额选择，还有些治明清史的同事便无法得到学习机会。太原明史会，贵处也是筹办单位之一，不知能否派给我校一个参会名额否？我系有位青年讲师蒿峰，曾在报刊发表过七八篇论作，写出一本《明宦官专权的历史小说》，亦当出版从[illegible]。他很想参会学习，但不知　仁兄能否助以一臂之力？如有困难，也不必太勉强，劳心费神，容当后谢。至为……。敬

颂

文祺

黄冕堂 敬上。1989年3月19日

山东省历史学会稿纸　20×15＝300　第　页

冯其庸

冯其庸，名迟，字其庸，号宽堂。江苏省无锡市前洲镇人。毕业于无锡国学专门科。曾任无锡市第二女中教导主任、中国人民大学中文系教授、中国艺术研究院常务副院长兼红楼梦研究所所长。红学家、国画家、文稿收藏家、散文作家。卷帙浩繁的《冯其庸全集》已由青岛出版社出版。

1979年秋，我写成《“万岁”考》，当时还是坚持“两个凡是”者掌权，感到此文可能要冒一定的政治风险，便将文稿寄给冯其庸先生，征求意见。他高度肯定此文，对我是个很大的鼓励。

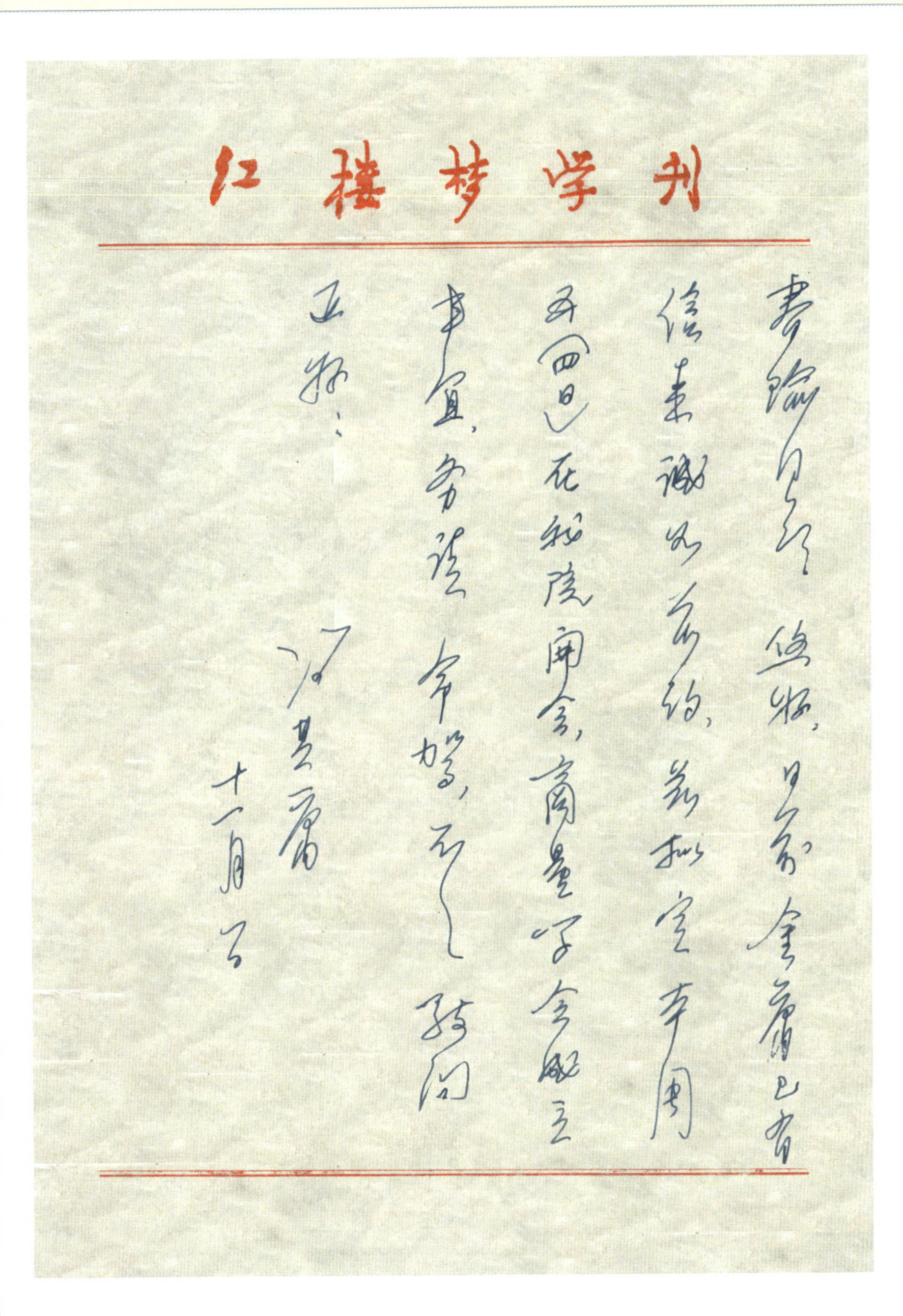

红楼梦学刊

书编同志：

您好，日前金庸已有信来谢我约，并拟定本周五（四日）在我院开会，商量学会成立事宜，务请命驾，不一。顺问

近好！

冯其庸

十一月日

文化部文学艺术研究院

书绍同志：

代发本稿费，请查收，出版社付给我们的稿酬仍是老样，我们实在觉得抱歉。请谅解。此致

敬礼！

冯其庸

三月廿六日

文化部文学艺术研究所

春晗同志：您好。来信及大稿已拜读，痛快淋漓，可浮一大白。按理就这样发出是可以的，难道不许老一辈"万岁"的来头嘛？我最近写了一篇论鬼魅的文章，也有点"肆无忌惮"，因为也是没有用，置之不顾的好。您这篇文章即使改成纯学术的文章，用这些的老办法，还是可以找出"问题"的，例如什么

文化部文学艺术研究所

承惠「万岁」之[illegible]之[illegible]，[illegible]之，有五种
癖好的人，尤其容易陈癖，但我相信市
场上会缩小，不会扩大了。
曹寅一稿，完成后请早赐寄。
稿件来请查收，不一一，顺问
好！
其庸 六月十日
惠刊 一并谢谢
信写好后，要想托人送去，结果夜晚误了二天，十分
抱歉，现只好[illegible]寄去，[illegible] 十六午后

苏同炳

苏同炳，笔名庄练、雍叔、纪景和等。浙江省杭州市人。1949年去台湾，后离职进入"中央研究院"历史语言研究所工作。掌故大家、历史学家。著有《明代驿递制度》《台湾史研究集》《沈葆桢传》《刘璈传》《历史广角镜》《人物与掌故丛谈》《明清史事与人物》等书二十余种，为历史知识的普及作出了重要贡献。中华书局、故宫出版社曾重印过其作品。

春萌先生台鉴：八月二十日覆奉一缄，想已达
览。未奉琅书，惠近况定必佳胜，或得出版为祷。
尊稿定于去岁之至九月初始排，长久编者定于来八月廿
日之长河副刊得见。
大作《杨云史与蒋纫香》一文已于昨刊出。另一篇《唐
宋之际笔记》则至今未见，定当催促之。恐常远往排
先将已刊出之剪报不随函奉一另一篇定即必当另
行奉上。敬请
鉴察。今年中秋北京天气渐凉而秋高气爽，乃最佳
旅游天气也。望来北京游胜地，抱憾何之。

今有一事奉懇 吾兄 費神向中華
書局探詢：標點排印之《翁同龢日記》一、二兩冊讀之甚感興
趣，惜其餘已無從購致。中華書局好將整部分零
散出售，無法集成全套，甚為可惜。為此懇中
華書局方面查有存書可以集成全套否？如蒙代為
設法詢問，俾成全璧，曷勝感謝之至。書不盡意
此奉達即候
近安
問候尊夫人及令媛千金
弟 蘇同炳 拜上 九月廿三日

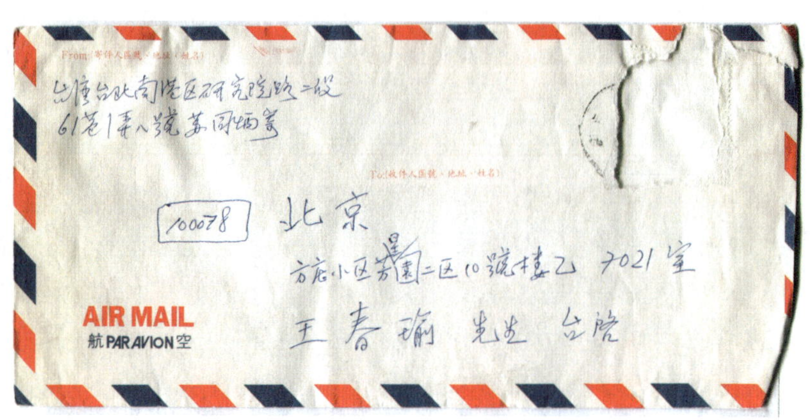
From: 寄件人區號、地址、姓名
台湾台北南港区研究院路二段
61巷1弄八號 苏同炳寄
To: 收件人區號、地址、姓名
100078 北京
方庄小区芳星园二区10號楼乙 7021室
王春瑜 先生 台啓
AIR MAIL
航 PAR AVION 空

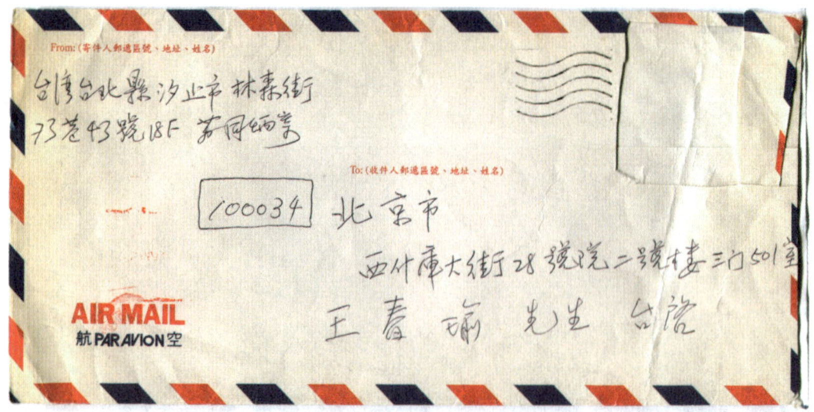
From: (寄件人郵遞區號、地址、姓名)
台湾台北縣汐止市 林森街
73巷47號18F 苏同炳寄
To: (收件人郵遞區號、地址、姓名)
100034 北京市
西什庫大街28號院二號楼三门501室
王春瑜 先生 台啓
AIR MAIL
航 PAR AVION 空

北京 建外日壇路六号
中国社會科学院历史研究所
王春瑜先生台啓
台湾台北南港区研究院路二段61巷一弄八号苏同炳寄
BY AIR MAIL
PAR AVION

此件不全

寿彭先生台鉴：十月廿二日
大函偕惠寄之《翁同龢日记》二册并已收到，费心感谢。读信欣知足
兄近来忙于编书，作字甚少。积年以来出书甚多，必传后世，
闻之曷胜钦佩。弟年事渐增，精力不济，难应之至。弟增无欲在
弟已衰年，前已无甚作为，况已退休，以后孤陋日甚，有何创作可言，
兄之厚望殊负。既承赐翰，不得不勉为缀句以报
台命，谨于明年二、三月间撰文一篇寄奉。
寄下先以奉闻。弟所居因系平房，今年飓风来时又适当风之来
路，以致遭风吹损。目下已经院方雇工修复，弟本人之损失并不严
重，至华屋为之一新云云，虽不甚漂亮，祗因一无所感，亦无人可留管
恒为学应当收集之学者名家充作市上之材，所需甚一致
饮之，后经院方分予一百平方公尺以上之宿舍，使一家大小得饱无
虞，可谓于愿已足。此外无它可存，寄望过承関爱感谢之至，大

作〈廣東方言〉一文，近今未見刊出，不知何故。以前亦知中央日報因經營不善之故，連年虧損甚鉅，此其他之黨報如中華日報、新生報等無不皆相同。此雖新聞媒體自由競爭下之必然結果，不足為奇。亦因此等報紙具有之黨性，其編輯方針及經營能念無妨不受政策及法令之牽制，無可改善其虧損情況，反而更見嚴重，而且回天乏術耳。數月前曾出消息，謂主管黨營文化事業之某人士曾公開主張將中央日報關閉，不然亦應與中華日報、新生報等合併經營以減少虧損之之，姑不論其所主張者是否將獲考慮，而中央日報既為國民黨之機關報，且為黨之喉舌之宣傳功能，豈可輕言關閉？誠如尊兄黨政當局之無知無視及利字當頭之膚淺程度言之，可能一笑也。由於報紙之虧損嚴重，不僅報系之內容水準每況愈下，其經營情況亦因而萎縮日甚。長此積患多年來，祇維持千字千元之稿費標準，祇為較公報

40×30=1,200 ( ) 66.5: 10,000

私立中華工業專科學校
CHUNG HWA INSTITUTE OF TECHNOLOGY
TAIPEI. TAIWAN. CHINA

青桐先生台鉴：日前电话中交谈甚畅，虽不能如觌面接
谈之快，毕竟能亲聆謦咳，足慰积时遐想也。惟迄今尚
未有接
华函，竟不知近况何如，殊甚可惦念矣。三月十九日寄来之
尊稿二篇，其中之《赛金花》（文已被选四等）经电话中
奉告，另一篇李寿民先生手迹之文则已于四月十六日刊出，
今将剪报寄奉，敬请
察收。由长河版近来之选稿标准，推测写人物轶事而能
有精辟见解及提供之方法，不仅可获迅速刊登，即使字数
稍长亦不太限制，
阁下不妨于此稍加留心。专此敬复
大札知

私立中華工業專科學校

CHUNG HWA INSTITUTE OF TECHNOLOGY

TAIPEI. TAIWAN. CHINA

尊恙已暫無大礙，足慰遠念，還祈注意調攝是禱。弟本擬於四月下旬返航探親，適逢千島湖船難事件發生，人心惶惶，旅遊局臨時決定中止，亦無其他辦法，故並於秋季後再行前往，屆時或當設法安排前來北京一行。餘不多及，即候

台安

尊夫人前請叱名代候

弟 [illegible]上 四月廿二日

春瑜先生台鑒：前接五月廿一日
尊函，尚未作覆，又接六月十日
賜書，敬悉北京雖已進入暑期，
閣下卻正因編書撰書而揮汗工作，不勝敬佩之至。函中
所談及之有關事項，謹奉告如下：
(1) 大作三篇，於收到後即轉寄長河版編輯室，今已於六月十四
日收到《桂屏才人老歐儒》之退稿一件，但其餘二篇既未
見退還，想已在決定利用之列，俟見報即當將剪報寄上
奉教請答覆
(2) 尊所撰《中國歷史上的傳奇性人物》原係人物掌故性之短

文稿結集成書並請之事與出版社之編輯人員因事曾也
彼等出版《中國近代史上的關鍵人物》銷行頗佳，為招徠讀者
起見，遂將此書定名為《中國歷史上的傳奇性人物》、一看似
傳記，其實非是也。出版商每年剩兩百許冊送與讀者，今
閣下要先生惠，殊非始料所及也。四年前早因經營不
善而倒閉，此書目下已無處可購，亦不存，手邊僅一冊，無從寄
贈，今遵命抄奉目錄一份，敬請 查閱。
計劃中之大陸旅行，初因千島湖事件而暫時中止，今知因家
姊猶在杭州購屋未妥，商借購屋費用，因所需達五千美金
之多，手邊數目不足，故只能將微薄之積蓄倒運，羅維極一定待此款

此务也必需别人积年来照顾微薄精力协办数页贡献
供宗如建屋之用，一两年内断不可能前来大陆旅游云云。为
帮助亲人而谋之所求，如为个人所甘愿之计，所赋者收入有
限而胜御无术，则诚不免自愧自叹矣知弥
锦注诸如此间
尊观想必佳胜。沙存武兄目前仍在中研院上班，伊虽研究
工作人员，然退休年龄可以延至七十足岁，故仍有较多时间
可供其文法书研究也。台北来已进入暑期，但因来因锋面带
面西来雨量，以致日来之气温降至廿二度（摄氏）以下
颇觉凉爽宜人，惟炎暑不远——一俟梅雨季结束，即将出现

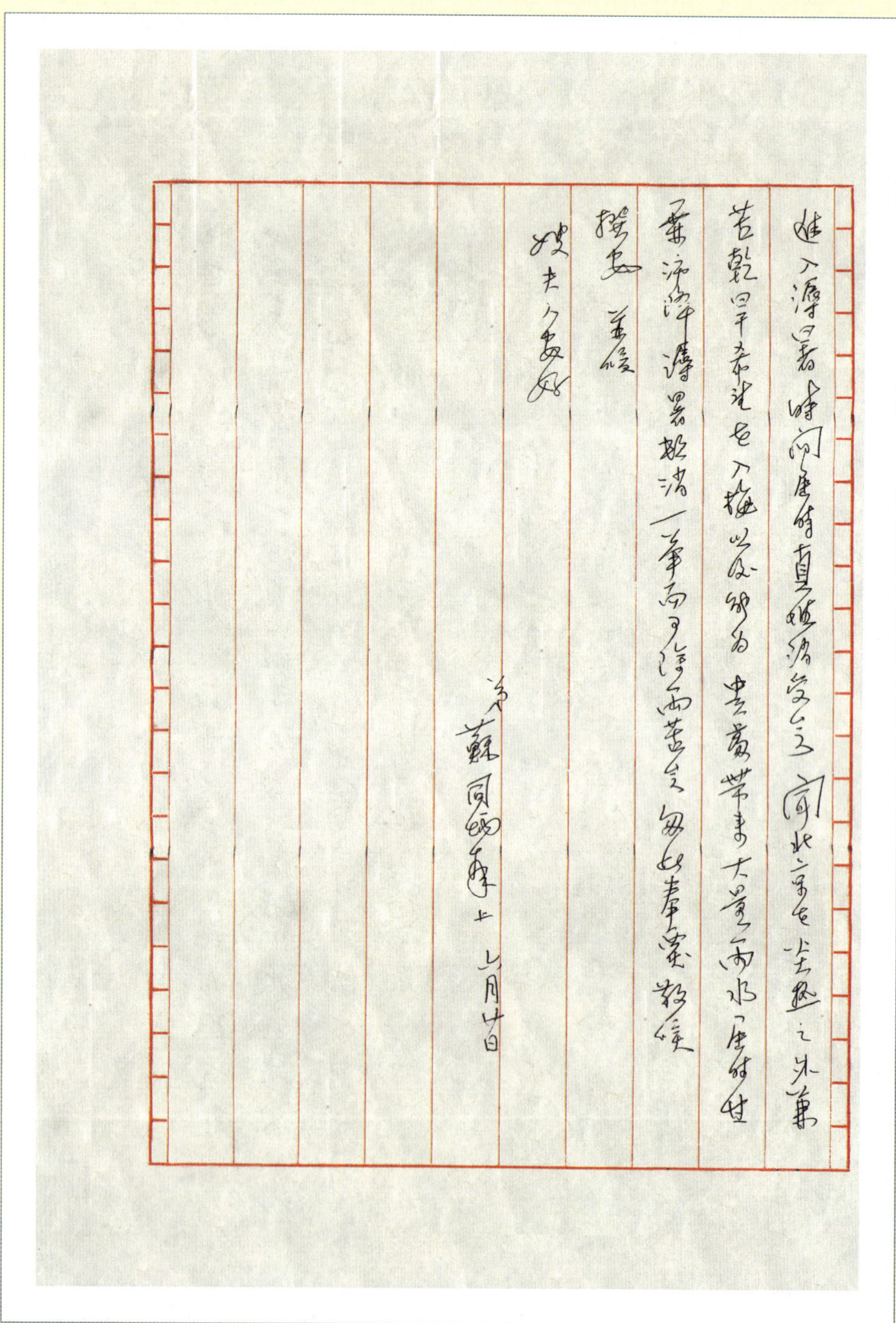
進入溽暑時間更覺難得須安之 寄北之筆已出版之米集
昔乾回年前託已入推出發行為 書商帶來大量而求售註
兼派將溽暑排清一筆而可得而甚之 無如奉寫 教候
撰安 並候
嫂夫人安好
弟 蘇同炳拜上 七月廿日

《中國歷史上的傳奇人物》目次

一 雜記秦良玉
二 錢謙益和柳如是
三 長毛狀元王韜
四 魯迅和他的祖父
五 汪精衛的先世及其他
六 方君璧與曾仲鳴
七 狗肉將軍張宗昌之死
八 丁寶楨有不白之冤
九 張蔭桓的早年與遺

十 袁世凱与辛亥革命——

十一 海瑞有偏激之嫌

十二 補記海瑞史事

十三 戚繼光死於糖尿病

十四 徐文長才高命蹇

（全書 共十二萬字）

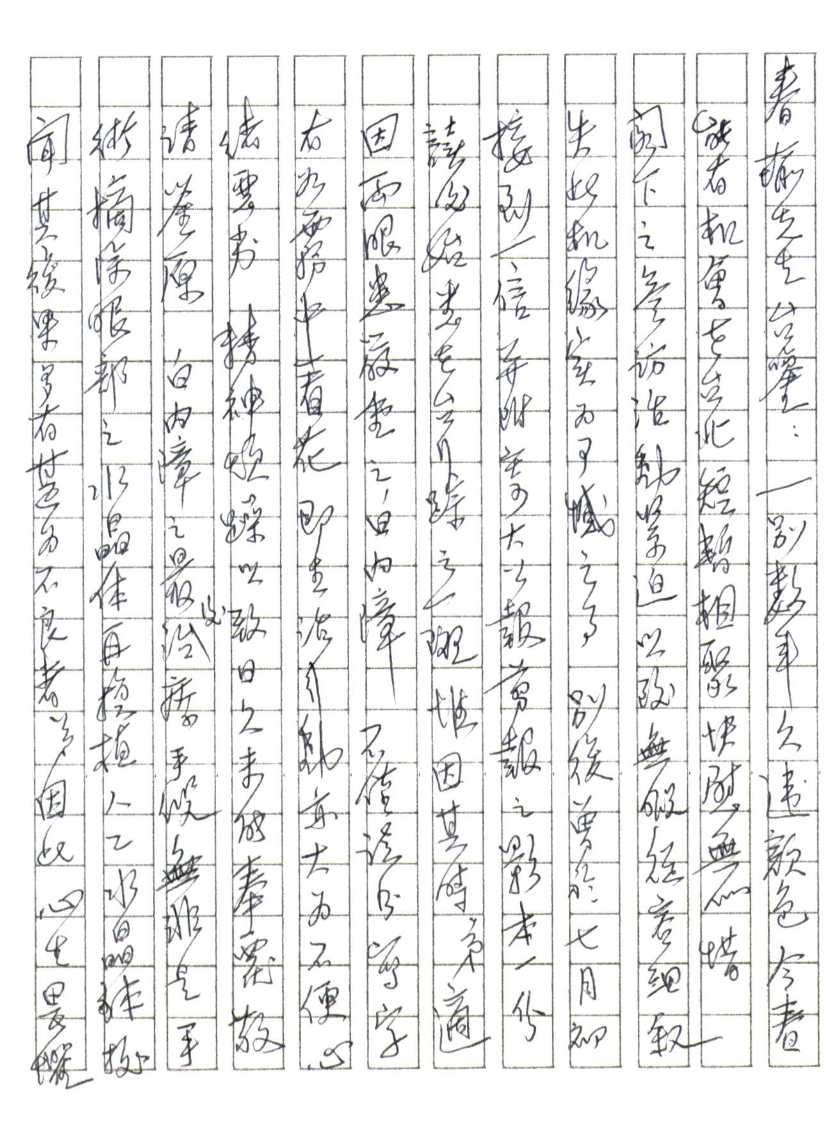
春樹先生台鑒：一別數年，久違顏色，今春
欣有机會在台北短暫相聚，快慰無似。惜
閣下之參訪活動緊迫，以致無暇詳細敘，
失此机緣，實為可憾之事。別後曾於七月初
接到一信，并附寄大公報剪報之影本一份，
讀後始悉先生行蹤之一斑。惟因其時適
因兩眼患嚴重之白內障，不能讀寫文字，
右眼施手術後看花，即去治療，行動亦大為不便，心
緒雜亂，精神恍惚，以致日久未能奉覆，敬
請原諒。白內障之最好治療手段無非是手
術摘除眼部之水晶體，再移植人工水晶體替換，
聞其後果多有甚為不良者，因此心生畏懼

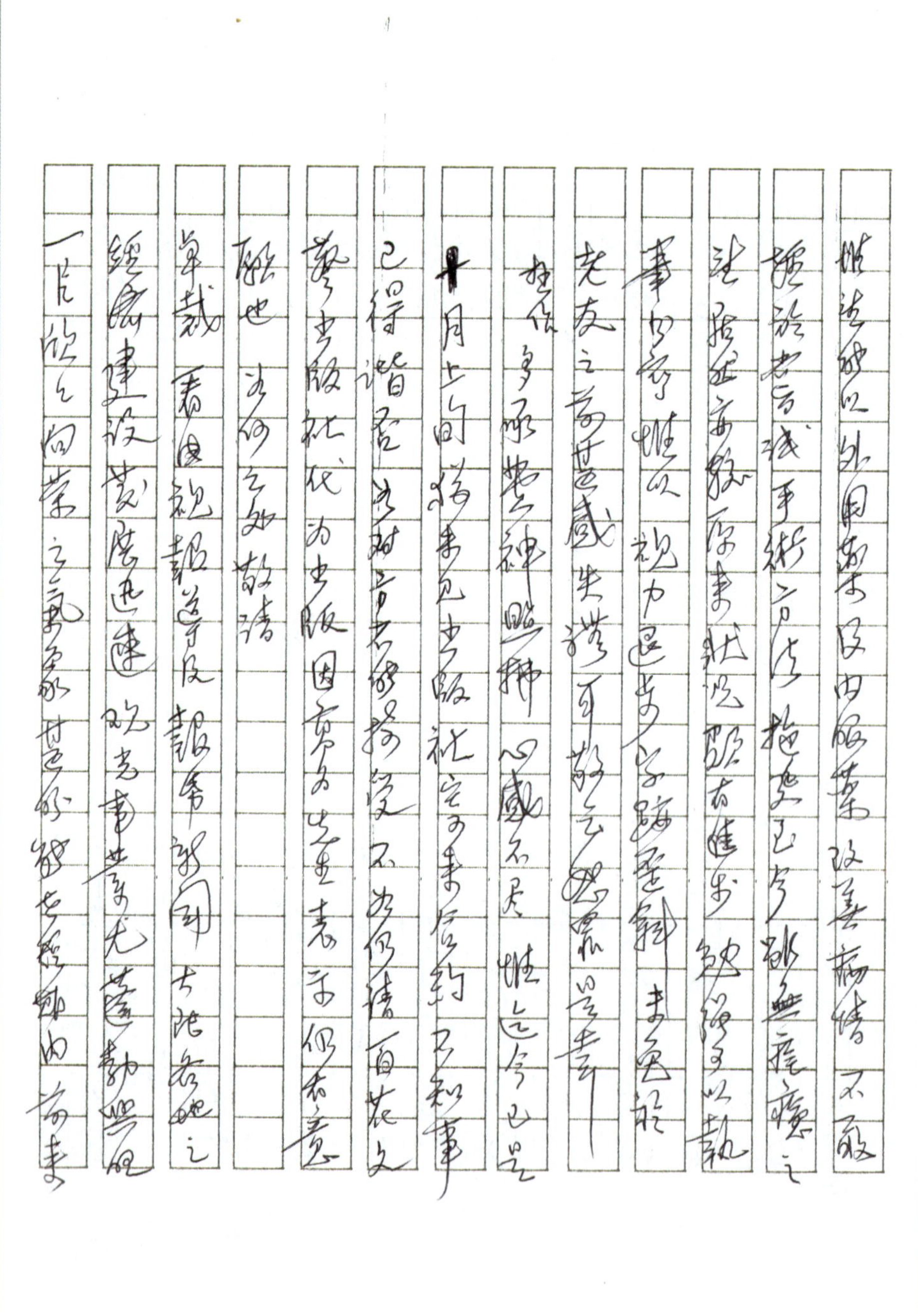

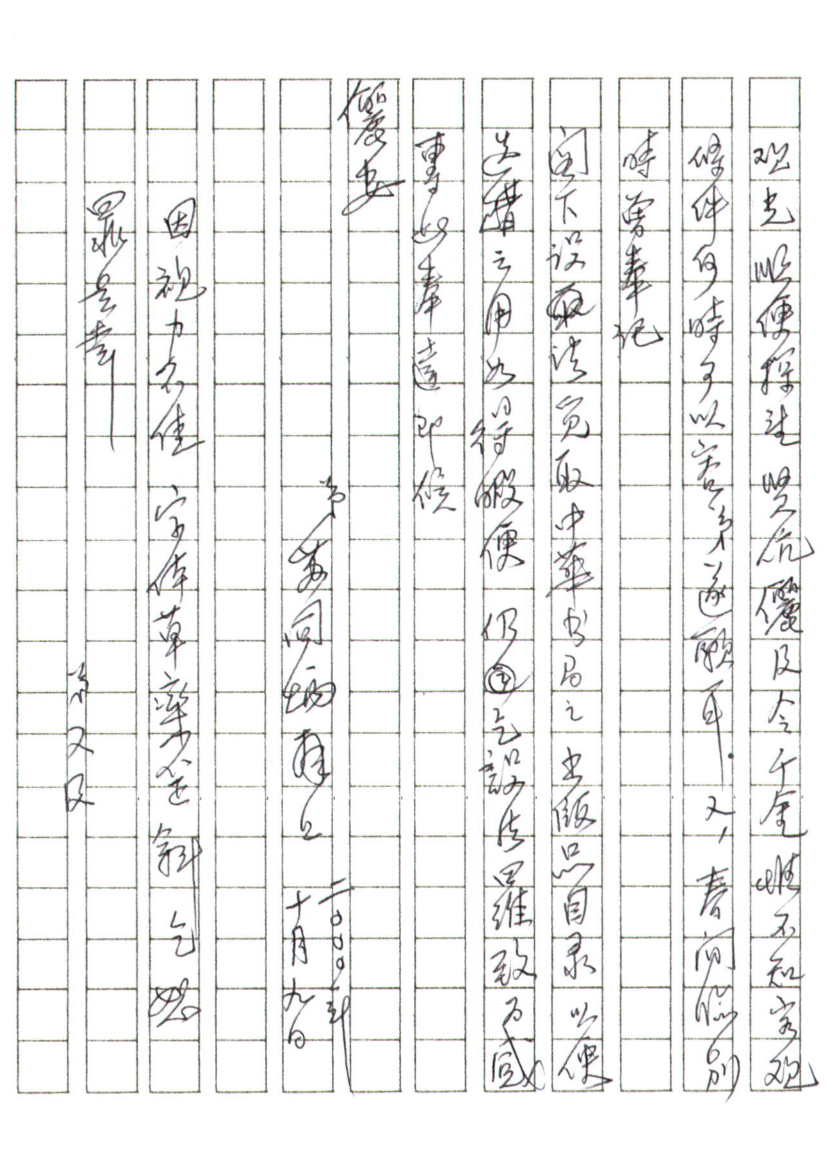

双光眼镜稍差，贤伉俪及令千金，惟不知寓址，修件何时予以寄去为盼耳。又，春间临别时曾奉托

阁下设法觅取中华书局之出版品目录，以便

先生之用，如得暇便，仍盼代请罗维致函宜[illegible]

专此奉达，即候

俪安

弟[illegible]同[illegible]敬上
二〇〇〇年十月九日

因视力不佳，字体草率，尚乞包涵，罪恕是幸

弟又及

From:(寄件人區號、地址、姓名)
台湾台北南港区研究院路
二段61巷1弄八號苏同炳寓
To:(收件人區號、地址、姓名)
北京
石景山区八角北里九棟404室
王春瑜先生 台啓
AIR MAIL
航 PAR AVION 空

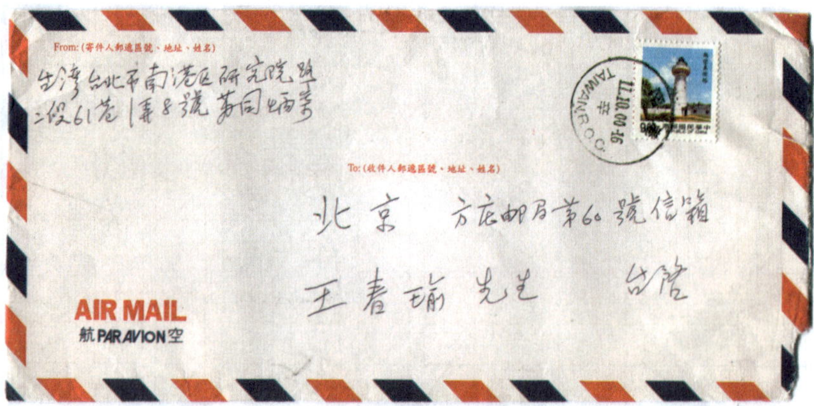
From:(寄件人郵遞區號、地址、姓名)
台湾台北市南港区研究院路
二段61巷1弄8號苏同炳寓
To:(收件人郵遞區號、地址、姓名)
北京 方庄邮局第60號信箱
王春瑜先生 台啓
AIR MAIL
航 PAR AVION 空

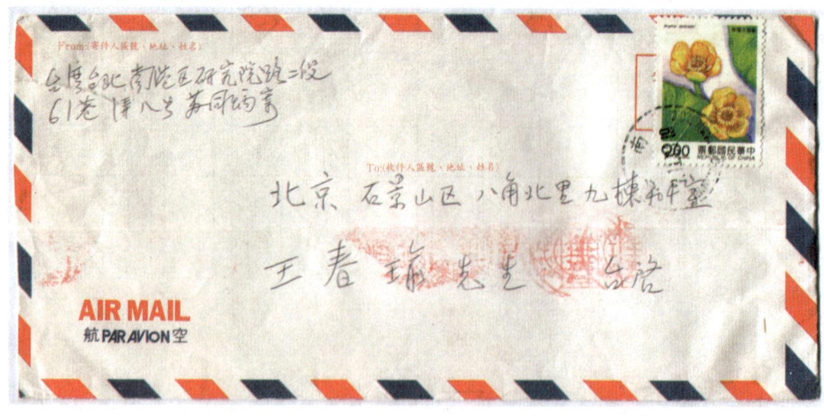
From:(寄件人區號、地址、姓名)
台湾台北南港区研究院路二段
61巷1弄八号苏同炳寓
To:(收件人區號、地址、姓名)
北京 石景山区 八角北里九棟404室
王春瑜先生 台啓
AIR MAIL
航 PAR AVION 空

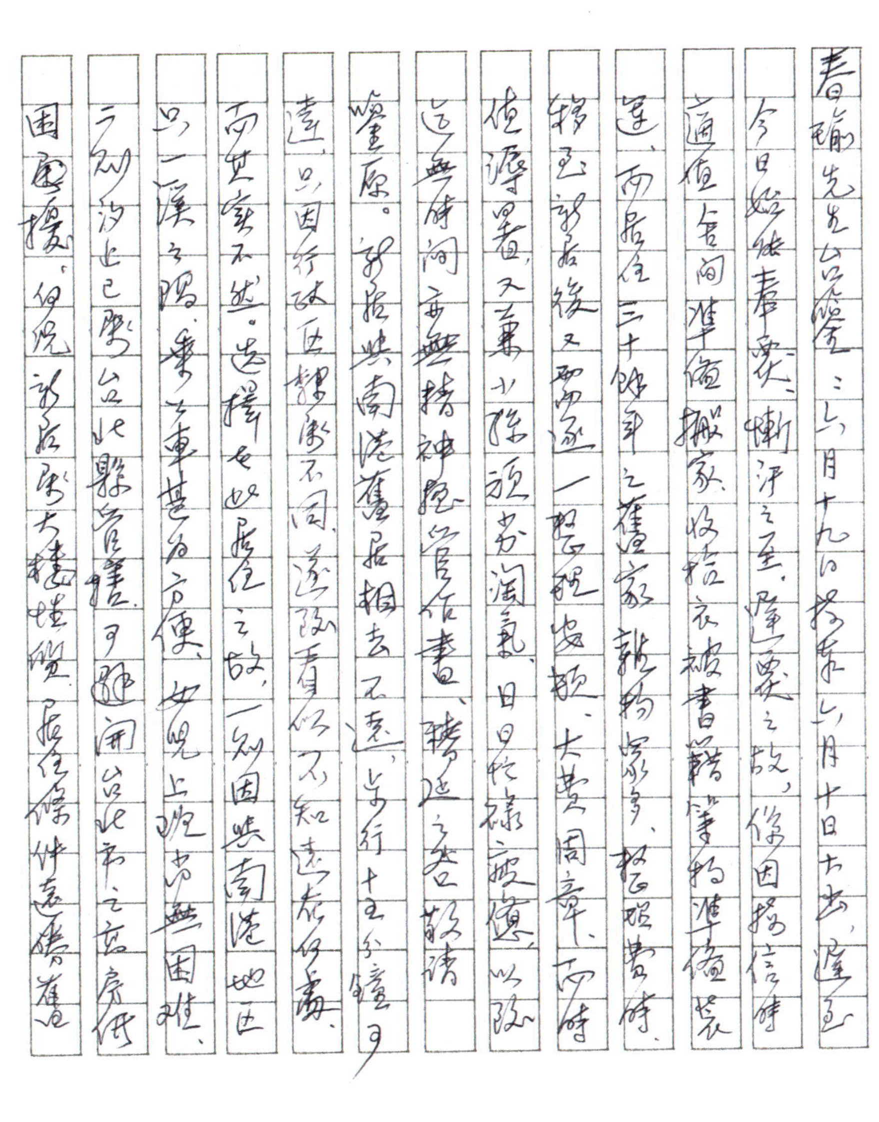

春瑜先生如晤：六月十九日接來六月十日大函，遲至今日始能奉覆，慚怍之至。遲覆之故，係因接信時適值舍間準備搬家，收拾衣被書籍等物準備裝運。而居住三十餘年之舊家，雜物繁多，整理費時。搬至新居後，又需逐一整理安頓，大費周章。而時值溽暑，又兼小孫頑劣淘氣，日日於旁攪擾，以致近無時間亦無精神定心作書，積延至今，敬請鑒原。新居與南港舊居相去不遠，步行十五分鐘可達，只因行政區隸屬不同，遂致看似不知遠在何處。而其實不然。選擇在此居住之故，一則因與南港地區只一溪之隔，乘公車甚為方便，女兒上班出門無困難。二則此地已屬台北縣管轄，可避開台北市之高房價困擾，但現新居屬大樓型建築，居住條件甚遠勝舊居店，就以經營食宿之後總務處頓下來了，而且住宿也正研議，閣下將來如有機會來南港中研院，要看同學既也很方便的。至于選店之故，則係因中研院近來甚於發展需要，亟需擴充土地建造新廈，而置地需大筆經費，且遠處要便宜的土地又不合管理使用的便利，所以千思百想之後，還是把主意打到我們這些住宿舍的人頭上。這又當是大獻先生做院長時曾向我們保證不拆宿舍，要我們安心住下去，如今換了繼任若只是將來的人來當院長，一切以新的方式行了，不講什麼溫情主義，我們的宿舍就難免成為甚灶上之肉了。由于政府的法規內容已經修改，所住宿舍的人不能無限期的永久居住於

官司是绝对打不赢的，所以只好自己想办法买房子住。毕竟过于相信吴院长的担保，从来没有打听存钱买房子这一下可苦了。多方借贷设法，加上银行房贷总额，张罗下现住的房屋，而售价达新台币五百万元（房贷）只好让女儿们慢慢还而已了。说来实在惭愧之至。拜读大文，知道你阁下对于「孤寂」一文有指教之至，惶恐惶恐。我平素以卖文为治事抄书，没有什么学问可言，阁下读书方法，也实在不值得称道，只有惶恐不敢当也。台湾自李登辉、陈水扁等独派分子当政以来，积极推行「去中国化」之教育，独派致使年轻人的文字也如同已失去了耐心，看到阁

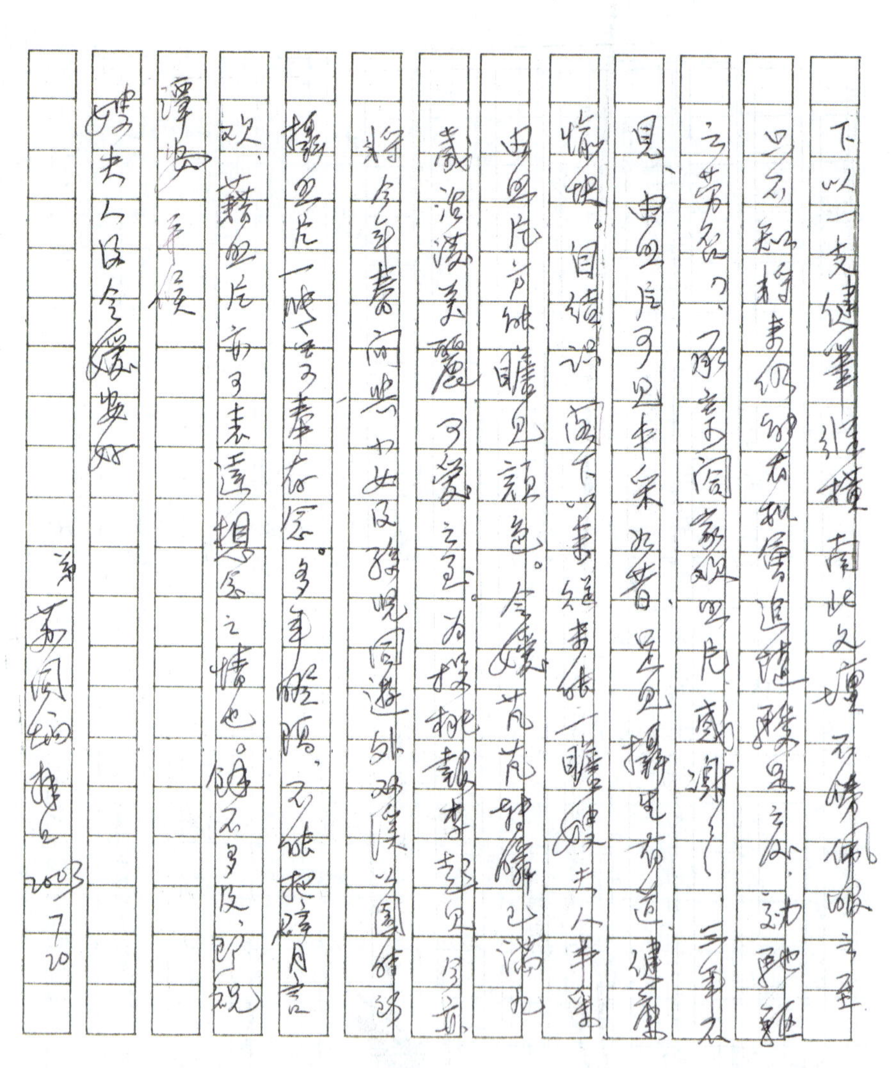
下以一支健筆縱橫南北文壇，不勝佩服之至！只不知將來仍能否有機會追隨驥足之後，勉勉馳驅之勞否乎。承寄闔家照片，感謝感謝。三年不見，由照片可見丰采依昔，足見精神甚佳，健康愉快。自結識閣下以來，未能一睹嫂夫人丰采，由照片方能瞻見顏色。令嬡芃芃婷婷已滿廿歲，活潑美麗，可愛之至。為投桃報李起見，特亦將今年春間與小女及孫兒同遊外雙溪之園時所攝照片一幀，寄奉存念。多年睽隔，不能把臂言歡，藉照片亦可表達想念之情也。餘不多及，即祝

潭安　再候

嫂夫人及令嬡安好

弟 蘇同炳拜上
2003 7 20

春瑜道兄台鉴：前接15/1及21/1　尊函，知　阁下近时公私均甚
忙碌，故久未致字信滋扰，但迄今时隔两月有余，既未见续寄
尊稿，亦未见有信来，实不知　尊况若何，深为惦念。今特专函
问候，並報告有关　阁下有关事项如下：
(1) 承兄先后寄来之送葬书共计十一册均已妥收，敬请释念是
神之处，特此致谢。弟与能工兄合作写书之计划迄今未曾开始，
其原因由于弟对中医之事实太无了解，当初寄书经前人所
写书籍本吸收经验以获取心得，因未能获得适当书之精华
无法达此愿望，以致迄今未能下笔。王能兄认此亦爱莫能助
遗憾迄今依然故我，承蒙　阁爱感激之至，特此報知，似将搁置也。

(2) 先父手書之草稿除「老牛堂隨筆」中之「讀詩隨述」及「[illegible]文字」兩則近來已刊出外，其餘均已登出，今將剪報寄請 查收。「讀詩隨述」等文字以未蒙刊登，或與報紙之立場有關，因中央日報自命為黨中央之机關報，向來注重体面，故凡事頗多顧忌，若很多文稿內容涉及黃色、灰色，均在忌諱之列，則不免遭受封殺之命運。此二則字數不少，果真如此，所損失者雖不少，但亦無法也。

(3) 年長河寄稿，近來均為在編輯之邀請為報筆，且亦因為各報紙之副刊無多少刊載稿件之篇幅，該報副刊雖有容納無從應有之篇幅，故前後投文不少，或由編輯之關係而較不要。但近來之情況，數年後將大為難堪者。本係報刊之主編，以上所有

70. 11. 5000

副刊組主任一人綜攬各版副刊之取稿大權，此外須主編中央副刊之外，對其他錯之長河、旅遊、生活各版亦一並以其個人之好惡加以指揮。即使各版之編者定採用之稿，如經副刊組主任認為不妥，仍須撤換。兩三月以來，弟投交長河版有關讀史問題之稿件三、四篇，均已經主編之編輯先生採用並排字排版，但已遭此主任發覺時即遭封殺。其理由為學術味太重，不能通俗。然所謂不能通俗也者，其並非文字太深艱澀而不能淺顯易明之謂，其真正意義乃不能庸俗有趣而已。試翻該報近刊副刊之稿，內容無聊鄙俚者層出不窮，身為主任之某君不僅不知其錯誤荒謬而且樂此不疲，益見其人之水準及風格已。由此之故，弟深為憂

照原計劃在該報舉行新春作者茶會之時給經長們之協助者
並面致閣下謝意之外，亦因此而決定取消，並決心從此不再
為該刊寫稿，以表示不屑為伍之意。弟之此一決定，希閣下查無
影響，因長期對閣下稿件之歡迎，情形從無改變。該刊編輯近來
之表現，向弟催稿，亦因深知弟對該報大為不滿，而不便啟齒之
故。至於大稿寄來，弟仍照登不誤，不致有退拒之意也。如蒙教
請推釋為紉。弟寫中華副刊中央日報，今乃見到大稿件
即予隨時寄出。不料該報近來之編者態度，亦大為惡劣。二是月
來之大稿，已剋出些，並未將稿費寄來，此點係弟個人之意見
外別無要求。此後閣下如仍有稿件寄來，查視情形決定

70. 11. 5000

再行设报告。否则即不再看中央日报矣。

(4) 弟自今年二月份开始为台湾省文献委员，今签定合约，在一两年内为该会撰写书稿三种，均为人物传记，目前正忙于搜集材料，及阅读研究中，不为长河写稿，并不致影响原计划，所遗憾者，该会所出稿费不过每千字五百元，写十万字之人物传记一本不过新台币十万元，而费去之力不少，殊不合算，此惟此项书稿成之后，可由该会印行出版，在个人生命史上不失为较有意义之工作，故乐意不计报酬多寡而为之也。但不知阁下亦有此种兴趣否？

(5) 阁下所得之稿费，至二月底为止已约有美金三百六七十元

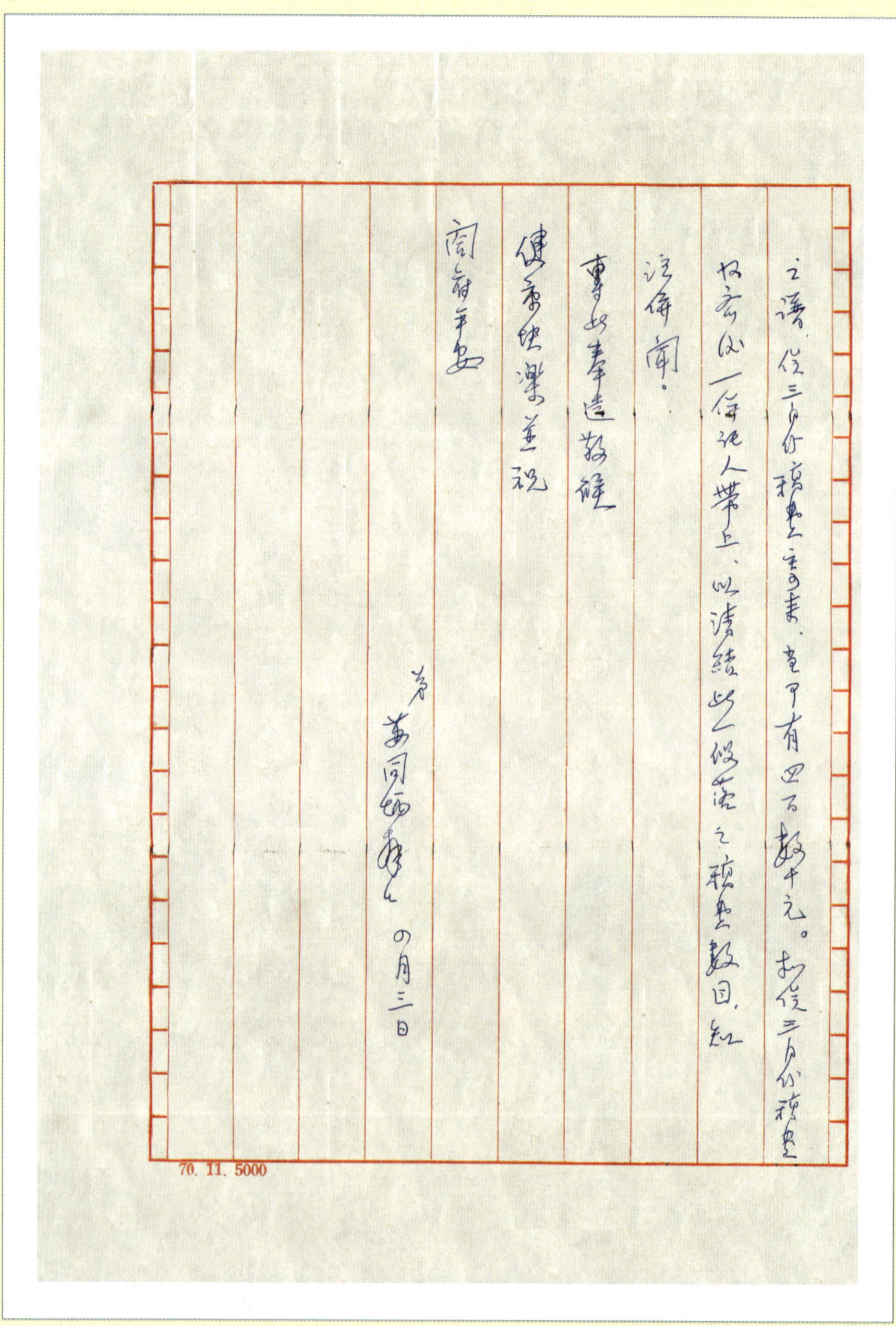

之譜，從三月份稿費算至今來，竟可有四百數十元。如從三月份稿費收齊後一併託人帶上，以清結此段時期之稿費數目，知

請併閱。

專此奉達敬頌

健康快樂並祝

闔府平安

弟 黃國彬 拜上

四月三日

70. 11. 5000

春瑜先生台鉴：此番贵同事尚明轩先生来台出席国际学术
会议，本拟设法会晤，无如尚先生不谙台北情形，而所栖
距寒舍甚远，乃在政治大学之内，彼此情形亦甚隔膜，兼之七闲，令
拙向访者不便，晚间往访恐甚辛苦，地理不熟，因此甚惮此行。
适因小女赵慈将于六月初访问京沪，特将 尊题之书由小女
带去。此情昔已于电话中奉告，想荷 鉴及。尚先生所带
尊稿已由郝陈三井先生交下，陈先生为 弟之学部故交，
为此次会议主要角色。尚先生曾有之在台情况，似得宴聚及来信等
谈之机会，而 弟竟一概不知，及永发先生告知以婉谢，悦然大悟，
则为时已晚矣。失之交臂，以致未能招待 尚先生，至觉歉疚，请 道达为荷。

遠識便所請托遠遙之叢意為感。有關諸事今奉告如下：

(1) 尚未所帶來之稿件已即轉交長河版

(2) 截至四月份上半月之稿費總數為NT$14000元折合美金560元

六月初由小女帶奉

(3) 小女將前此畫有大陸之行，係由出版社經理王文俭小姐

同意有關出版社洽商出書及購書之事，順便可往就近名勝

地區遊覽，此乃公私兩便是也。其預定行程為六月一日由台北

經香港轉機至上海，在上海約留四、五日再轉往北京，在北京

以寓旅館均係由出版社代訂之。煩其到達後即與貴

兄取得電話連繫，並祈到京後能至貴友之寓所借住

70.11.5000

上次电话中询悉 贵友之寓所现仍空无人住 则昨付借住亦可
節省些旅费 惟務必多所打擾 則為需
閣下及嫂夫人之意否 見之 拂平 謹請先致謝意
(4) 弟在台湾出文献會計劃寄稿之事 小女知之甚稔 來時當
面陳一切 以作考據
(5) 承惠贈 綜股藍莓 一盒 奉領 謹謝
專此奉達 即候
儷安
問候 嫂夫人安好 好未另
弟 蘇同炳 上
18/5

US$HK=(204.08月)+30=

附稿费清单

91年十一月 3500元 HK140 U.S.A

91年十二月 2450元 98

92年一月 2300元 92

92年二月 1100元 44

92年三月 4350元 174

92年四月 300元 加（四月份上半月稿费，下半月尚未算到）

合计 NT$14000元（折US$560元）

322

1991年：

U.S.A：922

70. 11. 5000

春明先生台鉴：六月二十日寄奉芜缄，想已達
覽。久未得惠函，想必良佳，時在念中。
尊稿在長河編輯室擱置多日，於七月初刊出「此恨水」一文後遂
未見續登，得友人魏子雲兄（金瓶梅問題專家，兼小說作
家）見告，謂長河版自七月份起改變編輯取向，偏重於「本土化」，
以致伊所寫文章均無從在長河版刊出，对此甚表不滿之意。按
所謂「本土化」者，無非台灣本位主義之代名詞也。此事為一政治
思想問題，如今亦然漸進入學術文化界，則其影響所及对整
個文史學界者殊為不利，尤甚者
兄遠處內地，对於整個台灣歷史及今日之演變，对其觀覺不易

当亦尤感困难矣。今日接得长白寄来八月十五日之报纸,始知
「刘半农」一文业已于八月十五日之长白版刊出,然已积压两月之久矣
知也念中。今后速将剪报亦作寄奉,并将所得自赠之
方面消息奉告为盼。敬希
鉴詧。阅报知北京今夏暑热特甚,兼以水源短缺,对生活影
响恐大不知
尊处亦因此而增不便否。念念。弟今春即拟于之回乡旅游暨
金六千元。近以家中来信要求寄款助其购房,已暂先寄往
杭州为其解决困难,故今春暂缓归来,须候总体情形决定矣。知蒙
注及,敬以附闻,毋此即颂
撰安 并候
尊夫人安好

弟 苏同炳 敬上 八月十八日

70. 11. 5000

陈 仁 珊

陈仁珊，福建省长乐市人，海军学校毕业，分配到“长治号”护卫舰服役，下士，航海长。该舰20世纪30年代日本造，原名宇治号，铆钉结构，前主炮口径较粗。第二次世界大战结束，日本投降，美军接收日本武装，将此舰赠给民国政府海军，更名长治号。以陈仁珊、李春官为首的进步水兵，厌恶美蒋勾结，发动内战，海军上层，贪污腐败。遂成立地下组织，经精心策划，在1949年9月下旬在上海吴淞口江面起义。此舰后更名“南昌”，成为人民海军东海舰队旗舰，陈仁珊任舰长。毛主席曾视察该舰，并题词。董必武、朱德、彭德怀、贺龙、陈毅等领导人，都登过此舰。陈仁珊最后从东海舰队上海基地副参谋长任上离休，大校军衔。

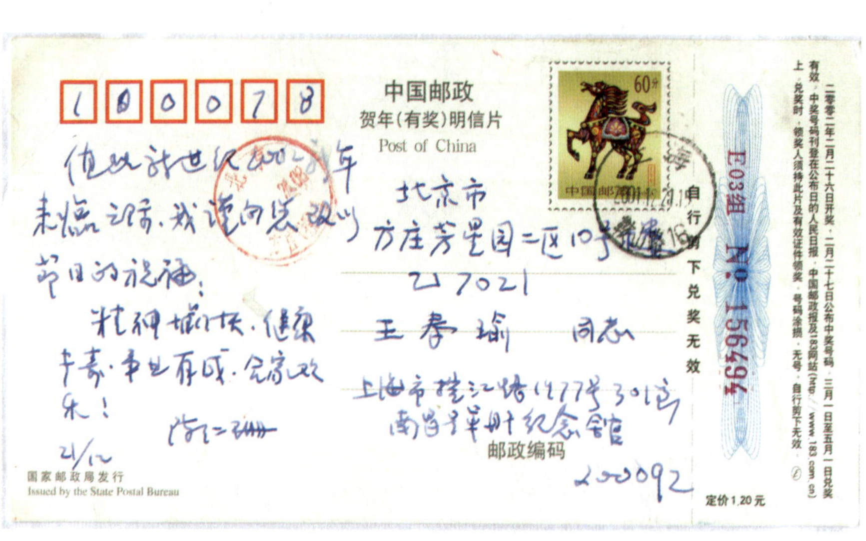

100078

中国邮政
贺年(有奖)明信片
Post of China

值此新世纪2002年来临之际，我谨向您致以节日的祝福：

精神愉快，健康长寿，事业有成，合家欢乐！

陈[illegible]

21/12

北京市
方庄芳星园二区10号
2-7021
王春瑜　同志

上海市桂江路1277号301室
南昌[illegible]纪念馆
邮政编码 200092

自行剪下兑奖无效

E03组 No 156494

二零零二年二月二十六日开奖，二月二十七日公布中奖号码，三月一日至五月一日兑奖有效，中奖号码刊登在公布日的人民日报，中国邮政报及183网站(http://www.183.com.cn)上，兑奖时，领奖人须持此片及有效证件领奖，号码涂损，无号，自行剪下无效。

定价1.20元

国家邮政局发行
Issued by the State Postal Bureau

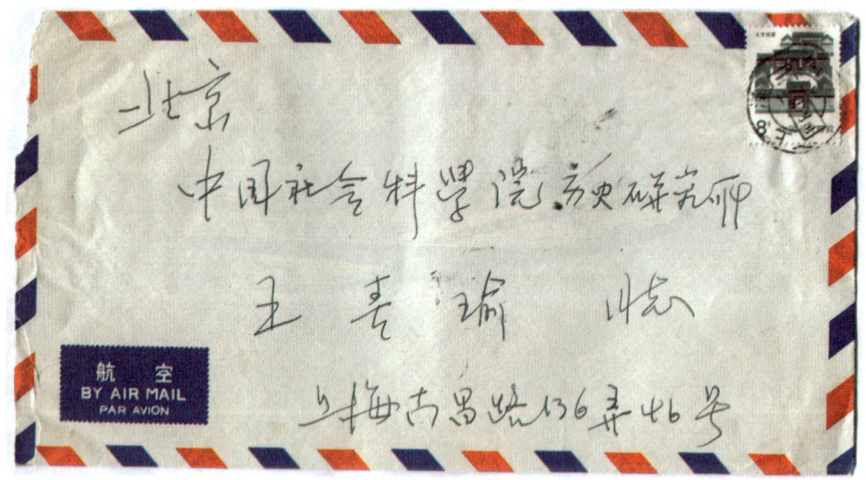

北京
中国社会科学院历史研究所
王春瑜　收
上海南昌路136弄46号

航空
BY AIR MAIL
PAR AVION

春瑜同志：

你好！

你的来信已拜阅多时，因我重病（右脑多发浸润性梗塞）故未早些与你联系，请原谅。

我很高兴闻知你近年已成就卓然，精彩可喜。

我如今又从厦门调往上海参加纪念抗战中战周年纪念，又值于部队生活和教育书编写，我仍住在医院，今已休息，正在等病可以出院。让有南方读者来学一叙。

祝新年愉快

致礼！

陈仁炳

八八 十二 九

高莽

高莽，哈尔滨市人。翻译家、画家、木刻家，笔名乌兰汗。孝子。曾从俄罗斯总统叶利钦手中接过友谊勋章。他翻译过多种俄罗斯文学作品出版。擅长油画、国画、速写，人物画惟妙惟肖，先后为茅盾、巴金、艾青、丁玲、钱锺书、杨绛、宗璞等画过像，也曾为不才画过速写像。曾在中国现代文学馆举办人物肖像画展，广受好评。

高莽母亲高卓兰老太太，享年一〇二岁。高莽精心伺候老人，无微不至。她不识字，但极聪明，模仿高莽写的字，书“人贵有自知之明”，有模有样。

春瑜兄：

今天是2000年元旦，祝贺你们全家，幸福，健康，万事如意！

寄上为你画的肖像，不知老兄是否满意。

连同画像退还你的照片，另附上我画猪和我题的字（照片）。

祝好！

韩羽

2000年元旦

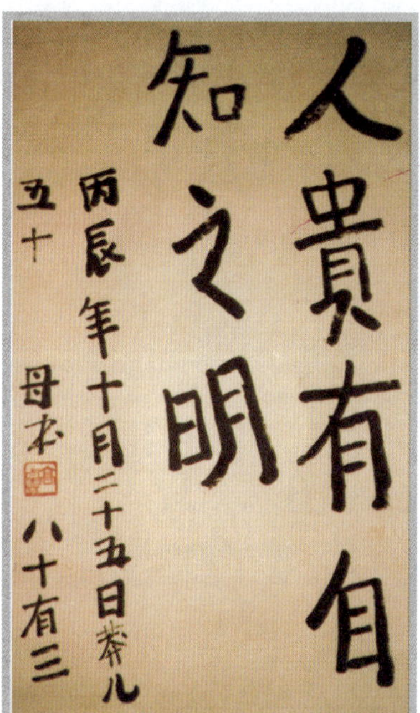

高莽50岁时
（现已74岁）
他的母亲为他
题写的字

高莽的母亲高卓兰
于1996年逝世，
享年102岁

注意：反面有高莽先生的说明。高莽50岁时，其母高卓兰老太书赠高莽。她1996年逝世，享年102岁。其实，高老太无文化，但甚聪明，所书“人贵有自知之明”等，皆“依葫芦画瓢”，然也有模有样，让人佩服。

2016年1月24日记

本市 方庄邮局60号信箱
芳星园2区
10号楼 乙楼 7021
王春瑜 先生
2000
世纪之交 百年回眸
1999.12.31 北京
世纪之交 千年更始
2000.01.01 北京
邮政编码 100044
北京市海淀区昌运宫1-2-601

牧 惠

牧惠，原名林文山、林颂葵。1928年在广西出生，祖籍广东。著名杂文家。著有《造神运动的终结》《沙滩羊》《难得潇洒》《漏网》《书里书外》《歪批水浒》《与纪晓岚说古道今》等几十种，是杂文界勤奋、多产的老作家。他是我的至友，无话不谈。他不幸去世后，我曾写《沧海月明珠有泪》悼之，刊于《文汇读书周报》《天津老年时报》。

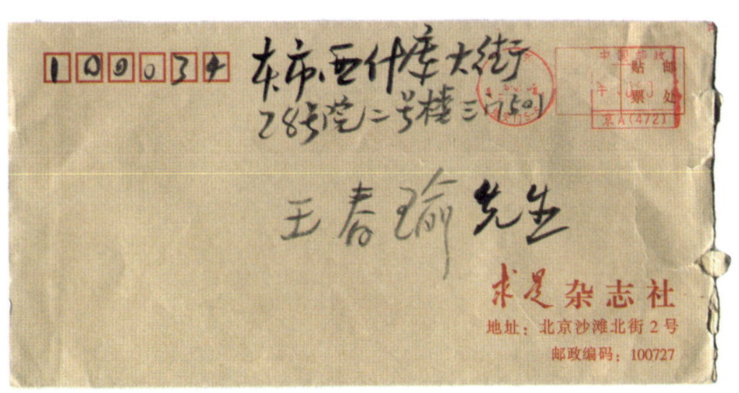

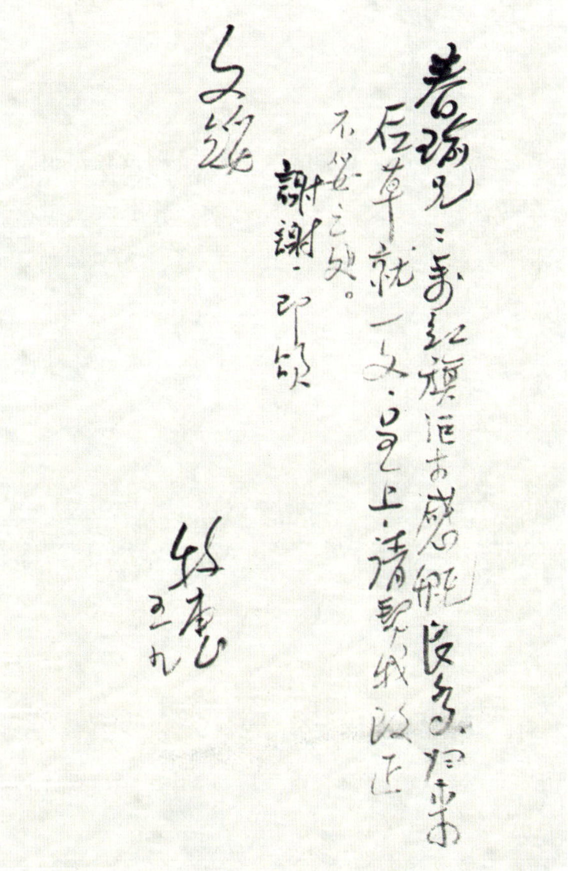

春瑜兄：来红旗往事感慨良多，拙稿后草就一文，呈上，请帮我改正不当之处。谢谢，即颂

文安

黄永厚

黄永厚，湖南省凤凰人，土家族，画家。国画、漫画均别有一格。熔杂文、绘画于一炉。其个人巨型画集由文化艺术出版社出版。其兄是大画家、“酒鬼”酒设计者黄永玉的亲爹。

100078

北京 方庄邮局

60号信箱

王春瑜教授启

通州区潞河医院黄寄

邮政编码101149

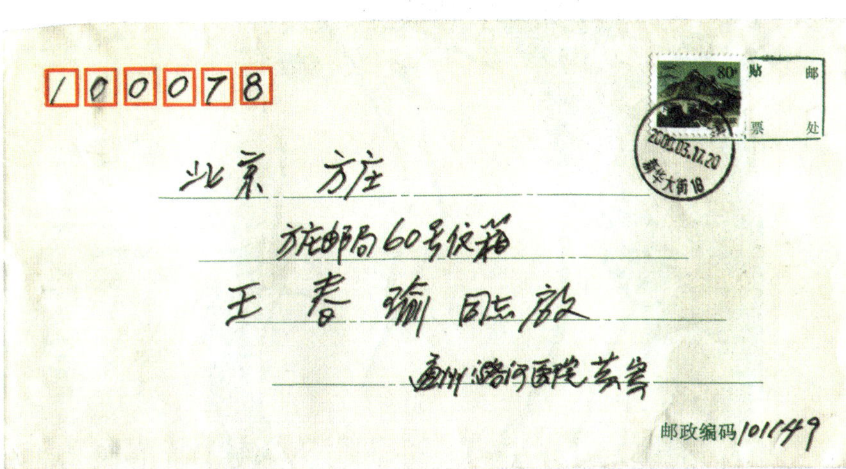

100078

北京 方庄

方庄邮局60号信箱

王春瑜同志启

通州潞河医院黄寄

邮政编码101149

中国经济时报2007.8.26.13[illegible]

战 略 家

□黄永厚 文画

你知道马寅初当年跟谁叫板吗？——女娲。对了，诗仙有诗为证。

女娲戏黄土，抟作愚下人。

散在六合间，蒙蒙若沙尘。

李白《上云乐》宜乎为尼采之千岁老狐也。

尼采又咋了，“条顿行动”完了有人说尼采理论指导要负责。是与不是让哲学家去扯皮吧。塞翁失马焉知非福，还是回头说说家门内边的事。要是我没说错，此诗的诗眼全在首句“戏”字之中。是女娲她老人家(老么？我可说不准)亲手制定游“戏”规则，就是开玩笑。她这玩笑一开，使造福于今天十三亿还多的，她的灰孙子我辈，英雄气短，毫无选择余地落为“沙尘”。腰间五尺拔出，四顾茫然。美好的感觉在《庄子》解完牛的庖丁先生“提刀而立，为之四顾，为之踌躇满志”，表现得淋漓尽致，全无疑呀！单凭人口优势哪个大国高攀得起？新闻用词里隔三差五不来个“举世瞩目”都谦虚近于虚伪了。

我可不想当汉奸。他上帝也用泥巴做光屁股不体面的亚当和夏娃，其后裔之师尤其不乏人渣，希特勒如何？我还敢以爱国主义夸下海口，说他上帝压根不配做女娲同谋，不管辈分与长相都非女娲对手，又何谈战略伙伴？伙伴要实力。试看今日高峰会谈后合影种种作态，大小高低一目了然。

泥巴做人其实亦不尽皆无名之辈。范爷、拿破仑、梦露都称《上帝杰作》是他爹妈无能为力的。女娲的杰作多如牛毛，昨晚电视一位爱美老人，80多岁随口能念出西施、王嫱和当代与她同桌吃饭的小美人，那伙名美人脏话骂得兴起，把一根啃烂的鸡骨吐到他的碗里，是定情之物吗？被韩美林逮个正着，问道：“你吃了？”老人不答，不答就是学问，台上台下一片掌声，美林呵美林，你真不愧是位训练鼓掌的高手！然而，谁又能说这不正是人多的好处呢！

我家帮工的龙妹仔看完《正大综艺》亚洲一个不算大国的孩子上学不要钱，她直摇头说：“不可能！”暑假一过她的头等大事是跑到邮局把钱寄回老家交学费，不够。“不够我哥自己凑了！”她的老家叫腊尔山，靠近出名的“湘西长城”外，“生苗”(清代对未被归化苗族的指称)最后一个小据点，那儿不信女娲，但我家乡有一对傩愿菩萨，男的是个绝对大红脸，用朱砂涂上去都不掺赭石。据说洪荒之时(鬼晓得“洪荒”背后的历史有多丑恶)人死绝了留这对兄妹结为夫妇，为这事乃兄羞愧至今。可见为贯彻女娲战略思想，中国各族人民排除万难，不怕牺牲的精神多么值得羡慕，起码我们的近邻、老大哥普京先生为俄罗斯人口急剧下降会羡慕得要死。

春瑜学弟：黑白稿已先在北京发了，第一幅中少了2句话，文怀沙90岁没饶过来。漫画家回避政治问题，算穷哥们生活开涮，这是漫画的耻辱。相声不景气原因准此。个人事业不管有多牛，良知和人格才值得守护。否则就叫不知羞耻。交友得无愧乎？ 握手

永厚 2007.8.31.

什么XX　　　黄永厚　文画

某日，接评吾友二刚（南京书画院画师刘二刚）书画稿约，自忖无文，以画诠其"南人北相"诗，并用抵京中一家报纸敛债。及见报，赫然竟容二刚诗名，明火执仗，而白纸黑字矣。余虽忝教授，实无"行课"之需（按："行课"一词为贵刊今年第一期所刊文章之发'明'）竟蒙栽赃，何堪再站讲堂？因忆钱泳《履园丛话·笑柄》一则载纪昀"北人南相"妙联中适有雅问，今摘出录之，以飨诸君子，颇释无赖于知耻云。

"京师工部衙门失火，上命大司空金简鸠工新之。时京中有一联云：'水部火灾，金司空大兴土木。'久之，无有对者。中书君某，河间人也，语人曰：'此非吾乡晓岚先生不能。'因诣纪求之，纪曰：'是亦不甚难对。'踌躇有顷，先生忽笑曰：'但有对，足下奈何？'中书曰：'有对固无伤也。'先生曰：'北人南相，中书君什么东西。'其人惭而退，都中人哄传。"

噫，此间中书君，君竟不答，是文坛终免寂寞也。

领而毁之

吾不能据此行别人文学自由拿之之方便

春瑜学长：题目受先生话惊吓，喝退"东西"二字，又与英康不鉴，红字所批是删去者，吾兄尽可放心了。

握手

黄永厚 2000.2.16.

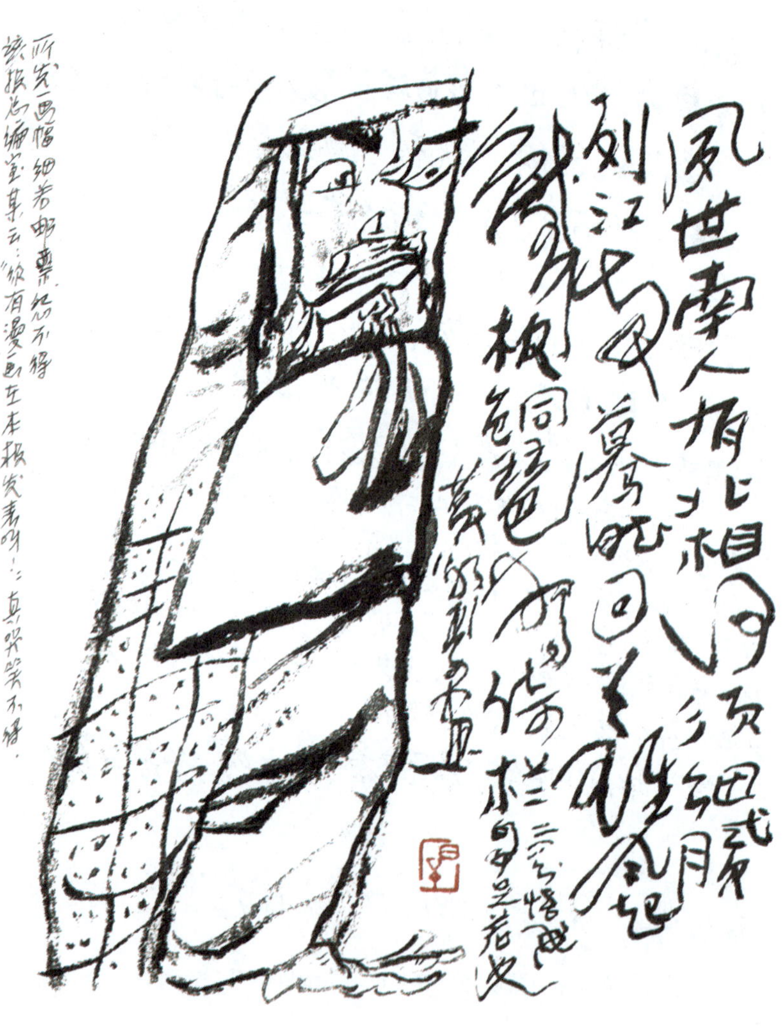

丰一吟

丰一吟，浙江省桐乡市人，漫画大师、翻译家、散文家丰子恺先生之女，也是丰老七个子女中唯一健在者，承其父业，也是画家、翻译家。

王春瑜先生：

今天收到你寄来的「吃糖时节忆吹箫」一书，已粗粗拜读。

不知你是如何得知我的地址的。

我本来有一哥哥在北京，我总是择日去看望他，但如今他已去世，我就不去北京了，只是给嫂子寄些食品，聊表一些心意。嫂子住在离城很远的地方，但寄食品总是能妥收的。

祝

好！

丰一吟

二〇一四、八、三十一写

（我今年已86岁高龄）

附言：我家离邮局有一段路，此信八月底不可能寄出。

周 海 婴

周海婴，鲁迅先生之子，摄影家。著有《我与鲁迅七十年》《鲁迅家庭大相簿》。我俩曾谋面，赠他杂文集，上钤闲章“鲁迅门下走狗”。他看后给我来信，说“大作很有嚼头。时下有些杂文，简直是白开水一杯，你的闲章让我呵呵大笑”。这个信封内装邀请函，邀我去参观他的摄影展览。他去世时，我正在广州出差，遂在《文汇读书周报》我的专栏“新世说”上，著短文悼念。

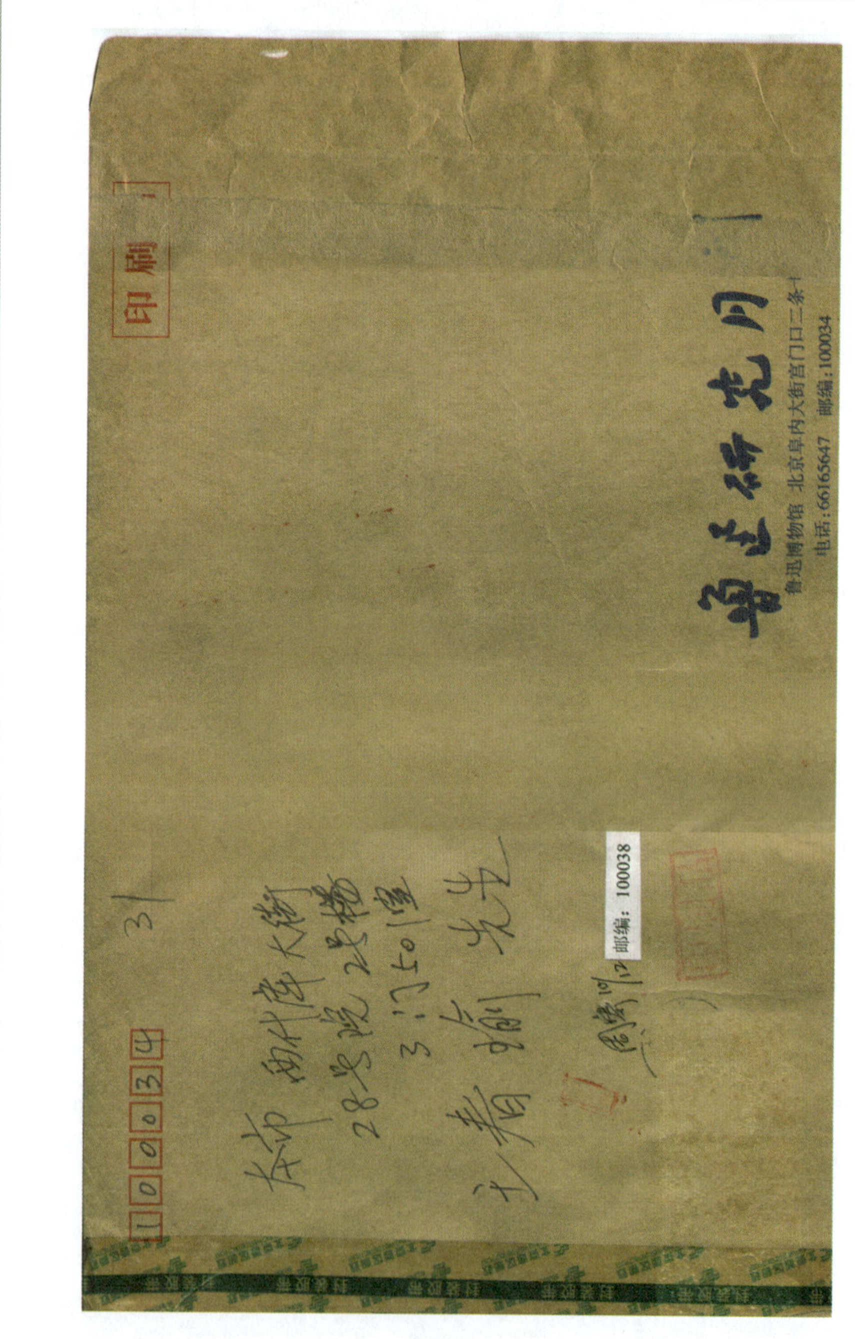
印刷品
鲁迅研究月刊
鲁迅博物馆 北京阜内大街宫门口二条
电话：66165647 邮编：100034
邮编：100038

蒋祖缘

蒋祖缘，湖南省平江县人。1949 年参加工作。1960 年毕业于中山大学历史系。毕业后，任编辑，后任广东社会科学院历史研究所研究员，撰有多篇史学论文，与人联合主编《广东通史》。

广东省社会科学院

春瑜兄：

2002年即将到来，谨向您致以新年节日的祝贺，祝在新的一年里，诸事如意，身体健康，全家幸福。

我本来估计今年五月可以完成《广东史》明清卷稿子的处理，所以想在八月参加明史研讨会。主要是想出去逛逛，和您一起聊聊天。九月二十二日收到您的来信后，获悉您不想参加这次研讨会，我也就缺乏了参加会议的兴趣，加上明清卷一直拖到八月份校理完，还要选择图片等。

《广东通史》是双主编，给通史的出版拖长了时间，我已成副总纂了。明清卷估计要到明年下半年才可出版。

您是《明史论丛》的主编，又是《反贪史》丛书主编，还是中国作家协会会员，希望在百忙中注意珍重身体。

我的身体尚好，请释念。

祖缘
2001,12.21.

学术研究 编辑部

春瑜同志：

您好。

关于李岩问题，这几年来，我陆续收集了些材料，想对此作点研究。但是，《樵史通俗演义》和《定鼎奇闻》二书，我们这里都没有，无法寻到。特恳您大力支持，请将上述二书有关谈到李岩的材料抄寄给我。不胜感激。

匆此，即颂

暑安

祝缘

七月十九日

莲78.8.3260

陈 辽

陈辽，江苏省海门市人。1945 年参加新四军。江苏省社会科学院文学所所长、研究员，中国作家协会会员，享受国务院政府特殊津贴。文学评论家。著有《马克思、恩格斯文艺思想初探》《陈辽文学评论选》《月是故乡明》《叶圣陶传记》等，及《陈辽文存》七卷。

1912 年春，我在兴化纪念施耐庵学术会议上与陈辽先生相识，一见如故，成为好友。他为人随和、热情，主动为拙著写书评，赠我《陈辽文存》等多部作品。他因病去世后，其均学有专长的子女，与我继续往来，真乃幸何如也。

春瑜兄：

您好。

大著《他们活在明朝》，我认真细读了一遍，部分章节读了两遍、三遍。大著是对明史的另一种好书写，且对明史有两大新发现。因此，用心写了此文（附上），请指正。

如认为可，请您给为我打印此文的葛加红女士打她的手机：13505172913；或13382045753，请她将此文的电子版发送给您，您可对文中不妥处予以修改。谢谢。

气候已是"伏"天，太热，请多保重。

即颂

大安！

弟 陈辽 拜上

2013年7月24日

第 页

春瑜兄：

近好。

读完大著《书里》后，颇受教益，因此，情动于衷地又写了一首古体诗。奉上，请阅正。

对"半屋杂文"的评论，不知有否刊出？如已刊出，请《北京晚报》、《杂文月刊》寄样报、样刊给我。如未见刊用，请告知变故原因，让我明白究竟。

《谈三道四集》，我已写了"前言"，还附修改后的"目录"一并寄上。如青岛出版社准备出《谈三道四集》，请他们与我直接联系（我的电话：025—86202787）。如他们不想出版，也请他们尽快通知我，以免我打印稿件、剪贴粘叠，劳而无功。总之，一切拜托您了。谢谢。

暑热天气，请多自珍摄。

即颂

近安！

陈辽拜上

2014年8月20日

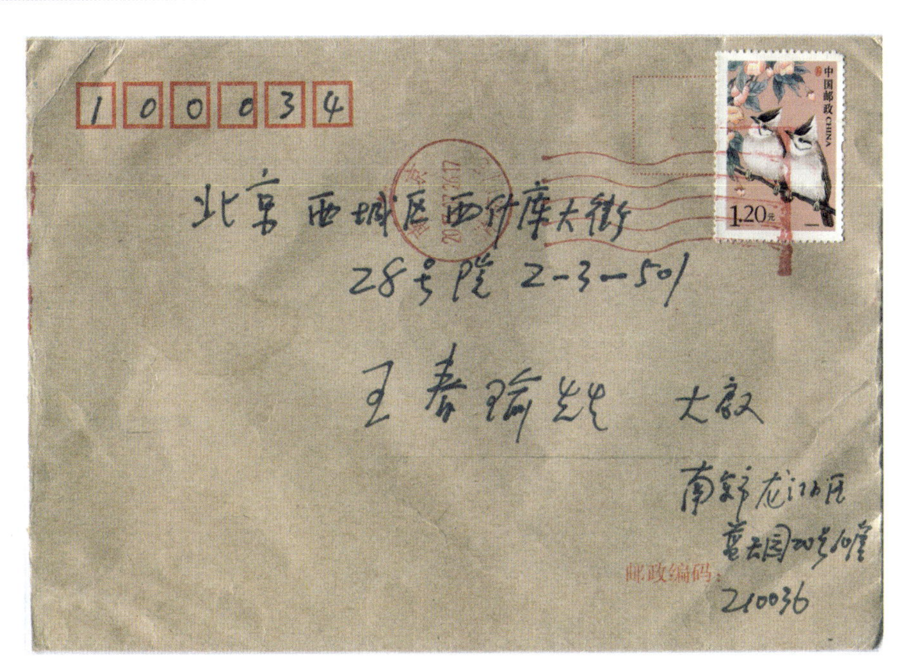

100034

北京 西城区 西什库大街

28号院 2-3-501

王春瑜先生 大启

南京龙江小区

蓝天园20号6幢

邮政编码：

210036

流沙河

流沙河，原名余勋坦，蒙古族。诗人、学者、作家，他的书法也别具一格，为学界称道。

1956 年，年青的流沙河在四川诗刊《星星》上发表大作，被打成右派，受了不少苦难。但他矢志不渝，热爱诗文，勇于思索。

这封信是流沙河老师在赠我大著扉页上写的。他还赠我二副长联，厚谊难忘。

春瑜老師

收到大著說明史心生歡喜南窗又要暢快若干時日好書解饞謝了奉上拙作再說龍請教正

流沙河

二〇一〇·二·二十七·成都

丁 星

丁星，原名裘诗嘉。生于杭州。少年时当过农村中药店学徒，参加过中国共产党领导的学生运动。1948 年参加中国人民解放军，长期编报。1986 年起从事新四军军史研究。享受国务院政府特殊津贴，荣获中央军委颁发的胜利功勋荣誉章。主编《新四军战史》《新四军辞典》等多部，并著有小说散文集《航头残梦》，通讯特写集《海防线上》。

《第三野战军战史》编辑室

春晖同志：

关于何时开始喊"毛主席万岁"这个口号的演变过程，我没有作过考证和研究，只能依据记忆说一点情况。

一、党的七大可能是个分水岭。七大以前，至少在军队和文献中从未见过"毛主席万岁"这个口号，甚至连"毛主席"这个称呼也是很晚才出现，前期称"毛同志"、"毛泽东同志"，电报则只称一个"毛"字。七大会议上，朱德的军事报告（即《论解放区战场》）最后有几句口号，如"中华民族万岁"，"八路军、新四军和华南游击队万岁"，最后一句是"我党领袖毛泽东同志万岁"。估计其他人的发言也会有喊"万岁"的。但刘少奇作修改党章报告，周恩来谈统一战线工作发言，陈毅谈华中和新四军工作发言，都没有喊任何"万岁"。

地址：南京市小营路1号　电话：83668　邮政编码：210016

《第三野战军战史》编辑室

二、解放战争时期，喊或书写"毛主席万岁"，在各解放区肯定已经很普遍了。我军再次解放两淮时，我亲自在淮安城楼上用刷子写过"毛主席万岁"。

三、当年，在很大程度上，老百姓是将"毛主席万岁"作为对共产党、对解放军的拥护来表达的。这与后来特别是文革时期对一个人的祝颂有所不同。蒋军进攻苏北时，一个村庄的墙上写着"毛主席万岁"，被蒋军将"毛"改成了"蒋"。夜里，游击队和老百姓又将"蒋"字划去改为"毛"。为此反复改了多次。新华社曾播一篇通讯报道此事，标题就叫《毛主席万岁》，作者涓涛，时间约在1948年9月。这篇通讯与《两瓜之争》、《桌上的表》等战地通讯曾被作为短文的范文，我想你那里是容易找到的。

地址：南京市小营路1号　　电话：83668　　邮政编码：210016

《第三野战军战史》编辑室

四、七大选出的中央委员会中，有两个人曾被撤销候补中委资格。一是刘子久，是犯了个人主义的问题。一是黎玉，是搞独立王国问题。搞独立王国的证据之一，就是他任中共中央山东分局书记（康生之前）和山东省政府主席，在山东有人喊"黎主席万岁"。这件事倒可以说明，在当时的老百姓或干部队伍中，"万岁"还不是只限于一个人，喊了"毛主席万岁"、"朱总司令万岁"，还可再喊"黎主席万岁"；但是在上层，已经开始认为"万岁"只能用于"皇上"，而不能用于"臣下"了。这些是我从前听山东的老同志说的，未正式听到传达，也未见过有关文电，请勿引用。如果你觉得有意思，不妨再问问四十年代在山东工作的同志。

丁星 7月13日

撰安

地址：南京市小营路1号 电话：83668 邮政编码：210016

《第三野战军战史》编辑室

春瑜同志：

承赠大著，甚是感谢。我对文史随笔是很喜欢读的。《毛主席万岁》一文更印象深。我记得这篇通讯是新华社播发的，所以不仅晋察冀人民日报刊载，山东的大众日报，苏北的新华日报（华中版），都是登载过的。我估计当时陈毅军长处这样的四开报纸也会刊载。

《新四军战史》用一年多时间广泛征求意见，改了多次，打印四稿，近日已送军委审查，大概年底可以出版的。我们利用送审的时间，在编写两本副产品。

即颂

著安

丁星

八月十日

地址：南京市小营路 1 号　电话：83668　邮政编码：210016

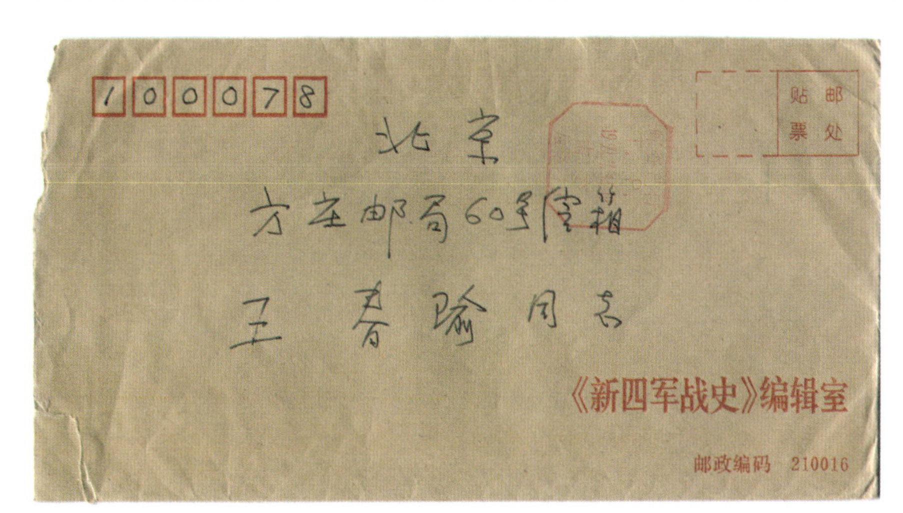
100078

北京

方庄邮局60号信箱

王春瑜同志

贴邮票处

《新四军战史》编辑室

邮政编码 210016

林甘泉

林甘泉，福建省石狮市人。厦门大学肄业。历史学家，秦汉史学者，曾任中国社科院历史研究所党委书记、所长。20世纪60年代，发表《历史主义与阶级分析》，驰名史学界。主要学术著作有《中国古代政治文化论稿》《林甘泉文集》。为人谦和，治学严谨。1991年享受国务院政府特殊津贴。

中国社会科学院历史研究所

春瑜同志：

大札收到。对拙著的鼓励和所提意见，甚为感激。我对孔子和儒家学说并无专门研究，但对一二十年来一股尊孔复古的思潮苗头颇不以为然。十多年前，有一次在李一氓同志处，他提到刘大年在人民日报上发表一首小诗，对曲阜祭孔略有微词。李老问我，现在史学界，有谁还对孔子持批判的态度。我说复旦大学蔡尚思教授一直是批孔的。蔡老是我同乡，我后来把这一信息写信告诉他，他给我回信，说一氓同志有信给他，是鼓励之意。我后来觉得，这些年崇孔尊孔的思潮，是对"文革"批孔的反弹，有其历史的和现实的合法性。问题是从一个片面走向另一个片面，思想方法仍未摆脱毛泽东所说的"好就是绝对好，坏就是绝对坏"的形而上学。社会上许多人（包括一些精英分子），如果对一百多年来围绕尊孔和反尊孔的思想政治斗争有所了解，头脑可能就会

中国社会科学院历史研究所

清醒一点。因此有撰写此书之想法。目的是想多提供一些材料，让历史事实来说明问题。后来着手之后，才发觉需要看的材料太多了，而最苦的是跑去找书、借书，难于上青天。本来我想三年完成，事实上拖了十年（中间有段时间因别的任务将此工作暂停下来）。引用的材料能买到和借到的书经常引用原书，找不到的只好引用二、三手材料。但限于见闻和精力，仍有不少遗漏。历史所图书馆有柯璜编《孔教十年大事》和韩达编《1911—1949评孔纪年》，对拙著很有帮助。来示王霖编《历代尊孔记》未见到，暇时当设法借阅，谢谢您的指点。

拙著最初拟名《孔子在20世纪中国的历史命运》或《百年沧桑话"圣人"》，后来有的同志建议用一较为平实和中性的题目，故有如今之书名。但确如来信所说，现在的书名有点太泛，并不十分贴切。

建议开一座谈会事，知兄意非捧场，而是觉得这个问题值得讨论。但弟性格拘谨，又怕人有误解，因而多年来力求低调作事。耄耋而尚能饭，能写点就写点，至于其他，任人评说吧。谭其骧先生文章摘录以前未见，读后殊为痛快，精神为之一振。元宵节即至，顺颂

阖府欢乐！

林甘泉 2009.2.6.

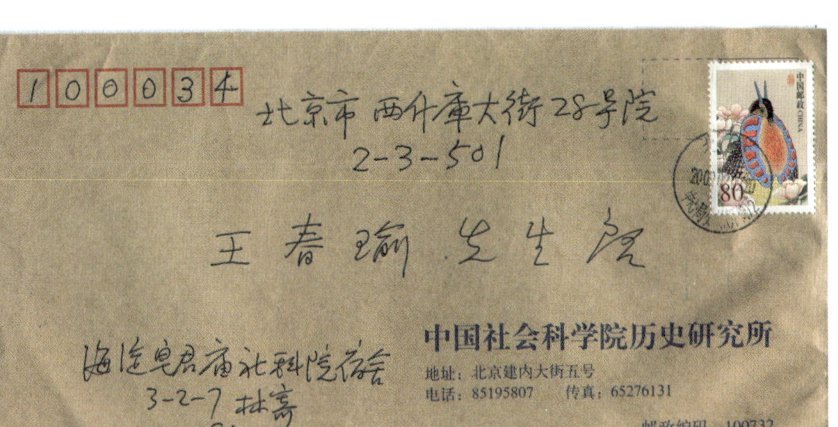
100034
北京市西什库大街28号院
2-3-501
王春瑜先生启

海淀皂君庙社科院宿舍
3-2-7 林寄
100081

中国社会科学院历史研究所
地址：北京建内大街五号
电话：85195807　传真：65276131
邮政编码：100732

钟叔河

钟叔河，湖南省平江县人。编辑、学者、作家。曾被打成右派分子，后又被扣上反革命分子帽子。送农场劳动改造。平反后在湖南人民出版社、省出版局工作。他的《书前书后》，在书林中也广受好评。

湖南省新闻出版局

春谕先生：

大著于今日收到，谢谢。大札则已于一周前奉读矣。

您的文章，才识俱佳，十分佩服。承蒙不弃，今后必有所作，极愿一读也。拙作《书前书后》一册寄呈，乞哂收并指教为幸。

专此 即候

著祺

钟叔河上
八月九日

湖南省新闻出版局

春瑜先生：

托朱正同志带下的大著收到了，同知身体康健，十分高兴，谨此道谢，并贺

春禧

钟叔河

1.24

今年调我已结束图书编辑，也许可以开始写点小文了。

薛德震

薛德震，江苏省建湖县上岗镇人。1947年5月加入中国共产党，并参加革命工作。1956年毕业于中央高级党校。1988年任人民出版社社长兼总编辑。专著有《社会与人》《人的哲学论说》《人的人学论纲》《以人为本构建和谐社会20论》等，是一位勤奋的集领导干部、学者于一身的出版家。

春瑜同志：

这次参加"总汇"论证会，得以同您畅谈，感到非常高兴。您是我的同乡，又是真正的志同道合者，两天同您相处，真的十分愉快。半个多世纪，我一直从事编辑出版工作，本职业务工作十分繁忙，科研与写作只是业余作业，成果与水平同您这样的学者、专家相比就相形见拙了，但是有一点是可以告慰老朋友的，就是坚持讲真话不讲假话，坚守中国知识分子的良知。我的拙著数量不多质不高，殷切地希望能够听到您的批评，私下的公开的都欢迎。我的通讯处：

100078 北京丰台区方庄芳群园二区5号楼二单元1303室

电话：67628456

握手！

薛德震

2007年9月26日

叶春旸

叶春旸，杭州人，漫画家。曾任《工人日报》美术组长。他曾为我在《文汇读书周报》上辟的专栏“新世说”插图，合作十八年之久，直至小人作梗，停办专栏为止。叶兄为人讷于言，但待人厚道。后亦尝试作水墨人物画，别具一格，曾作彩色水墨画《鲁智深醉打山门》，神形兼备。他曾出版个人漫画专集。

漫画家叶春阳先生绘辛卯年贺卡

吉祥如意
新春快乐
庚寅年2010
HAPPY NEW YEAR
王春瑜先生：
恭贺新春
虎年大吉
阖家幸福
福
保护野生动物！
叶春阳贺于芍药居
1997年

工人日报

袁瑜先生：

您好！一年一度的新春即将光临，呈上简陋贺卡，请笑纳！

《家庭中医药》杂志，因刊物要改为彩色版，机构也有改动，故刊物不便提取了，特向您抱歉！

不多写，敬颂

马年如意！

袁阳
2014.1.26

工人日報社印刷厂

春瑜先生：

您好。新春佳节即将先临，

留存一年的《家庭中医药》奉上，

请批评。并呈上自制贺卡

一帧，笑纳，以表心意！

即颂

如意！

春陽

1月18日

地址：北京市东城区安德路甲61号　　电话：(010)64211561－1201、1202
邮编：100718　　传真：(010)64296424

1997年

梁从诚

梁从诚，祖籍广东省新会。生于北京，祖父梁启超，父亲是建筑学家梁思成，母亲是民国著名才女建筑学家、作家、戏剧家林徽因。1954年毕业于北京大学历史系。赴云南大学历史系任教。后在《百科知识》杂志社工作。1993年开始关注民间环境保护活动。他有译著出版，但以环保专家名于时，未能继承乃翁、乃父、乃母学业。

中国大百科全书出版社

春瑜同志，

不久前曾来你处，希望刊登你的"万岁考"一文，可惜迟了一步，未能如愿。记得当时你曾表示愿意为本刊写稿。

现在又见到你的另一篇好文章《略论八旗子弟》，这个题目我已考虑了多时，正不知向何处去约稿，想将大作"抢到手"的心情，你当会理解，就不知是否已有它刊捷足先登了。如果还没有别家来约，即请同意此文由《百科知识》先

中国大百科全书出版社

用，如何？我们拟登在1980年1月号上。

我这两日转不得空来当面请教，先请良琮同志带上此信，还望大力支持为感。

此致

敬礼！

梁从诫

十一月十二日

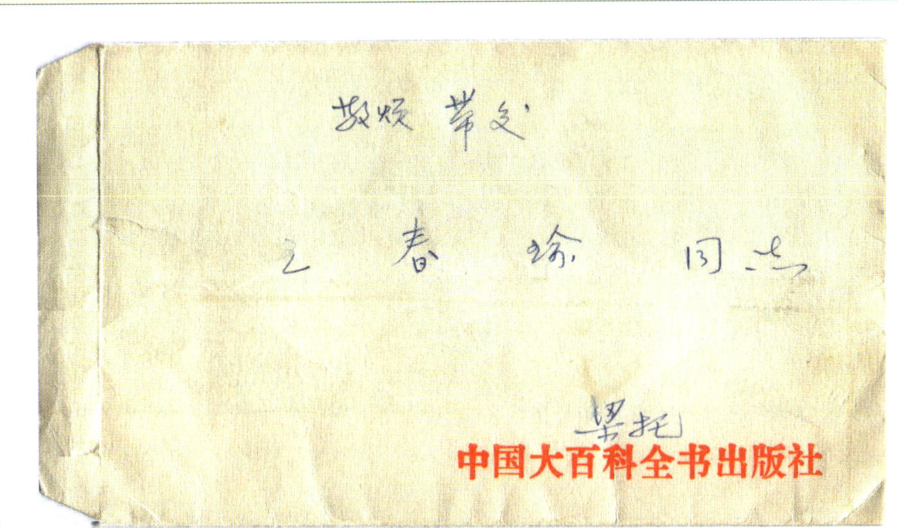
敬烦带交
王春瑜同志
梁托
中国大百科全书出版社

阎纲

阎纲，陕西省礼泉县人。作家。1949年参加工作。1956年毕业于兰州大学中文系。同年分配到中国作家协会，1986年调文化部。曾任《中国文化报》总编。先后在《文艺报》《人民文学》《小说选刊》《文论报》等报刊工作。出版有评论集《阎纲短评集》《神鬼人》《余在古园》等十部。出版《一分为三》《座右铭》等杂文、散文集八部。

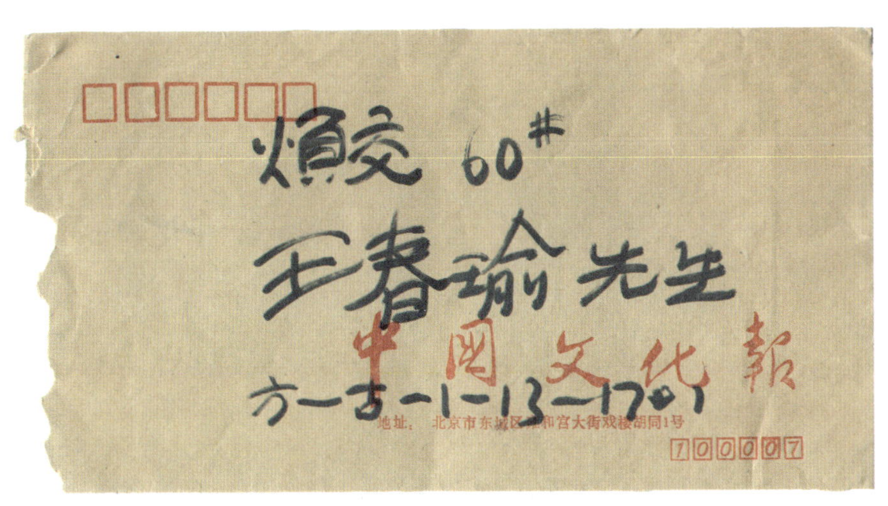

按：河北《文论报》曾刊出文痞高昌恶毒诅咒我的所谓文章《附骨之疽》，攻击我对金庸先生《碧血剑》的评点，并妄图离间我与金庸的关系。随后，我在《文汇读书周报》上作了尖锐的回应。《童谣大观》出版时，我写了序，金庸先生也应邀作了序，文中对我作了很高的评价，实现了对小人高昌，是当头棒喝。我感谢[illegible]兄告知信息，否则我根本不知道《文论报》。该报后来显然觉得刊载此文不妥，刊出拙作一篇，算是补偿。高昌在县文化馆工作，无名小卒，我不可能认识他。

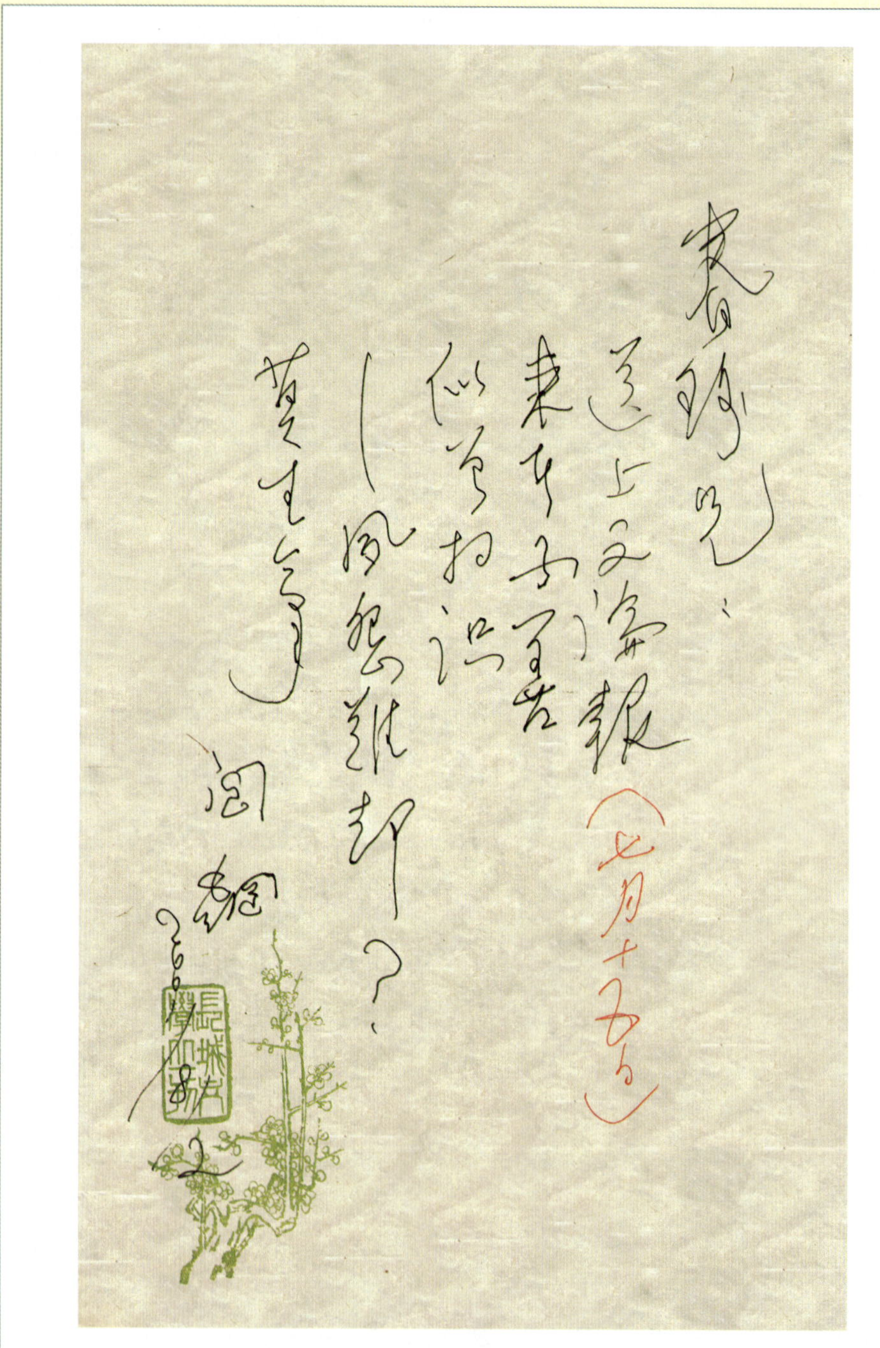
春锦兄：

送上文汇报（七月十五日）

来[illegible]书

似有相识

风貌难辨耶？

[illegible]

周[illegible]

顾 诚

顾诚，江西省南昌市人，北京师范大学历史系教授，明清史专家。著有《明末农民战争史》《南明史》，是史学界公认的经典之作。另有学术论文多篇。他谢世后，光明日报出版社出版了多卷本的《顾诚文集》。

顾诚先生学风严谨，富有朴学精神，重视第一手原始史料的搜集、考证，乃我莫逆之交，过往从密。惜不知养身，从不体检，直到艰于行走，我催他速去医院检查，始知肺癌晚期，癌细胞已扩散至腿部。住院后，回天无术，不久即去世，仅得中寿。我撰文《一位学术苦行僧——悼亡友顾诚教授》，刊于《中华读书报》。

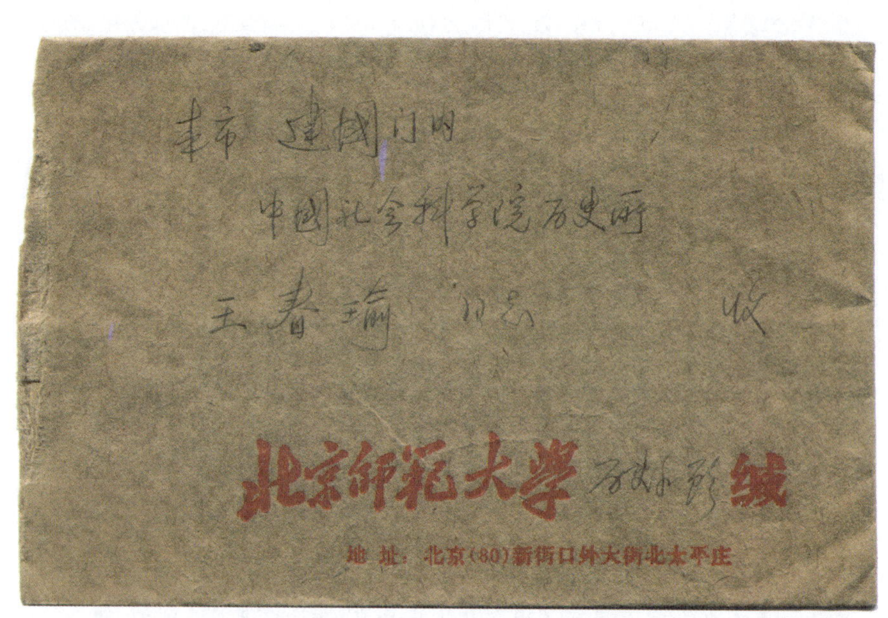
本市 建国门内
中国社会科学院历史所
王春瑜 同志 收
北京师范大学
缄
地址：北京(80)新街口外大街北太平庄

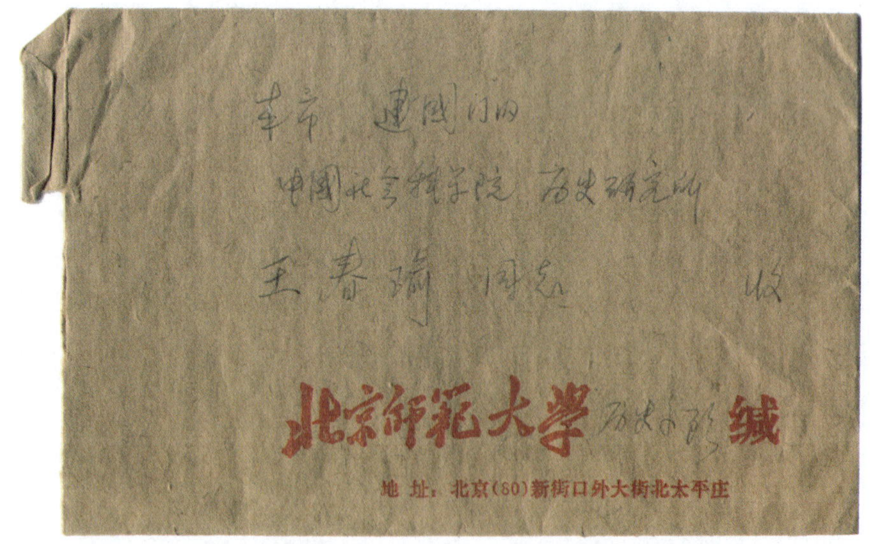
本市 建国门内
中国社会科学院 历史研究所
王春瑜 同志 收
北京师范大学
缄
地址：北京(80)新街口外大街北太平庄

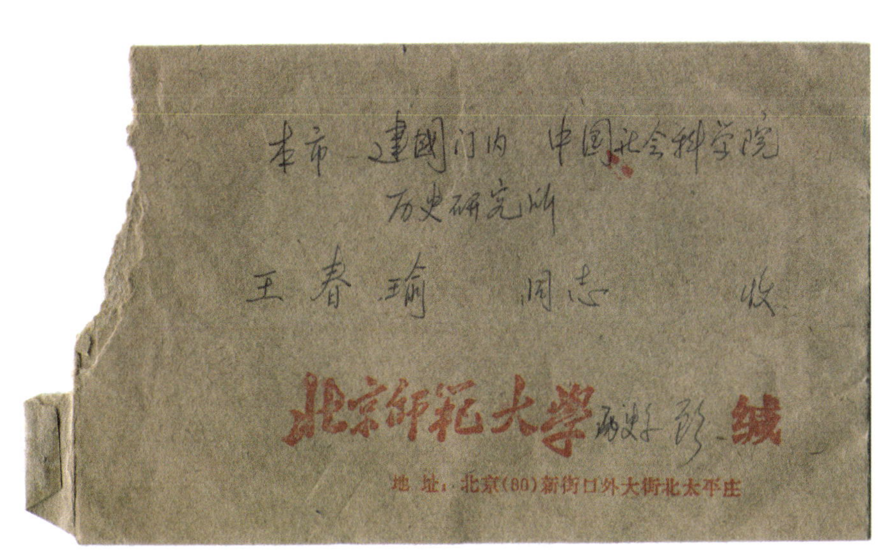
本市 建国门内 中国社会科学院
历史研究所
王春瑜 同志 收
北京師範大學
缄
地 址：北京(88)新街口外大街北太平庄

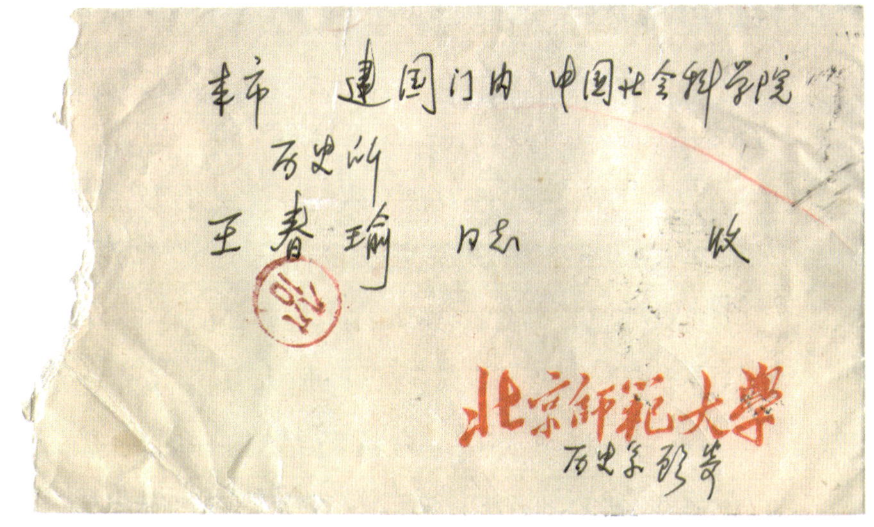
本市 建国门内 中国社会科学院
历史所
王春瑜 同志 收
北京師範大學

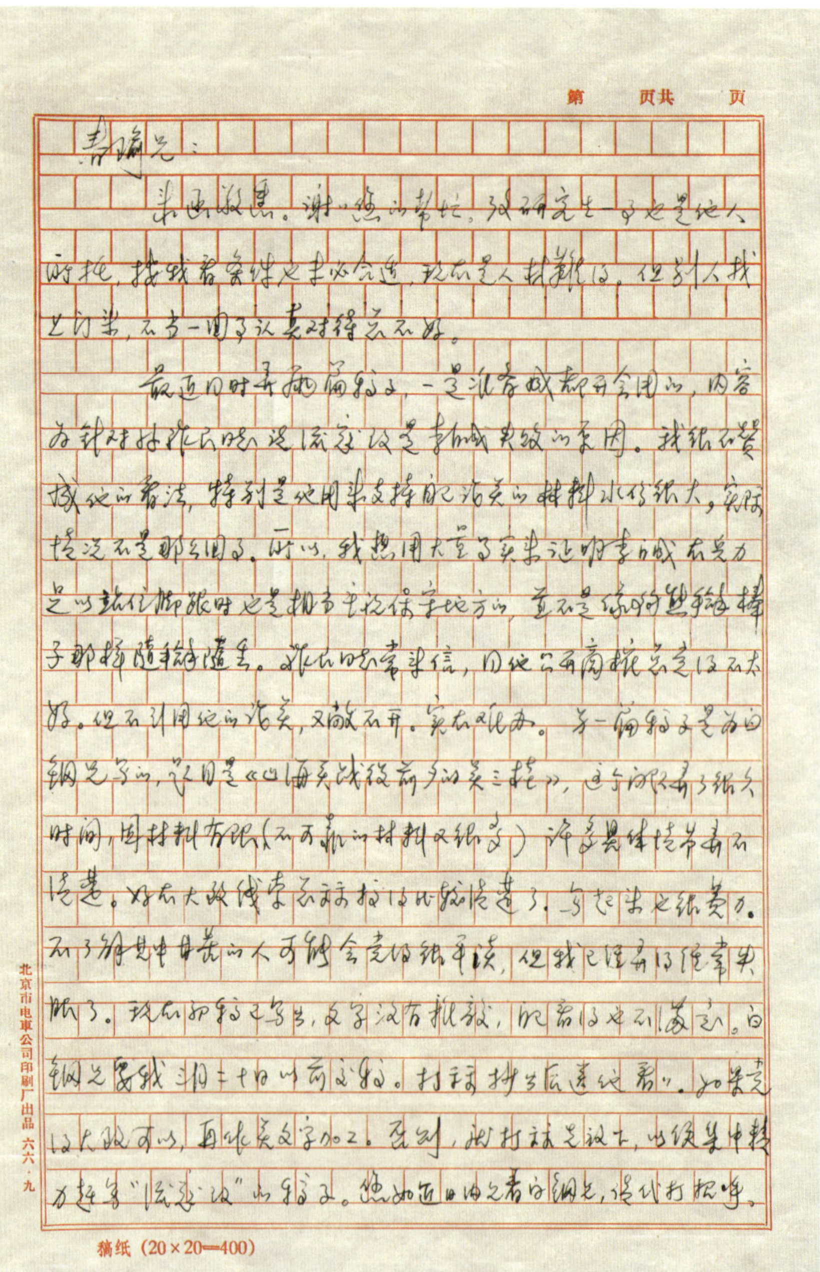

第　　页共　　页

青瑞兄：

来函收悉。谢谢您的帮忙。我研究生一事也是他人所托，据我看条件是未必合适，我不是人材难得。但别人找上门来，不去一回了认真对待总不好。

最近同时弄两篇稿子，一是北京城都开会用的，内容为针对杜维明说儒家说是专制根源的原因。我很不赞成他的看法，特别是他用来支持自己论点的材料水分很大，实际情况不是那么回事。所以，我想用大量的事实证明专制不是儒家[illegible]是以前任何朝代时也是相当重视保守地方的，并不是[illegible]子那样随随便便。杜维明常来信，因他的两篇[illegible]不太好。但不引用他的论点，又离不开。实在难办。另一篇稿子是为白钢兄写的，题目是《山海关战役前夕的吴三桂》，这个问题有了很久时间，因材料有限（不可靠的材料又很多）许多具体情节弄不清楚。好在大致线索还可以较清楚了。写起来也很费力。不了解其中甘苦的人可能会觉得很平淡，但我已经为此付出了很多心血了。现在两篇都写出，文字还有批改，观点也不满意。白钢兄要我三月二十日以前交稿。材料排出后送他看看。如果觉得大致可以，再作文字加工。否则，我打算先放下，以便集中精力搞关于"儒家说"的稿子。您如近日碰见白钢兄，请代打招呼。

北京市电車公司印刷厂出品　六六・九

稿纸（20×20═400）

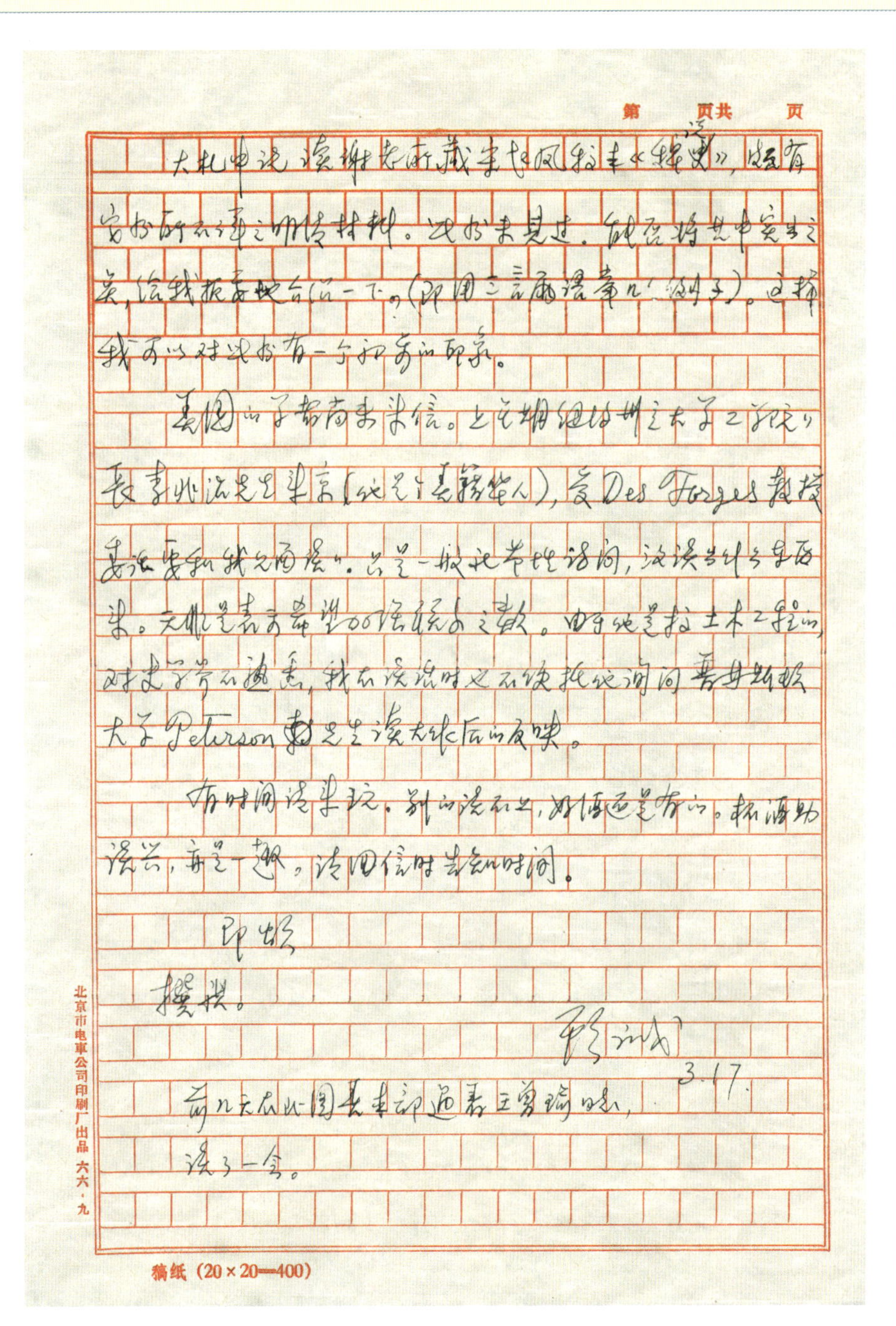

第　页共　页

大札中说读谢老所藏宋龙凤钞本《续边史》，颇有宝贵的前所未见之明清材料。此书未见过。能否将其中突出之点，给我报告地介绍一下。（即用三言两语举几个例子）。这样我可以对此书有一个初步的印象。

美国的学者有来信。上次提到的研究土木之役的教授李兆洛先生来京（他是介绍人），及Des Forges教授要来和我见面谈谈。不是一般性学术性的访问，谈谈为什么要来。大概是来求教关于明代后期历史之类。由于他是搞土木之役的，对史学界不熟悉，我不读报时也不便报给询问。要其转告大学Peterson教授先生谈谈北京后的反映。

有时间请来玩。别的谈不出，好像还是有的。都请勿谈谈，并是一趣。请回信时告知时间。

即颂

撰祺。

[illegible]

3.17.

前几天在北图善本部遇见王重民先生，谈了一会。

北京市电車公司印刷厂出品　六六·九

稿纸（20×20=400）

第　　页共　　页

春晖兄：

来信及大作均已收悉。那天我给您打电话，知道赴天津开会去了。大概已经回来几天了吧。

《大顺军与耶稣会士》一文提出了一个过去无人注意的问题，很有意义。拜读之后增长了见识，谢谢您。第五页之引《燕都实录》说陈名夏在大顺政权中担任户部都给事兼兵科都给事，可能有误。"户部都给事"大概不会有这么一种官职名称，给事中是明、清科官，不应冠以部字。大顺政权改部为政府，只有户政府，而没有户部。另外，大顺政权也改六科给事中为谏议大夫。据《甲申传信录》卷五，陈名夏在明朝是"官编修兼户科、兵科给事中，授伪职编修"。这种说法可能比较可信。请酌定。

关于大顺政权中天主教徒的情况，我注意不够，只知道在太原投降的山西著名文士韩霖是天主教徒，此人很得徐光启赏识，曾随大顺军进入北京，魏学濂也信天主教，韩霖在北京时曾荐举魏学濂于自成。韩霖和陈名夏也有来往。所以，保护北京的天主教堂可能和韩霖有关，这只是推测之词，没有什么根据的。尊文的大作是谈大顺军与耶稣会士的关系，并不是谈天主教徒本身的。所以，我并不是建议您把这些关系情况加上。不过谈谈有关情况而已。

最后一段似乎尚可斟酌。说李自成北上之张献忠，也不符合当时的情况。张献忠在四川称王的时间很长，李自成在进入北京后到出兵山海

北京市电车公司印刷厂出品 八〇·八

(1458：20×20－400)

第　　页共　　页

关，其间只有二十多天，要处理的事情太多，在我房里纸堆中干个手续塞关主要是我不能了。老兄以为如何呢？

再次请你来玩，杜婉言她如有时间也请她一道来。来前仍请先挂电话，请以短笺通知，以免此去错过。

即问近好，并候

樊洪

张诚　12.30夜。

北京市电车公司印刷厂出品　八〇·八

(1458)　20×20=100

第　　页共　　页

春瑜兄：

实在对不起，这些天忙一些，回信迟了。本来已写好一封回信，也压了下来。刚才接电话后，赶紧重新写几句。

我最近搬了家，是两间一套的房子。地址是十五楼四栋五十三号。请抽空来玩。久未见面，还是有许多话可谈的。

前承来信告以山西刻物之所载李自成的咏塔诗，查了一下，才知道是所谓民间流传。我对这类东西是不相信的。

裴德生先生，我不怎么了解。只是同他座谈过一次，通信也就是那次托他的大作寄给他。所以我担心我写了信也不顶用，还给对方以突元之感。他的通讯地址是：

Professor Willard J. Peterson
East Asian Studies Department
Princeton University
Princeton, New Jersey 08540

即问近好，并贺

撰祺

顾诚
9.10

北京市电车公司印刷厂出品 七九·十

（1458）20×20=400

第　　页共　　页

春瑜兄：

今天中午雨共在校门口等你，至二时半学生来告诉你已电话通知身体欠安，不能来讲课。我当然感到学生没有及时通知，让学生枉坐教室，工作上有缺陷，但对你的身体状况甚为悬念，望多加保重。

你电话中曾说可考虑下星期再加一次，我看就不必了，一方面要考虑你的身体，不能过于劳累；另一方面，教室和学生时间在安排上比较困难。从下星期算起，这学期的课还有四周，就时间而言，就是再讲四讲，请你考虑安排一下，后边四讲如何分担？据我知道，王曾瑜兄不打算来讲，那么按原计划，来讲的还有你、丛翰香、郭松义三同志。四讲中具体如何安排，由你筹定。下星期五下午二时一刻我准时在学校正门口迎接你。我也希望有个机会同你多谈谈。其他见面再谈。

祝

安好！

顾诚
1985.5.31

本拟电话联系，听说电话号码变了，所以写信。

20 × 20 = 400

第　　页共　　页

春瑜兄：

您托王曾瑜同志带的口信和惠赠的大作均已收悉。大作拜读一过，得益甚多，我是非常赞成仁兄的观点的。您的知识面很广，引用史料以及诗词小令，使全文为之增色。我写的东西就板得很，很想向您学一手。

《历史研究》第一期刊登的两篇小稿已阅，不明白编辑是怎样改的。您的大作本来是为解放思想而写的史论，只要依据史实破除了对"万岁"的迷信，就是一项功德，原本不是一篇考证的论证文章（尤其用了"考"字）。按理说，不需要加以补充"纠正"，这样弄反而没有意思。另外，这一期上刊登了某中学教师的论宋均议和农民战争的成败的文章，我是很不以为然的。前两天，据达人先生来函，也很不满。《历史研究》的主编们似乎很喜欢"就论点"的文体。在通常意义上来说"研究"二字就注意得不够了。仁兄读此文后有何感想，盼告。

再次邀请您来玩，如您能与同事张兄一道来，请代邀请，定好时间可来一信，以便接待，这样可以好好谈谈。

此致

敬礼

黎澍

4.8.

前天接美国明代学会及大学明史研究室寄来他们编的《明史研究》副刊最近一期，共八本，过去未同他们来往，当时为何寄来又没有信，不知是怎么回事。这个刊物上常登载明史研究人员名录，请您可否找一个我国的名学者……

北京市电车公司印刷厂出品 七五·七

(1436) 20×20＝400

陈铁健

陈铁健，浙江省绍兴市人。字石之。1934年生于黑龙江省安达市，中国社会科学院近代史所研究员，现代史、党史专家。为瞿秋白烈士正名，立下汗马功劳。对张国焘与西路军亦有独到的研究。他的书法在史学界当属首屈一指。

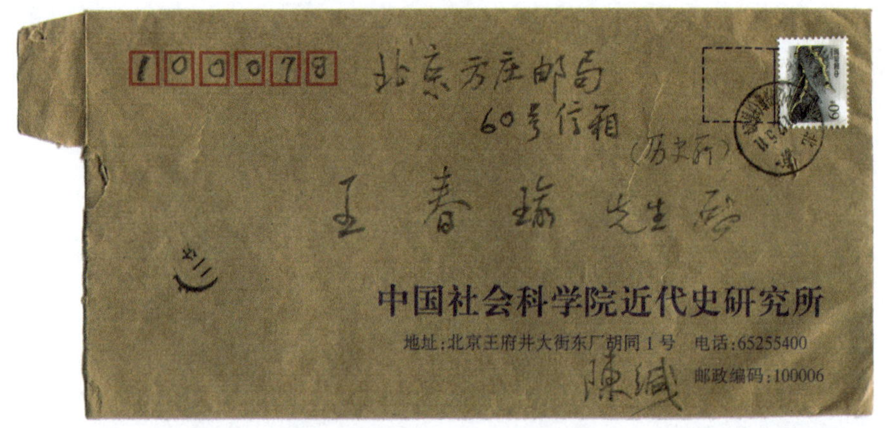
100078
北京方庄邮局
60号信箱
(历史所)
王春瑜先生启
中国社会科学院近代史研究所
地址:北京王府井大街东厂胡同1号 电话:65255400
邮政编码:100006

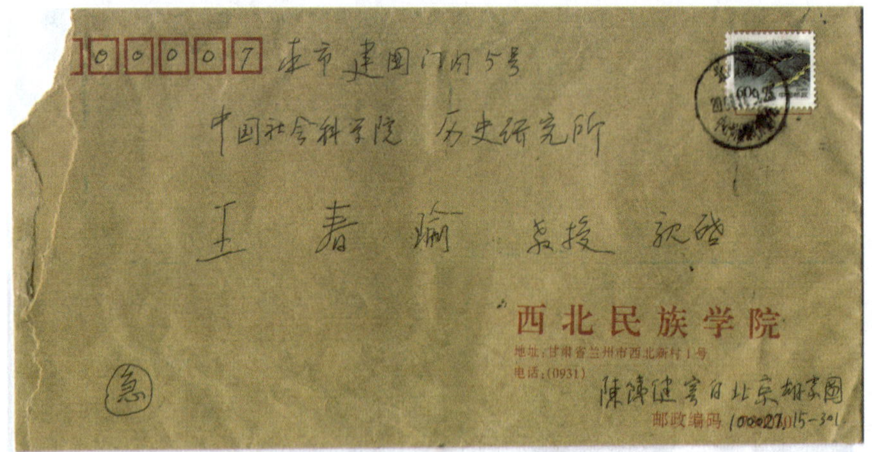
100007
本市建国门内5号
中国社会科学院 历史研究所
王春瑜教授
西北民族学院
地址:甘肃省兰州市西北新村1号
电话:(0931)
邮政编码

中国社会科学院近代史研究所

書瑜兄：

先後收見台諭、泽咸和徐的惠目，非常感谢多位悉力相助。已与兰州通话，催其尽速为著者答复，以開始实际工作。弟后日飞美，廿日可归。匆匆不尽，顺颂

文安

鐵健 手启 二〇〇一年十一月四日

已函孟宣、泽雨兄。又白。

地址：北京王府大街东厂胡同一号 电话：五五局五一三一号

中国社会科学院近代史研究所

春瑜先生：

您好。多年未通音问，却时在念中。近年媒体多有您学术活动及著述介绍，内中反贪史之作，实在令人钦羡。

十月间我去赴西北甘青几个高校讲课，与兰州大学出版社谈定为六十至七十岁之间年老学者编一学术文集，史学一门由我筹划。古代史方面我首先想到您，但不知贵庚几何？又想烦您在古代史领域推荐二、三位人选，然后与社方商定。

我将于十二月初赴华盛顿参加珍珠港被袭六十周年中日美关系研讨会，已蒙院里同意。我想在月底之前得到您的复示，望予尽力支持为祷。

专此 即颂

文安

韩健谨启

二〇〇一年十一月九日

地址：北京王府大街东厂胡同一号 电话：五五局五一三一号

[100027] 本市东外斜街胡家园小区15-301室

中国社会科学院近代史研究所

寿蹊兄：

大札早已拜读，迟复为歉。苏学先生托人已将石章两方捎到。佳刻印章的赞语，我已写信转述，他自然十分高兴。

近年忙于杂务，著述甚少，无以回报，请谅。今后有时，定送请指教。

"古今掌故"已拜阅，甚好。可为历史家提供研究资料，并保存文化遗产，功德无量，希望继续办好。今后如有好的掌故资料，会送贵刊发表的。余不一一。

顺颂

文安

镛健

一九八九年四月廿一日

地址：北京王府大街东厂胡同一号 电话：五五局五一三一号

周明

周明，陕西省周至县人，散文作家。1955年兰州大学中文系毕业。曾任《人民文学》杂志常务副总编、中国现代文学馆副馆长、中国报告文学学会常务副会长、《中国报告文学》杂志社社长。著有散文及报告文学集《榜样》《那年冬天没有雪》等十多种，主编大型纪实丛书《历史在这里沉思》，广获好评。

春瑜兄：

你好！

大著已收到，因想等去深圳之后写信给你，迟复为歉！

现在我读了，确实是一本很有价值的好书，文采斐然！使我受益匪浅，谢谢，谢谢！

握手

周而复 10/元

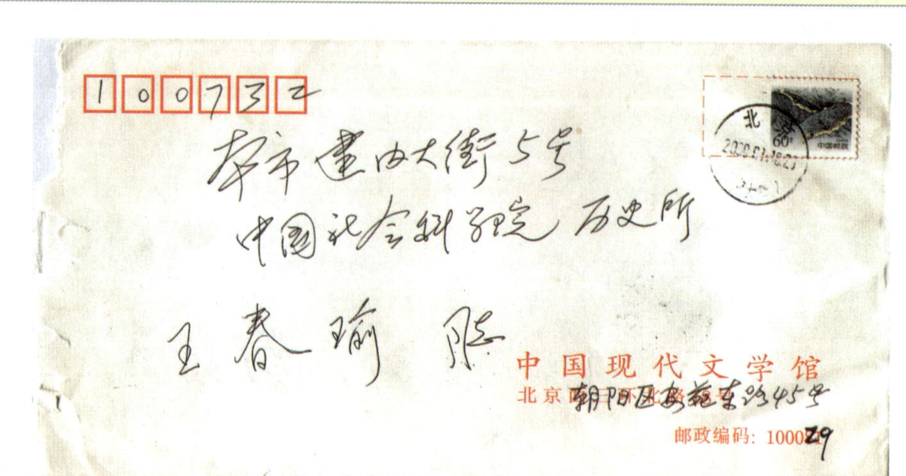
本市建内大街5号
中国社会科学院 历史所
王春瑜 收
中国现代文学馆
朝阳区文学馆路45号
邮政编码：100029

高尔泰

高尔泰，江苏省丹阳市人，美学家，画家，作家。近年出版的《寻找家园》，受到读者好评。20世纪80年代，他曾被中国社会科学院哲学所美学研究室借调来编写美学教材，常在《未定稿》编辑部聊天。该刊主编李凌，编辑王小强、王小鲁，对我甚好，故我常去闲坐。高尔泰耳背，说话也不多，得以相识。

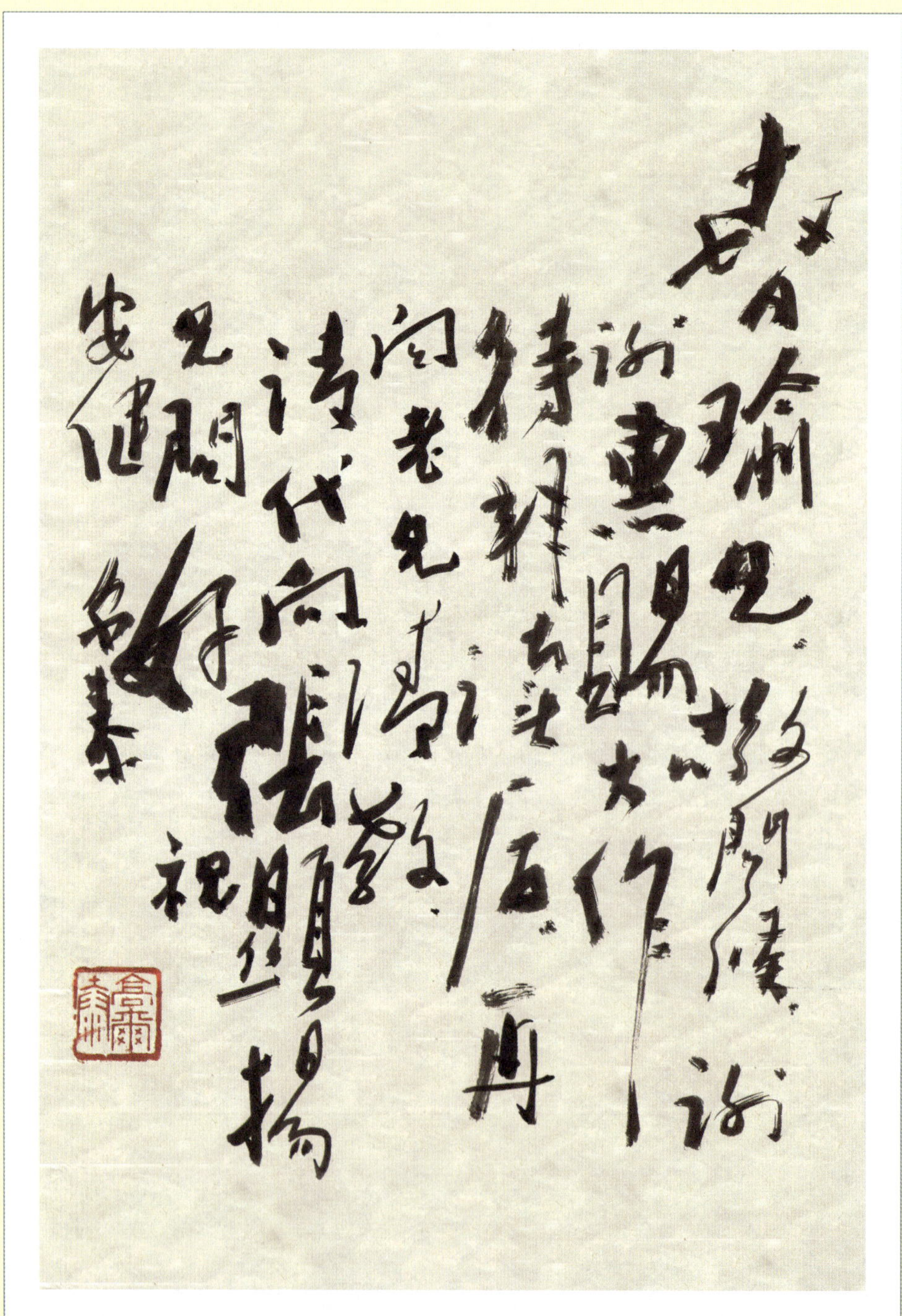

王春瑜同志：

敬问近好！前奉一函，想已收到。今有一事相求：我们办了个「新启蒙」论丛，每月一册，王元化先生主编第一辑，王若水先生主编第二辑，我主编第三辑。亟望能得到您的支持。我们的稿酬比中国社会科学要高，但文章质量要求也高，要有高层次学术性，又要有现实的针对性。您的文章就有这个特点，所以请求您赐稿支持。祝

十一月廿六日

文章以一万字左右为宜，稍长亦可。反封建，批判传统文化或新儒学都可。截稿日期明年二月。稿寄成都四川师范大学中文系。

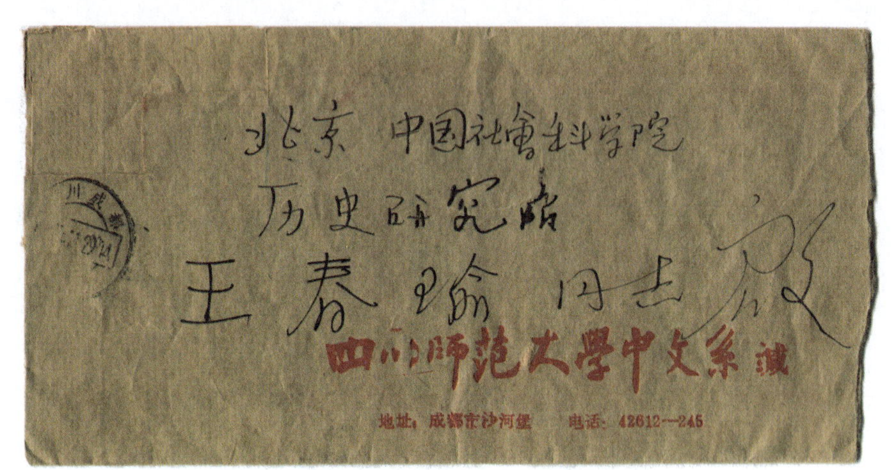

北京 中国社會科学院

历史研究所

王春瑜 同志 启

四川師範大學中文系 緘

地址：成都市沙河堡 电话：42612—245

何倩

何倩，上海人。1959年毕业于复旦大学新闻系。曾任《文汇报》文艺部主任。后供职于《文汇读书周报》，至退休，对该报贡献甚大，著有读书随笔一册，学林出版社出版。

文匯報便箋

春瑜学兄：

您好！

80年代后期至90年代前期我给文汇报《中外文摘》写的书评，由于角度时间较长，曾在文汇读书周报开辟专栏读书随笔之类的短文，今年余量之选择，数量倒也不少，96年由学林出版社汇集成册出版，据说销售情况尚可，今已第三次印刷，兹特寄上一本，请多提意见。由于印前未征求我意见，书中错字均未能改正，歉甚。

致

敬礼

何倩 98.3.10

唐宇元

唐宇元，江苏省建湖县人，1955年盐城中学毕业，考入南京大学历史系，毕业后，至中国社会科学院历史研究所中国思想史研究室工作，擅长研究元人思想。1992年享受国务院政府特殊津贴。著有《中国伦理学史》，合著有《简明中国思想史》。晚年对中共情报史、中国性文化亦有所涉猎。

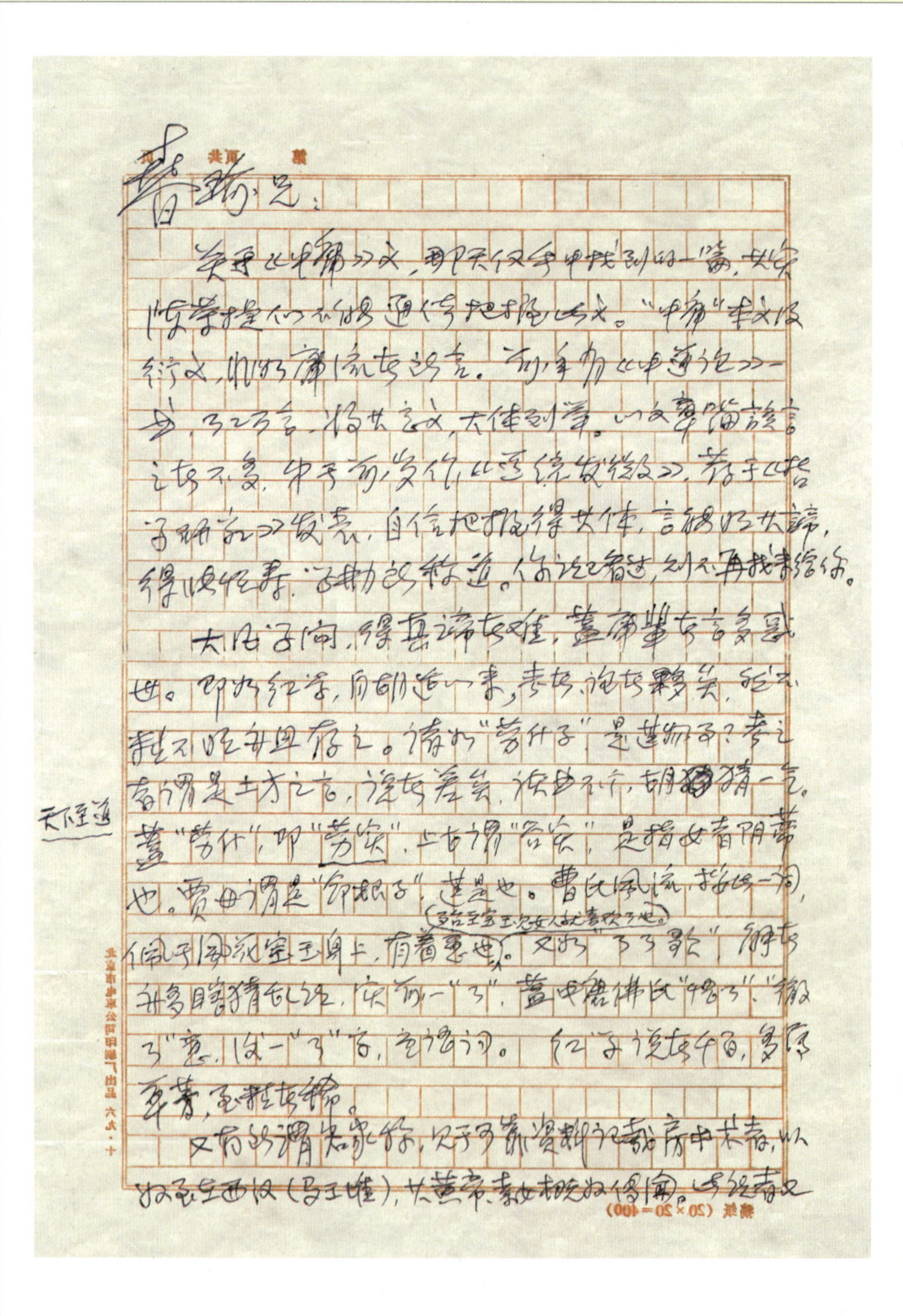

晋[illegible]兄：

关于《中庸》之文，那天仅于[illegible]中找到此一篇，此实陈[illegible]提[illegible]把握此文。"中庸"本文[illegible]行文，似以庸德为其语言。前年为《中庸论》一书，二十五万言，将其主文，大体剖析。以文章论，语言之妙不多。中年前曾作《道德经发微》，尝于《老子研究》发表，自信把握得其体，言能得其旨，得以传世。[illegible]勘的线索，你说已看过，就不再找来给你。

大作[illegible]，得其论甚佳，盖[illegible]其言多[illegible]也。即如红学，自胡适以来，考其[illegible]矣，然不能不照[illegible]存之。请问"劳什子"是甚物事？考之当谓是土方之言，说其意矣，[illegible]不行，胡猜一气。盖"劳什"，即"劳宗"，上古谓"谷宗"，是指女者阴蒂也。贾母谓是"命根子"，甚是也。曹氏风流，我以一词，假于风流宝玉身上，有着意也（宝玉见女人就喜欢了也）。又如"了了歌"，解其多自瞎猜乱说，实有一"了"，盖中原俗以"好了"、"微了"意，说一"了"字，为谓词。红学说其千百，多属牵强，[illegible]。

又有所谓[illegible]，见于[illegible]房中术者，以[illegible]马王堆），其黄帝、素女[illegible]

天下至道

北京市电车公司印刷厂出品 六九·十

稿纸（20×20=400）

页　共页　第

虽史读书之事，五经可能不曾涉及，或读之不终。其实依我们学经典五经，可以不读，看看西周遗出图录，载之篆文，记的是当中行事过程处。然后文献之可补缺。

我说的这些，只是古文经对话道向你，读书取义，不只一遍信他人。你的《甲骨文汇编》，不少篇籍，诚有挂剔，于字义难以补。那些笔者，只是望你以你的功力，当向权威之言攻刺，更加大成。

总是先偶然翻书读书。然读之虽多，又常为今世可笑之事困忧。即如名字吧，有人给一个很多才的文化的艺术表演家×玉茎，给一个知青出身的影视名家起名玄圃。玉茎指阴茎也，玄圃指阴户。我敢说给他起名的人开之玩笑，实则狗屁意。此二词本有经典出处，古汉人张冠之。又有别脚的文人作诗称“红豆之思”，红豆本指一种植物花果，乃作阴蒂之喻。60年代郭老发现有可笑之事，红豆植物之状，果为一阴唇夹阴蒂之状，遂大笑。从此不用此二字。当时郭老查考，已言之，我当时剪下一条。然今日又竟出了一个以影视人物出名的名叫“红豆”，岂不可笑。祝笔安好，笔下不尽。

致好

宋宁 上 月12

北京市电车公司印刷厂出品 六九·十

(20×20=400)

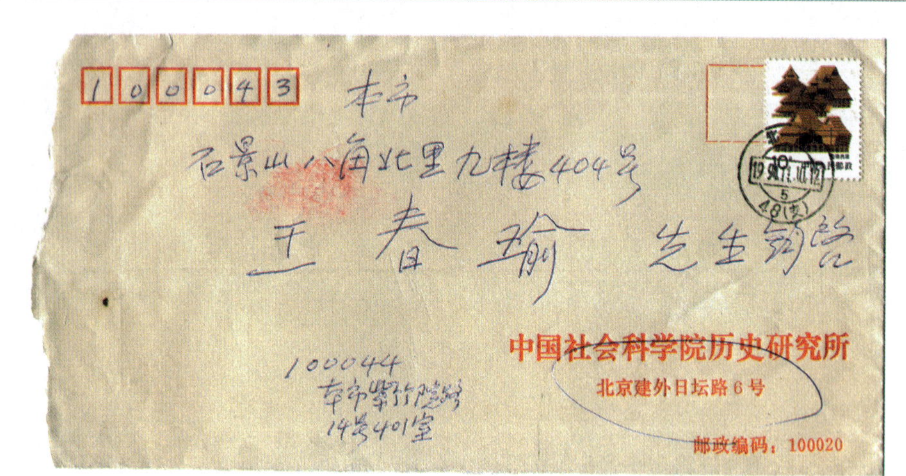
100043
本市
石景山八角北里九楼404号
王春瑜 先生

中国社会科学院历史研究所
北京建外日坛路6号
邮政编码：100020

柳 荫

柳荫，本名刘濛。1935年10月26日生于天津市宁河县宁河镇。编审，散文作家。1982年加入中国作家协会。1955年的反胡风运动中，柳荫被整，1957年更被戴上右派分子帽子，发配到北大荒劳改农场劳改。粉碎“四人帮”后，始返京。先后在《新观察》、《工人日报》、作家出版社从事编辑或担任领导。出版有《心灵的星光》《寻找失落的梦》《真情依旧》等十余部散文、随笔集。

小说选刊 杂志社

春瑜兄：

近好。

多谢惠赠大著。

寄上刊有小文的報纸，文中谈到你对"雪红"的评价，王朝柱读后非常高兴。

他正在忙于"张学良"的电视剧，待他闲下来，我想约你们二位一起坐坐。

顺颂

近绥

柳萌

十一月廿六日

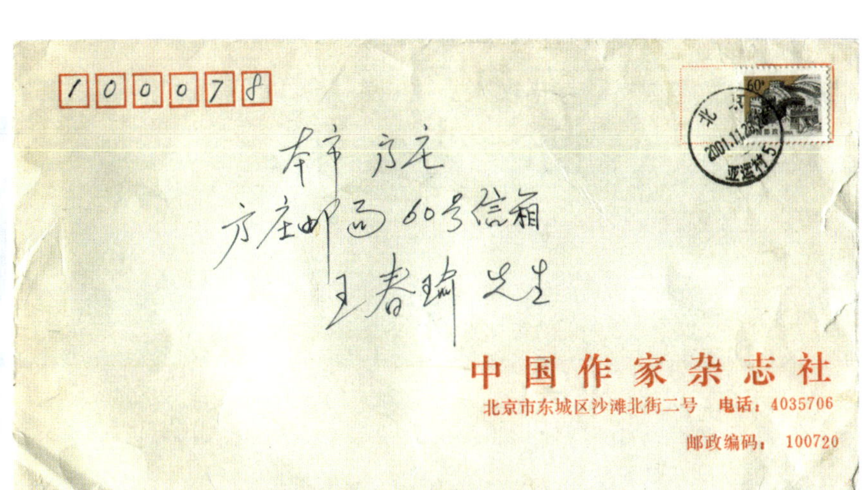
100078
本市 方庄
方庄邮局 60号信箱
王春瑜 先生
北京
2001.11.28
亚运村 5
中国作家杂志社
北京市东城区沙滩北街二号 电话：4035706
邮政编码： 100720

陈学霖

陈学霖，原籍广东省新会，1938年生于香港。香港大学文学学士、硕士，美国普林斯顿大学哲学博士，专攻宋金元明史。在杰克逊研究院东亚研究中心，从事宋史研究。20世纪80年代出任香港中文大学历史系主任，荣誉教授。著有《明初的人物史事与传说》（北京大学出版社）及《刘伯温与哪吒城》（三联书店出版）、《史林漫识》（中国友谊出版公司）。其宋史、元史论集也相继出版。我在20世纪80年代初，由西夏文专家、历史学家黄振华兄介绍，结识学霖教授，一见如故，成为无话不谈的好友。他主政香港大学中文系时，曾多次邀我去作学术访问。他突发心脏病去世，使我痛失知己。在同辈学人中，顾诚兄与学霖教授的先后离世，使我颇感孤寂。

学霖先生为人低调。1998年我读了他的新著《明代人物与传说》后，写了《功夫文章学文书——陈学霖先生小识》，刊于《文汇读书报》。他读后给我来信，说不敢当，望我今后不要再写他，这不利于他“在江湖觅食”。为人低调如此。

黄振华兄去世后，他深感痛惜，建议我设个网页，将他的主要学术论文，放在网上。遗憾的是我不用电脑，不懂网页，有负重托，真感抱歉。

“山之涯，海之角，知交半零落。”20世纪80年代以来，文坛、学界知交零落者再。但与我年庚相近者，顾诚教授、陈学霖教授，二兄乃我莫逆之交，他俩的离世，我心中的失落，难以名状。愿他俩的在天之灵安息。

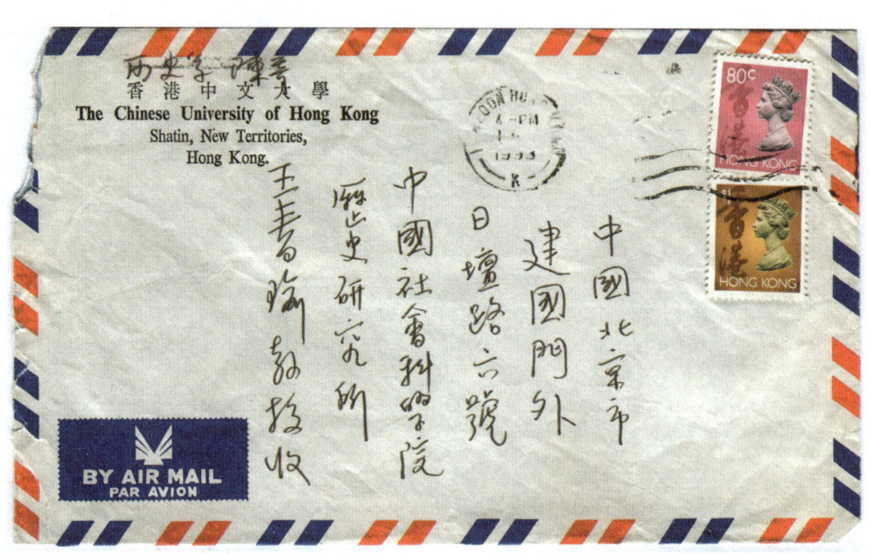
香港中文大學
The Chinese University of Hong Kong
Shatin, New Territories,
Hong Kong.
中國北京市
建國門外
日壇路六號
中國社會科學院
歷史研究所
王春瑜教授收
80c
HONG KONG
BY AIR MAIL
PAR AVION

H L Chan
P.O. Box 27011
Seattle, WA. 98165
U.S.A.
SEATTLE WA
PM
24 OCT
2003
SPECIAL OLYMPICS
USA 80
Prof. Wang Chunyu
Xishiku dajie 28-2-3-501
Beijing, CHINA
100034
北京西什库大街28-2-3-501
王春瑜教授收
UNITED STATES
POSTAL SERVICE
PAR AVION
AIR MAIL
Label 19B
April 1997

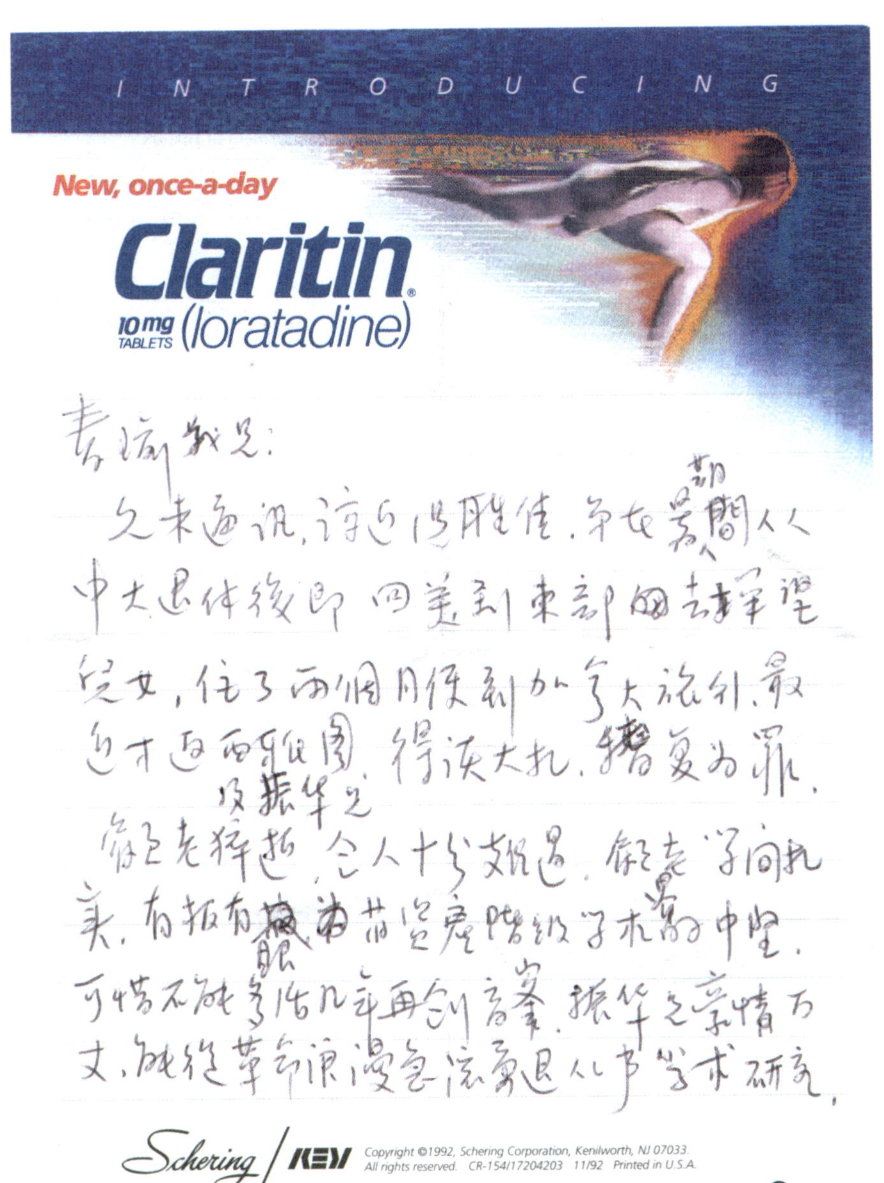

秀瑜我兄：

久未通讯，谅近况胜佳。弟在香港中大退休后即回美到东部去探望儿女，住了两个月后到加拿大旅行。最近才返西雅图，得读大札，稽复为罪。

欣见老弟及振华之著述，令人十分敬佩。欣见学问扎实，有根有据，为当前台湾阶级学术界的中坚。可惜不能多活几年再创高峯。振华之豪情万丈，能从革命浪漫主义流亡退入了学术研究，

香港中文大學 歷史系

THE CHINESE UNIVERSITY OF HONG KONG
Department of History

香港特別行政區・新界・沙田 Shatin, New Territories, Hong Kong Special Administrative Region. 電話 Telephone (852) 2609 7117. 傳真 Fax (852) 2603 5685

春瑞兄嫂：

弟已返抵美国多时，因整顿行装及书籍杂物，忙碌了一阵。闲中校对拙稿，勾出若干错字，并将改正者十数页寄上，尚请嫂夫人代中处理，拙稿审书已过矣。。。恐甚念。弟将于十月十五日抵京，应北京市社科院邀请，出席一项北京史研讨会，至廿一日止。希望到时与诸友好晤聚，十二日抵香港后将以电话联络，容此即候

近祺

学霖敬上
中秋节后一日

又啟。弟將攜帶若干亞洲精印贈兄，得便請代我找一本北京史苑（第三輯）並代購中國佛史學（弟擬[illegible]文，一九八三）乙冊。

書目論叢：劉述濤遺，數月前弟曾寄示，因時間不配合，而且又因關係，此書若加內學之學術會議，所以不能參加。明史會議，但最後已收到黑龍江大學王建中教授來函邀請出席（此信係托七月底寄，但至上週始收到），細說之下，始覺延至十四日始召開，三思之後，覺得甚可（弟已將回條寄回，並告知王教授弟會遲到），反請公事已甚急，應便可順道參加。弟數天後係去東部，除部与[illegible]人應邀做係是將於安娜哈佛上課，此外也哈佛別有些公事要辦，因此，弟十三、四日始能由西岸出發，到北京轉哈爾濱已過了兩天（約十六日下午時到）。到已向民航訂了飛機票，並算托民航訂自北京至哈爾濱之轉駁機位，但這今日未有回覆，但據說問題不大。弟在此間已托民航友人幫忙安排交通及住宿（前往哈爾濱之機場接送請以有來回交通），不擬勞駕（因為我是遲到）新向你們提出的已先述之為華僑人當去了[illegible]偏，不一定找到苗友幫忙）。一到北京，即以電報或電話聯絡，請大會準備派人接機。不日另兄電報，第一站哈爾濱（應當說再訪，因為十五年前曾至此一遊），到廿二日（或廿三日）後再返京轉赴呼和浩特，餘面談。祝

旅安

弟 [illegible] 八.廿五.

UNIVERSITY  OF HONG KONG

Professor: 5-8592743
Office: 5-8592744
DEPARTMENT OF CHINESE

素瑞兄：弟在此間大學講學已近尾聲，此刻在等候與二子人
度假。華翰得收多時，故息一切。從彝武兄處見面，對著書在
台出版一事，仍在籌劃中，現在台問題不在法令，而是經濟，因為一般
書商不敢承印營利學者收藏之純學術著作。彝武兄仍未獲得
有心投資者，故遲遲未報，請諒。貴有將出一大作，弟猶未見得。
近著學生在台北亦[illegible]找，購到後即寄奉。兄惠寄弟所購請
書之得收，謝甚。弟[illegible]寄奉全漢昇近著《[illegible]研究》二
冊，一冊相贈，另冊煩轉贈[illegible]大姐。弟後日離港返台北，將出席月
底在台舉行之宋史會議。國府現行政令仍是（[illegible]不適宜正式的），
看來要在彼此土地舉行學術會議時機尚未成熟，一切問題
猶待時間解決。七月底回美後再致候，即頌
近祺

弟 [illegible] 頓首
六月十七日

THE CHINESE UNIVERSITY OF HONG KONG 香港中文大學

SHATIN · NT · HONG KONG · TEL.: (852) 6097133 (852) 6097117 TELEGRAM 電報掛號：SINOVERSITY TELEX 電訊掛號：50301 CUHK HX FAX 圖文傳真：(852) 6035685 香港新界沙田 · 電話：（八五二）六〇九七一三三（八五二）六〇九七一一七

歷史系
Department of History

Our Ref:

Your Ref:

文治：蒙寄拙著《宋史論集》及《煌煌漢京》一文諒已收到。

書稿至：承賜寄《北宋史論叢》數冊（已轉明中部一冊），得暇快讀，謝甚。最近人事鞅掌，課務忙碌，寡作，無甚進展。宋初北京史事，不得要。北京史研究會之任，1980與1982年曾出版《北宋史論文集》一二輯（據王燦熾編之《北京史地風物書錄》P.2），便中仍請代為到圖書館一查，請將其目次影印一份擲下（若有需要，再請複印）。謝謝。大駕來中大講學事，未悉基金會方面有何訊息否，敬請新亞書院年底應有明裕講座，同學人員能談，經費不多，以紙報待到訪者十天食宿費每天港元貳百，但可由出敷請出，如入境（本港）手續，至於誠恐基金會方面不成，可循此法請之。其賢之，惜彼說者仍需自籌耳。其餘不一，仍候

撰安

弟 宋晞 拜上 四月廿九日

王家范

王家范，江苏省昆山人，华东师范大学历史系教授。著有《中国历史通论》《百年颠沛与千年往复》《史家与史学》等书。他对明清江南市镇经济有独到的研究。

本书所收信中所说“小刁”，是我的同事（研究史学史）叶桂生的绰号。已故。

19 年 月 日 第 页共 页

春瑜、铭钢兄：

经系里决定，我将于十一日随同学生二十余人来京"历史考察"（公费旅游），一行教师四人。冒暑北上，一来乘机可以会会京师诸兄，二来也是混点工作量（今年因家人生病，停了选修课，高悬红灯）。在京停留两周，期间还要上承德数天。现先致函两兄，未知是否都在京中？我们借宿于音乐学院附中。到时我再设法联系，畅叙别后。另，同行的几位教师（四人）很想能到中南海看看，不知弄到中南海的门票，你们两位能有办法否？此事亦请关心一下。

余言到时面叙。顺颂

暑安

王家范

敬祥

七月三日

便中，可代告一下我的同窗"小刁"。又及。

1984年

装订线

上海纸品厂60克书写16开双线报告纸(9817)

张忱石

张忱石，江苏省宜兴市人。1964年毕业于北京大学中文系古文献专业。中华书局资深编辑，曾任古代史编辑室副主任。著有《永乐大典史话》，与吴树平合编《二十四史纪传人名索引》，另编有《晋书》及南朝五史人名索引，学术文章多篇。

第　　页

春瑜兄：今日收到邓云乡先生信，他说"我们认识已久，将在上海见面，自然十分高兴"，他说现在住的是延吉四村22幢68号501—502室，与复旦大学甚近，如骑自行车出宁国路桥左转，直沿控江路一直可到，二十分钟足矣。如坐电车，则五角场八路到延吉路换103，到延吉中学站或国门站下车，走五分钟即到"。我上次开去的电话483622，因无分机来接线，所以还不通，你哪天到他处，再好先写一信告他，约定一时间，以便他在家等候。

上次你寄之文，李慧剑小姐信，有一条材料要请她查一下，等材料到后即可好写。

匆告，顺颂

撰安

弟沈石

1989.5.3

中华书局稿纸　　(15行×20字=300字)

第　页

春瑜兄：

关于"永乐大典"正本（即永乐本）之谜，笔者最早于1986年撰文，题为"永乐大典正本之谜"，发表于"书品"杂志第2期，后因不少编杂志者对此类题目十分感兴趣，叫我又作了补充修改，分别发表在"历史大观园"1987年2期、"百科知识"1988年6月，1988年人民出版社新华月报文摘版亦从"百科知识"上摘转刊载，但刊载时将我姓名误排为张忱石了。这就是说这一论断即殉葬说之首创者乃鄙人，最在1986年即提出，即13年前就提出了，并非栾贵明所创见，他是因袭卑见，冒充首创，因栾是我大学同学，我不好出面去说他。学界乃一批胡涂虫，竟然把抄袭者说成首创，后世以讹播之，妄而呈之，真是殊为可笑也。此事我不好说，不便出面写文自吹自擂，这是可以作一

中华书局稿纸　　(15行×20字=300字)

第　页

絮文的。

关于胡蒋说也不是十全十美的，因为好古之心，人皆有之，子长大要以本史为明文记载，故只好去瞎猜了。

今将"百科知识"的一文复印件寄上。

这几天真热，书店仍天天上班，阅览室在5楼，顶层，热上加热，效率甚低。

匆上，即颂

好

弟忱石 一九九九.七.卅

中华书局稿纸　(15行×20字=300字)

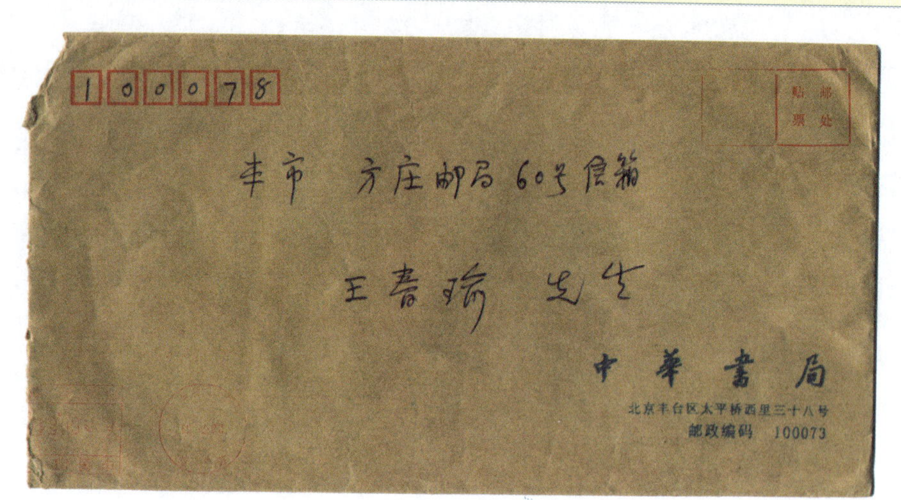
100078

丰市 方庄邮局60号信箱

王春瑜 先生

中華書局

北京丰台区太平桥西里三十八号

邮政编码 100073

贴邮票处

刘 梦 溪

刘梦溪，原籍山东省黄县，生于辽宁。中国人民大学语言文学系 1961 级中国文学专业毕业。现为中国艺术研究院终身研究员、中国文化研究所所长。《中国文化》杂志创办人兼主编。1979 年加入中国作家协会。中央文史馆馆员。著有《传统的误读》《大师与传统》《中国文化的狂者精神》等。

中国艺术研究院

青瑞先生道鉴：大著收到，多谢。您的文字总是明白晓畅，古典含情，熏而好读。序言有意思，但依章意刊于最近一期《中国文化》。删来芹「宋曹家遗器」材料比较扎实，已经主任斟酌的

中国艺术研究院

人不多，惟其义的活出高贵白银，如不介不妨稍存编辑部，一旦稿松时，或再又用。临寄小书一册，并请先生之红楼文，应作谢礼可也。不备，即祝

著安！

刘梦溪 上 二〇〇六年十月十六日

徐泓

徐泓，生于福建省建阳县，获台湾大学历史系文学学士、文学硕士、文学博士。先后任台湾大学历史系主任，东吴大学历史系教授，暨南国际大学校长、荣誉教授。著有明史、盐业史等论文数十篇及《明实录》索引等。

春瑜兄：

奉到大函及大著，谢谢！一别十余年，终能在台北重聚，好是高兴，可惜时间太短，没能多谈。这些年来经常读到吾兄的书与文章，很佩服吾兄的高见与文字之洗练。吾兄大文「风雨故人来」，甚有意义，其中谈及弟的事，久已忘了，读了之后，又勾起回忆与感慨。盖弟在台乃「黑五类」，因先父曾为抗日参加少先队，而在1951年入狱八年。弟即使担任系主任仍有多位同事与学生收集弟之黑资料，如上课讲的、讲义及课堂中是否引用大陆学者的论著与观点。是以弟在当时言行要谨慎些。缪兄在政战学校教书，乃当时当权派的红人，其后因可以理解。以后弟回台北时，即赖缪兄与贺凌虚兄的学生是情治人员，前来接机，免检查行李，才能将在香港大学开会时朋友送的及在书店买的大陆学者论著以安全带回。最近十余年，情势大变，

泓用笺

当年也做特务打小报告，极端反共的朋友，摇身一变，成为大陆政要的座上客，大谈"统一"、"民族情感"。有趣是他们就是把当年主張和平统一救中国的朋友，送進牢裏的人，而许多当时反国民党而对大陆有好感的朋友，又摇身一变成为今日当朝红人，甚"反共"、"反華"，又比国民党过之而无不及。时光错乱，价值倒置，真令人不知所措。年来忙于校务，原期于七月可交差下台，拖延至今，新校长尚未派来，只好继续下去。由于从台大借调期限已届，暨大同仁热意慰留，弟已辞去台大教职，今后专任暨大。通信处也请改到"南投埔里大学路一号暨大历史系，郵編545"。

此颂 谨请

研安

弟 泓 拜上 八、廿九

泓用箋

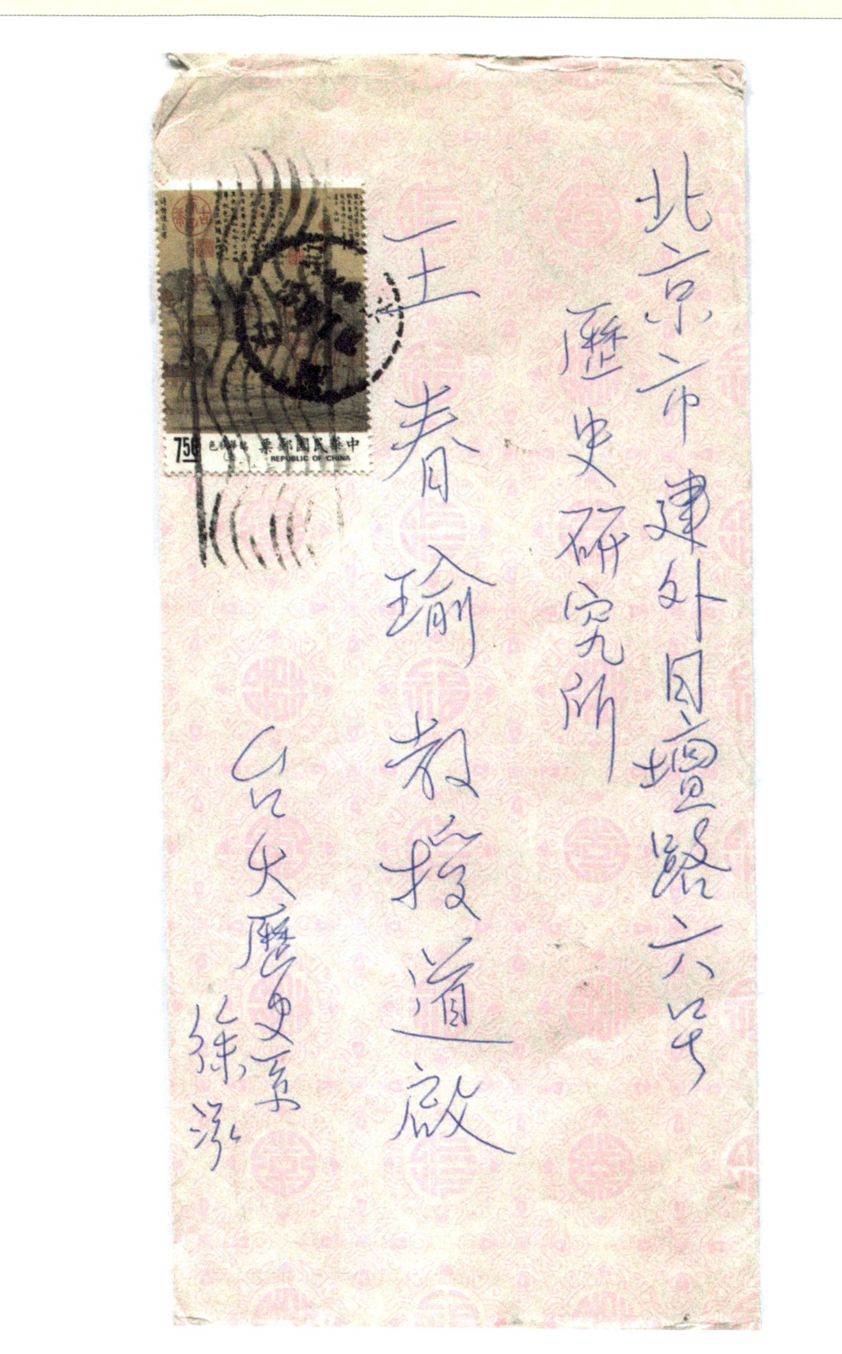

北京市建外日壇路六號
歷史研究所
王春瑜教授道啟
台大歷史系
徐泓

赵彬

赵彬，四川省什邡市人。山水画家。曾任什邡市政协主席。年青时曾从军，驻军大别山区。有画集出版。

中国人民政治协商会议什邡市委员会

王老师：新安

我在北京美术馆的画展定在三月五日至十日。我将於二月底先期至京做些前期工作。到时请您帮助。安排你们请来并看画展览后，请您介绍您的朋友和老师们，请他们到时莅临指导，不胜感激。相扰之处容当面谢。

赵擀顿首

二〇〇二年一月廿四日

第　　页

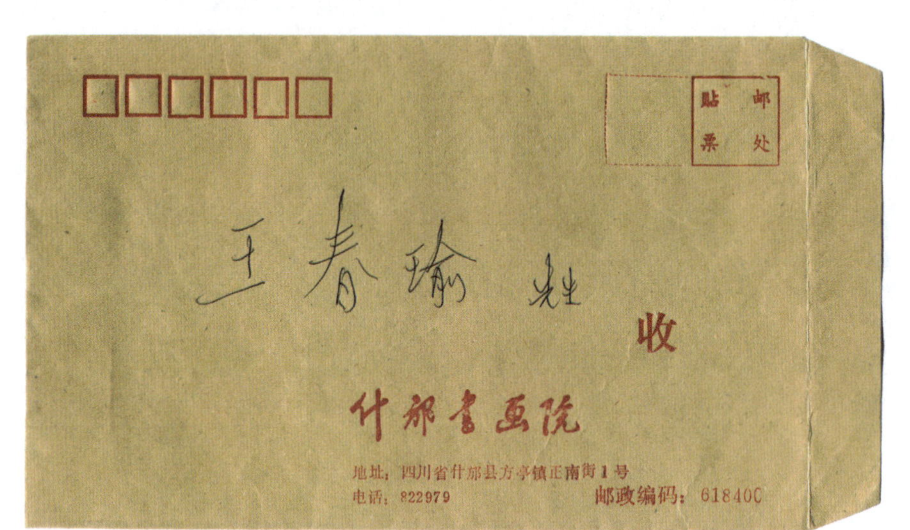
贴 邮
票 处
王春瑜 先生
收
什邡书画院
地址：四川省什邡县方亭镇正南街1号
电话：822979
邮政编码：618400

李 下

李下，杂文家。曾任《求是》杂志文化编辑部主任、《家事》杂志社社长兼主编。著有《少儿系列幽默故事》，主编《二十世纪中国幽默精品丛书》《稻草人杂文随品丛书》等多种，并有个人作品专集行世。

求是 杂志社

王春瑜先生：

近来好！

数月之前，我为四川人民出版社编了一套"人生相"丛书，书中荣幸地收入了先生的作品，计有：《阿Q的[illegible]谱考略》、《再论九斤老太与[illegible]》、《黑幕》、《数字的文章》，计四篇。现将样书和稿酬奉上，请先生查收。

在选文之前，未能及时征得先生的同意，实在抱歉，尚望海涵。

请常赐教！

即颂

春祺

李下 上

二月廿二日

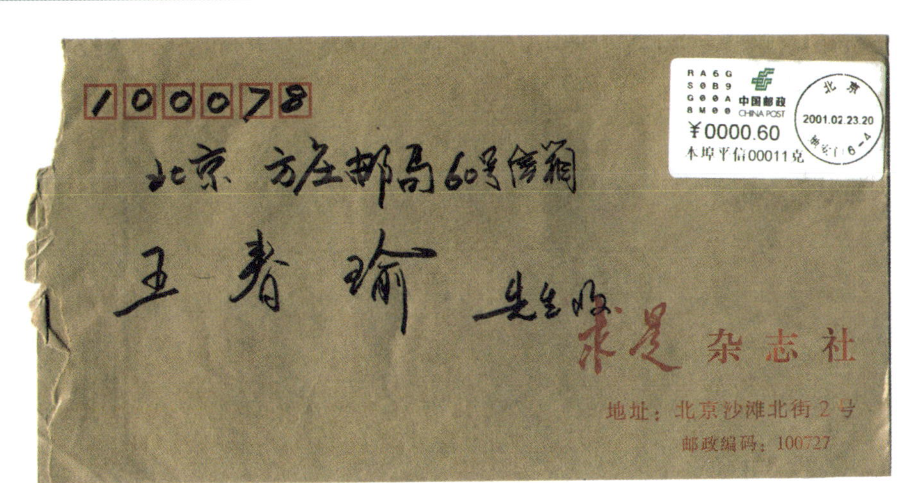
100078
中国邮政
CHINA POST
¥0000.60
本埠平信00011克
北京
2001.02.23.20
北京 方庄邮局60号信箱
王春瑜 先生收
求是 杂志社
地址：北京沙滩北街2号
邮政编码：100727

施定全

施定全，江苏省盐城市大丰县白驹镇人。治印专家，书法家。有《大丰簃印存》（书法大家大康题签）面世。现在大连设有画廊，授徒。他曾为国画家董寿平、美籍华人神探李昌钰治印。为我所刻闲章“鲁迅门下走狗”，颇具神韵，我曾给周海婴先生看过，他阅后莞尔。

另：印章由我代施宇奉上，
望核定为盼。
[illegible]

施宇 13611223678

大豐簃印存
大康

士瑜先生：
您好！遵施伯根先生之嘱，
为先生治印「鲁迅门下走狗」，
不知是否如意。请斧正。
戊子冬月书 施宇呈上

地址：北京西什库大街28号院
2-3-501
13601130254　010-66004090

吴智和

吴智和，台湾宜兰人。私立中国文化大学史学系毕业，留校任教。教授，明史专家，在其夫人支持下，私人编辑《明史研究专刊》行世，出了二十余辑，实属不易。嗜烟、茶，对茶史深有研究。出版专著《明代的儒学教官》。我曾写书评，刊于《中国史研究》。吴先生治学严谨，发表学术论文三十余篇。待人诚恳，因突发心脏病去世。

吳 智 和
羅東鎮光武街５０－３號
宜蘭縣，臺灣
Wu Chih-ho
JOURNAL OF MING STUDIES
50-3 Kuang-wu Street, Lo-tung
I-Lan, Taiwan,
AIR MAIL
航 PAR AVION 空
To: 北京建外日坛路6号
中国社科院历史所
王春瑜 先生啟
中華民國郵票
REPUBLIC OF CHINA
9.00
吳 智 和
羅東鎮光武街５０－３號
宜蘭縣，臺灣
Wu Chih-ho
JOURNAL OF MING STUDIES
50-3 Kuang-wu Street, Lo-tung
I-Lan, Taiwan
100028
北京朝阳区西坝河南里17号楼
中国友誼出版公司
王春瑜 先生收
BY AIR MAIL
PAR AVION
9.00

新年納餘慶
佳節號長春
大展鴻運來
今年更高昇

【好運隨春到】

HAPPY NEW YEAR

王先生：

欣聞新著又欣
行，健筆不輟，誠
學林之福。並進
擬撰寫《明代生活
文化叢書》，先從飲
茶生活文化著手，
一本一本地試寫。

祝

三節愉快

吳智和 鞠躬
94.1.4.

中國文化大學史學系
Department of History, Chinese Culture University
台北市陽明山華岡路55號　TEL: (02)8610511-325　HWA KANG,　YANG MING SHAN,　TAIWAN, R.O.C

春渝兄：

大明史論叢已拜收，不过書是題簽山根幸夫教授，而非本可能在山根教授手上。論叢所收論文學術價值頗高，吾兄主編自不同凡響，佩服!!

前年張哲郎、徐泓、呂士朋在台籌办明史会，因弟是局外人不够格推定人選，也無法參與核心決策，致吾兄等真正有實力的明史學人無法前來，深感歉疚。如果學術会流於人事公关，那有甚意思！

春節在即，謹祝

如意

弟 智和 敬上

九八、元、廿三

附记

亡友吴智和教授是台湾治学谨严的明史专家，为人热情耿直，是非分明。文中所述台湾举办明史会，未邀我、王戎笙、韦祖辉等明史学者参加，实因绰号刘二混的把持大陆明史学会的刘重日（评他为研究员时，竟无代表作，评委会违规连投三次票，均未通过，后距他退休日只有二个月，有司召开评委会，我亦评委也，才哀其年老，给他戴上研究员帽子。）与台湾明史界臭气相投者，捣鬼故也。

韩 石 山

韩石山，山西省临猗县人。1970 年山西大学历史系毕业。曾任中学教师、汾西县城关公社副主任、《黄河》杂志副主编、中共徐清县委副书记，也担任过山西省作家协会副主席、《山西文学》主编。1980 年加入中国作家协会。写过短篇、中篇、长篇小说，结集多部。亦喜写人物传记，《徐志摩传》《寻访林徽音》等相继面世。杂文亦佳。我六十岁那年，曾在太原与他聊天，甚欢。

王春瑜先生：

今天在南京的《开卷》小杂志上，读到先生的《我与"老牛巷"》一文的上半页，既知先生的身世，更知先生的阅历。对先生的文章与品格，仰慕久矣。身世阅历之知，更增一层敬意。去年敝省张颔先生学术纪念活动时，有位社科院历史所来的先生，谈及先生，问我与先生可有交情否，我当即回答说，春瑜先生之文章，是我敬仰的，交情则无。先生的《随笔集》，舍间多有收藏，获益非浅。此言种种，不外一己私欲，希望先生能为敝刊撰一小文。先生上文中有一语："当时我正在复旦历史系读研究生，全系研究物理学的之妻过校元女士（1937—1970），费尽九牛二虎之力，分到复旦教工宿舍的一间不足12平方米的房间"云云，舒諲先生能写写过校元女士之婚恋及艰难岁月，盖因我刊在《生命记忆》一栏目，亟缺此类文稿也。若有不恭或冒犯，还请谅解。所以敢如此放言者，敝人亦历史系出身也。无论允否，均请掷函一通，以免悬念。谨颂

春祺

俞正山

2001.1.28.

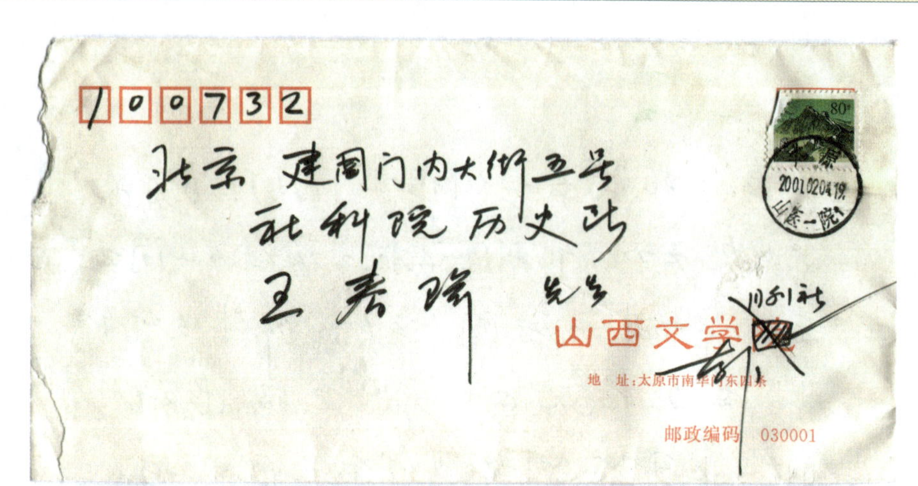
100732

北京 建国门内大街五号

社科院历史所

王春瑜 先生

山西文学

地 址：太原市南华门东四条

邮政编码 030001

郑 培 凯

郑培凯，原籍山东省日照市。后随父母从上海迁居台湾，台湾大学外文系毕业。留学美国，获耶鲁大学历史学博士，曾任教于纽约州立大学、耶鲁大学等高校。后移居香港，任香港城市大学中国文化中心教授。著有《汤显祖与晚明文化》《历史上的中韩文化》等书。

王春瑜先生
中國北京
方莊郵局 60 號信箱
(郵編:100078)

航空
AIR MAIL

With the compliments of

Professor Pei-Kai Cheng
Director

鄭培凱 教授
致意

恭賀新禧

Tel: (852) 2194 2426
Fax: (852) 2194 2818
Email: cipcheng@cityu.edu.hk

賀歲2002

是時間催人，還是人催時間
就這麼匆匆忙忙
你方登場我卸裝
鑼鼓聲又響

水流依舊，逝者如斯
好像隱喻扮了個丑旦
唱完了崔鶯鶯唱竇娥
冤哪，天作棚台地作車

誰沒試過那一副盔頭
沒曾把前額勒出一道烙印
還笑着向人作揖
說幸會幸會，真乃三生有幸

嘣鏘嗆，亮出了丈八蛇矛
敞開嗓門，大喝一聲哇呀呀
且住，看官，這廂有禮了
你可知道現在唱的是哪一齣

時過境遷人猶在
依然說着同樣的台詞
小寒之後有大寒，小雪之後是大雪
還盼善自珍攝，美意延年

2001年歲暮

齊白石：《不倒翁圖》

叶洪生

叶洪生，安徽省庐江县人，1948年生于南京。台湾淡江大学历史系毕业。曾任《中国时报》主任编辑，《联合报》主任编辑、副总编辑、主笔等职。著有《台湾武侠小说发展史》、《近代中国武侠小说名著大系》（叶洪生批注）、《论剑：武侠小说谈艺录》等。另有《九州生气恃风雷——大陆觉醒文学选集》面世。

我与叶洪生先生1985年在香港中文大学举办的"国际武侠小说研讨会"上相识，甚相投。他真诚待人，颇具侠义之风。他与著名京剧表演艺术家叶少兰是堂兄弟，我曾代他向叶少兰先生问好。

与洪生先生多年不通音讯，深以为念。

社 報合聯

UNITED DAILY NEWS

TELEPHONE: 7681234

555, CHUNG HSIAO EAST ROAD, SEC. 4
TAIPEI (10516) TAIWAN
REPUBLIC OF CHINA
P. O. BOX 43~43

CABLE: "UNIDAILY" TAIPEI

春瑜先生：

手书敬悉，因搬家琐事牵累，迟覆为歉，尚祈原宥。大作稿酬经与历史月刊李小姐联络，谓已汇交中大刘詠聪女士代转。附上李小姐便笺，当可释然矣。

由於最近台湾组团参加"亚银"事，促使两岸关係为之丕变！我想武侠小说研究会如近期召开，可考虑以"顾问"或"特邀人士"身份参加，请与主事诸前辈研商一下，可行否？

弟与内子定於五月中旬赴北京一游，拟停留一周左右。寓处未定，但已驰函本家叶少兰（为著名京剧小生）代为安排。叶宅电话为511.2861，届时可与之联络，也许弟还赶得上"武林盛会"哩。一笑。匆此

大安

弟 洪生拜 1988.4.13.

聯合報社

UNITED DAILY NEWS

TELEPHONE: 7681234

555, CHUNGHSIAO EAST ROAD, SEC. 4
TAIPEI (105) TAIWAN
REPUBLIC OF CHINA
P. O. BOX 43~43

CABLE: "UNIDAILY" TAIPEI

春瑜先生：

来鸿与贺年卡均已於元旦前夕收到，您太客气了！所提之事，原则可以考慮，惟不知章程内容如何，祈寄来一阅，因台湾当局限制甚多，尤惧"统战"，不能不防也！金庸最近为"香港基本法草案"搞得焦头烂额，几成众矢之的，恐怕不可能参加"武林大会"了。

大作《土地廟隨筆》已妥收，目前海关对大陆直接寄来的邮包一律退运，但闻春節後将会订出新办法，以方便海峡两岸通邮。此间出版界完全视市场需求而编印大陆作品，并无"已出版"或"未刊稿"之分。据知现在"大陆热"已降温，除非特别具有代表性作品，一般不会採用，但学術著作較文藝創作情况較好。

如无意外，三月中将北上一游，届时当驰函以报，面聆教益。專覆 即頌

春節愉快

萬事如意！

弟 叶洪生 拜 1989年2月18日.

又及：因最近搬家，遲覆为歉。"历史月刊"另行寄上。

春瑜兄嫂：新年快乐！

弟已办理正式退休，打算好好"补点课"，写几部书。

不料月前心脏病突发，差点魂游地府。能救回一命，可谓再世为人了。

贤伉俪近况如何？天寒地冻，尚祈多加珍摄。余不一一，

即颂

万事如意

健康长寿

弟培生拜贺

又及：因病体亟须静养，明年将不能北上神州。/1998.12.22

林 丽 月

林丽月，台湾著名明史学者，台湾师范大学历史系教授、系主任，现为终身名誉教授。毕业于台湾师范大学历史研究所，主要研究明史、明清文化史。发表史学论文五十余篇。

王菁瑜先生：

去年終於在台北與先生見面，真是非常高興。不過行程匆匆，加上我並未參與會議的權力核心，很多事不便出面，未能善盡地主之誼，甚覺歉疚不安。新年伊始 謹祝

闔府平安 萬事如意

林麗月 敬賀

2001 春

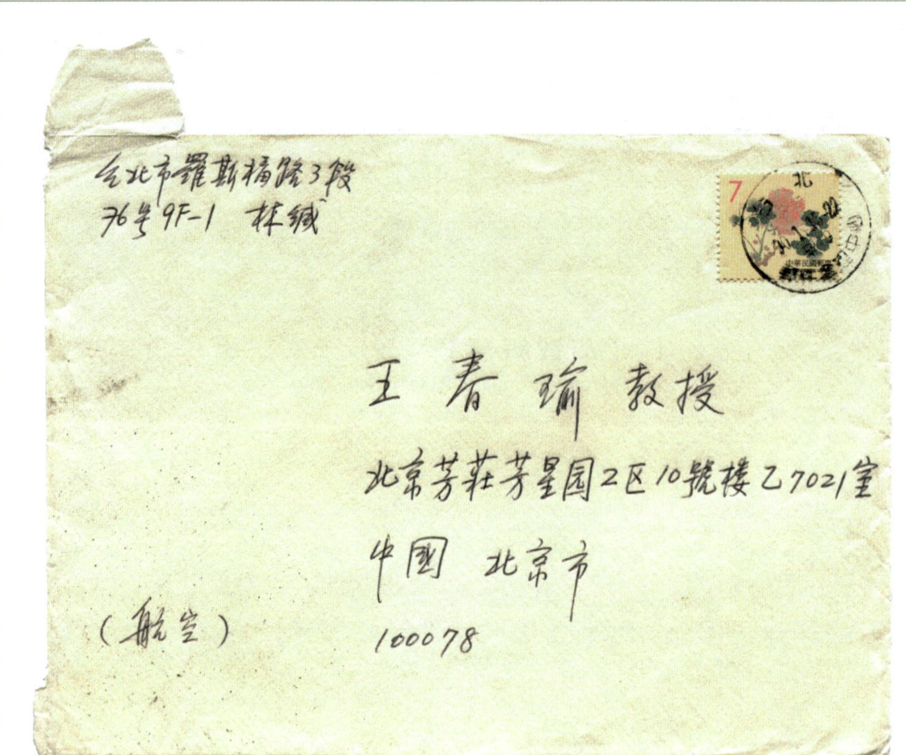
台北市羅斯福路3段
76号9F-1 林斌

王春瑜教授
北京芳莊芳星园2区10號楼乙7021室
中国 北京市
100078

（航空）

邓小南

邓小南，女，北京大学历史系、中国古代史研究中心教授，学术委员会主任，国学院副院长。1985年北京大学历史系毕业后，留校任教，继承乃父宋史专家邓广铭教授家学，研究宋史，曾任宋史研究会会长。著有《宋代文官选任制度诸层面》《祖宗之法——北宋前期政治述略》等多部。

第　　页

春瑜先生：

您好！

日前王曾瑜先生来电话，说及您拟着编纂《新日知录》事，深感先生此举将嘉惠后学。遵嘱选呈家父考证文章两篇（《〈宋史·职官志〉考正》自序，《有关"拐子马"的诸问题的考释》），后一篇文字篇幅颇长，或可烦请先生节选一二事目？有关"拐子马"的问题，家父还写过一篇小文，今一并奉上，若先生以为合宜，即收入此小文亦未尝不可。请先生酌定。

敬颂

研安！

后学

邓小南上

2003.1.18

16×15＝240　　北京大学中国中古史研究中心

冯明珠

冯明珠，原籍湖北省黄陂，生于香港。台湾大学历史系毕业后，供职于台北故宫，编辑《故宫月刊》，研究西藏问题及档案，著有学术论文多篇，2012 年担任台北故宫博物院长。冯氏为人爽朗，并善饮。对大陆人士甚友好。

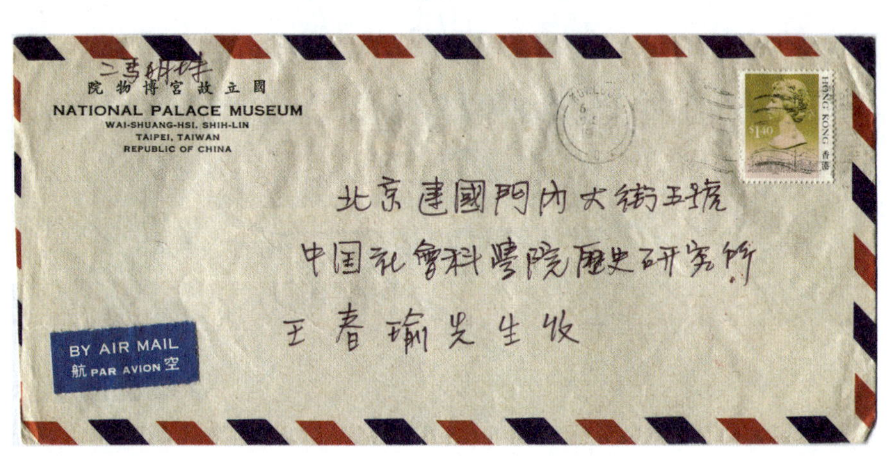

院物博宮故立國
NATIONAL PALACE MUSEUM
WAI-SHUANG-HSI, SHIH-LIN
TAIPEI, TAIWAN
REPUBLIC OF CHINA
HONG KONG 香港
BY AIR MAIL
航 PAR AVION 空
北京建國門内大街五號
中国社會科學院歷史研究所
王春瑜先生收

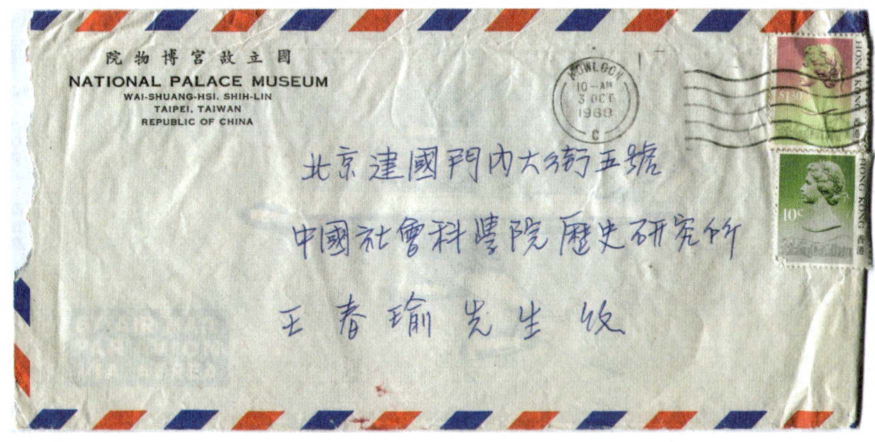

院物博宮故立國
NATIONAL PALACE MUSEUM
WAI-SHUANG-HSI, SHIH-LIN
TAIPEI, TAIWAN
REPUBLIC OF CHINA
KOWLOON
3 OCT
HONG KONG 香港
北京建國門内大街五號
中國社會科學院歷史研究所
王春瑜先生收

春瑜先生大鑒：

八月初赴港時，曾草就一函，提及您託陳捷先教授帶給我的書及郵票均未收到，據陳教授示知，可能寄丟了。不意自港回台後，竟收到您捎來的《台灣清史研究文摘》，《土地廟隨筆》及紀念郵票。紀念郵票我十分喜愛，《土地廟隨筆》則早已拜讀，《台灣清史研究文摘》將我置於清史研究行列，感到十分榮幸，非常謝謝。

3月6日來函謂：海峽兩岸，雲天遙隔，情況不明，因此王戎笙先生對我的介紹只能從簡。但您卻記得家父是湖南人，家母是上海人，我生於1949年。其實家父是湖北人，家母為南京人，我則生於1950年的香港。您的資料雖不中亦不遠矣！

我的研究範圍有二，一是西藏研究，一是清史檔案。近年來發表的論文，以西藏問題為主，那是因為台北中央研究院藏了一批《西藏檔》（清總理衙門檔及北洋政府外務部檔），所以就近取材的發表了幾篇論文。《廓爾喀之役的前因後果——兼論十八世紀末清廷與西藏及英屬印度政府的關係》，是去年發表的，除了用《西藏檔》外，主要採用了一些尼泊爾史家的看法。1987年底至1988年初，我利用年休到印北：喀什米爾、不丹、尼泊爾等地一遊，在印度及尼泊爾購回了不少的書，對我的西藏研究很有幫助。最近正努力將近年來發表的論文，重新編著成書，倘若順利，明春夏或可出版。

前兩天熊秉真來电，說您託她帶來一信，想必是收到拙文。（我还没去中央研究院取信）。海峽兩岸已可通郵，來函可逕寄"台北士林外双溪故宮博物院"。順頌

研安

馮明珠上

1989.9.5.

清季自強運動研討會

CONFERENCE ON THE SELF-STRENGTHENING MOVEMENT IN LATE CH'ING CHINA, 1860~1894

Institute of Modern History, Academia Sinica
Taipei, Republic of China

春瑜先生：您好。

很意外直接收到您自北京寄来的信，謝謝您還記得我。上次在香港開會時，您的心臟似乎不太好（正在服用救心），如今論著一一問世，想必身體已然康復，十分高興。

接信後即遍查《故宫書畫錄》及《故宫法書》，都沒有發現馮保墨蹟，詢之本院書畫處同仁，肯定故宫並沒有收藏馮保墨蹟，可能因馮保是宦臣，宫廷根本不屑收藏之故。幫不上忙，十分抱歉。

您的巨著，我雖還沒有收到，但近年来台灣開放許多，您的信我都能直接收到，想不久定能收到您的大作。謝謝。

《故宫學術季刊》水平尚未臻理想，能做到不脫期，就已經十分不易，因稿源不足，巧婦難為無米之炊，怕總有一天會脫期的。

寄信給您倒不必煩勞他人，我有家人居住香港。而近日有香港行，這封回信可親自付郵。

順候

研安

馮明珠上

24-9-77.

高洪波

高洪波，内蒙古自治区开鲁县人。诗人，散文家。笔名向川。1988 年毕业于北京大学中文系。1969 年应征入伍，1978 年转业。1971 年开始发表作品，1984 年加入中国作家协会。曾任《中国作家》副主编，《诗刊》主编，中国作家协会创联部主任、书记处书记，中国作协副主席。著有儿童诗集《大象法官》，散文集《波斯猫》《文坛走笔》等十余种。

中国作家协会

春瑜先生：

您好。信、书均悉，曾将您的名字写成"春榆"，很抱歉。盖因为我有一幅旧画，为"春榆宫保"遗存，此公为启功先生老师邵啸麓的父亲邵曾炘，清末的官僚，印象太深，写成春榆，太亵渎先生了。

拜读两本大作，很有意义，文化性格中有好多的内容，颇能说出这种文史相关的文章十分难得，您文风很尖锐，有许多时人见地，如对李银的批评，对《三国演义》的感知，（其实是这样的说法之里面的自由），以及说名将时"一部名将史，半部流血史"的话语。

中国作家协会

精彩独到，有信史之功，亦可当随笔，出手就是不一样。

历史与现实是一种互补关系，先生以文化眼光见政治，来看历史，古代人应悟见于思，令我拍案叫绝！而前读"千古兴亡总关情"一句，算得上知史论者的名言。曾有明人诗云："兴，百姓苦；亡，百姓苦"，说的也是这个道理。总之，先生书内涵厚重，超过我们那本，我们差了大深度也。

王君已有信来，可趁那时间以后再研究。

先祝新年好！

[illegible]

97.1.17

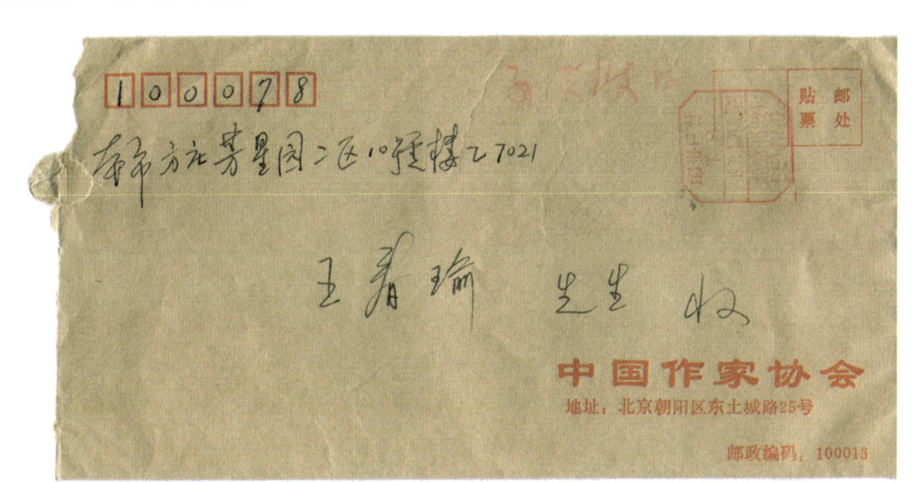
100078

本市方庄芳星园二区10号楼乙7021

王春瑜 先生 收

贴邮票处

中国作家协会

地址：北京朝阳区东土城路25号

邮政编码：100013

彭小莲

彭小莲，湖南省茶陵县人。在上海长大，毕业于北京电影学院，后赴美留学，获纽约大学博士学位，回国执导电影、电视剧，并著有长篇纪实文学《他们》，及小说、散文多篇。为其父老革命、鲁迅弟子、曾任解放军某部军政治部主任、上海市委宣传部长，后被打成“胡风分子”的彭柏山的平反昭雪，奔走呼号，不遗余力。

中国作家协会上海分会

王春瑜先生： 你好！

我是封湘山的女儿封小莲。

文化部把我叫去，将你发表在"文汇读书周报"上的附议［记］和父亲的遗作交我。他因腰病复发，请我代笔向你问好，并且说你的附记写得很好，他看了很感动。他说，父亲的文章写得很好！

我的母亲一年多前去世，在此我将自己出钱为母亲出的小册子和父亲的小说集，寄给你。希望我们都保持联系。你还见过父亲什么作品，请告之。给父亲出本"文集"或者文集这样的事，一直是母亲终生的愿望，而我现在是看见许多乱七八糟的东西那么多，而父亲这样有感情，文字那么好的作品却出不来，我很伤心。我很想为他的书做些事情。

我从美国拿了博士学位回来，和上影厂签合同

中国作家协会上海分会

的步骤。因为影视不景气，去年就给中央台拍了一個八集的電視連續劇"楊柳[illegible]青"。四月十五日以后会在中央台黄金時間播出。因为我和我周围的朋友都不看電視，所以你不必当真。

明天我要回家园，很多事情我们可以闲谈。我四月九日就从纽约回沐。因为我想重拍自己的本子"這裡没有[illegible]"的影视。

我的中篇小说，差不多一年在"收获"上发一次，他們对我的一系列作品给予很多认可。我的作品，大多写我父親和母親。"在我的背后……"收获87年4期，写我父親和母親的事；"燃烧的肢体"收获96年3期，写母親作的家難一身和父親的去世。……使中新读者你能看看我的小说。谢谢！

赠你的答复。信封上是我在中国地址，我和姐姐一起住。家里電話(021)6247-3796。

感谢你的文章！祝你好！　[illegible] 敬上

1998.2.16.

熊召政

熊召政，湖北省英山人。诗人，小说家。其长篇历史小说《张居正》先后获得“姚雪垠长篇历史小说奖”、“茅盾文学奖”。现任湖北省文联主席。

春渝先生：收到您寄赠的大著三册，谢谢了。我每日读一点，《老牛堂札记》快读完，另两册亦读了一点。在北京时我曾当面向您讲过，很喜欢您的杂文随笔，既有学问，又有思想，还有行文汪洋水的文笔。枕着《张居正》最后一卷，三月份可出书，另两册我手头上没有，过两天去出版社买四，兩寄上。写作長篇之余，我亦写过一些散文随筆，在台湾开过专栏。去年出过一本游記《寻旅》，一并寄上。請賜教。

下次来京，一定到您的新居拜望。春暖花開月，請您到武漢一遊。

零三年元月十二

台海 頓首

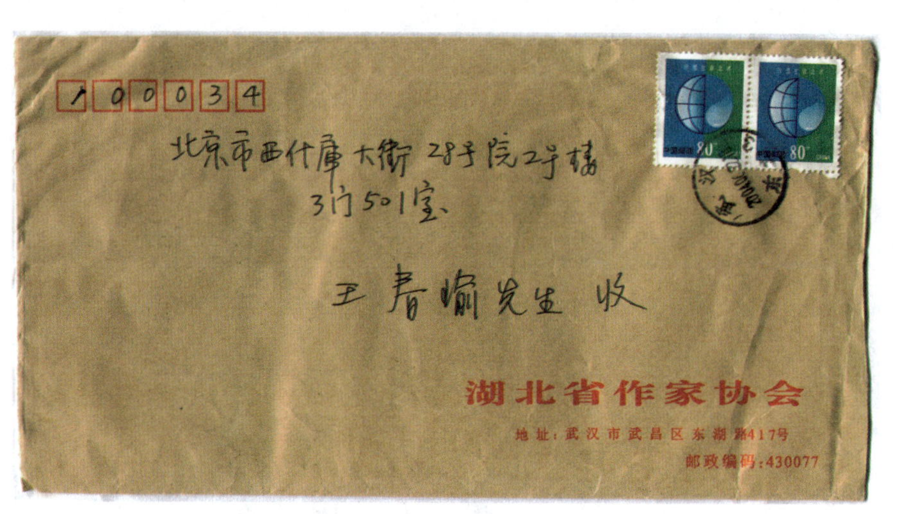

春瑜先生：

不見當年劉道士
人面桃花又一年

恭賀
羊年吉祥
合家歡乐

熊召政頓首
腊月十三

韩小惠

韩小惠，北京人，南开大学中文系毕业。《光明日报》文艺部编审。散文作家，亦写文艺评论。中国作家协会会员。著有《韩小惠散文代表作》等二十部。

光明日报

王先生：您好！

近日，我的一位好友忽然荣升《北京地方志》执行主编，想改变一下杂志面貌，尽量"网罗"一些名家稿件。知道我跟您熟，特请我帮忙约稿，想请您为其"文史漫笔"栏目写一篇"藏书与资治"，2000字左右。润笔费千字100元——200元。

我是受人之托，转达到而已。写与不写都从您自己的角度决定，不要因此为难。

主编名：刘孝存．100020．6508.0294(H)

北京东大桥北街15号楼1门401．

谢谢！

大好！

小蕙

年　月　日 02.1.7

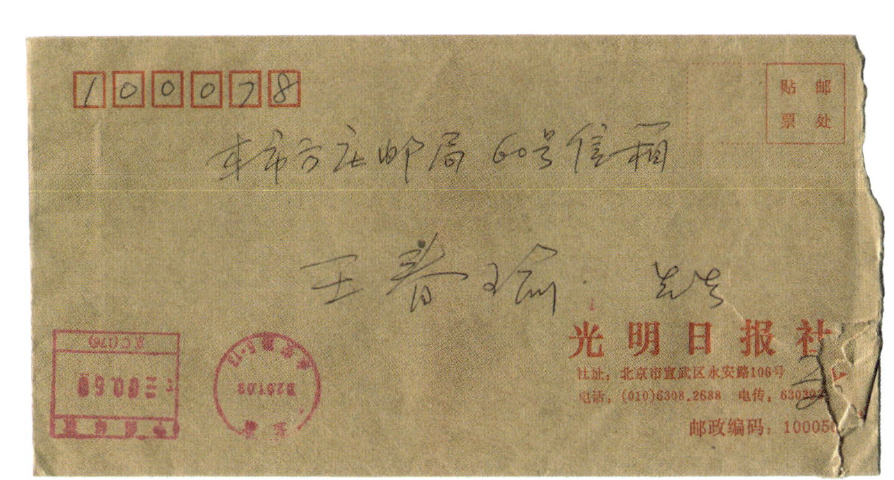
100078
本市方庄邮局60号信箱
王春瑜 先生
贴邮票处
光明日报社
社址：北京市宣武区永安路106号

赵丽雅

赵丽雅，浙江省诸暨市人，曾长期担任《读书》杂志编辑，编余坚持写作。后任中国社会科学院文学研究所副研究员。著有《棔柿楼读书记》等。她卖过西瓜、开过卡车，自学成材。后又转入古文字、音韵学研究，学界视为才女。

王春瑜先生：

"荣华富贵"已有几十年提不得，如今却堂而皇之地印在贺年片上，可知人欲不可止，本性固难移。夫子早有言道："富而可求也，虽执鞭之士，吾亦为之。如不可求，从吾所好。"圣人已是如此，又何况众生。只是将"荣华富贵"书在一片佳山水之傍，似乎又别藏进退有方之意，也许"从吾所好"的自由，最是难得吧。

恭叩

岁釐！

赵丽雅拜

壬申冬至日

王春瑜先生：

拜接明代酒文化一部，叩谢叩谢！诗曰："虽无德与女，式歌且舞"，此之谓也。

孟春之月，东风却挟朔风之威。记起先生曾言道："我看报纸，只看讣告。"近日此类讣告颇不少，就中一位冯至先生，去岁初冬，曾往候问；至今手中尚存一部冯译书稿校样，却已是幽明永隔了！

但无论如何，已是"鱼上冰，獭祭鱼，候雁北"的时节。想必先生之文思亦如春气勃发，日有新作问世吧。蔑之。

冀有便幸垂法语，以掖采钝蒙。

百不尽一。即候

时祉！

赵丽雅拜

癸酉二月惊蛰前

1993.2.28.

刘泳聪

刘泳聪，出生于香港。香港大学中文系毕业，后师从赵令扬教授，获博士学位。现任香港浸会大学历史系教授、系主任。出版史学专著多种。对中国妇女史有深刻研究。

香港浸會大學
HONG KONG BAPTIST UNIVERSITY

歷史學系
DEPARTMENT OF HISTORY

春瑜教授：

歡迎您到訪敝校。前往機場迎接的是我的研究助理盧嘉琪小姐。盧小姐正報讀研究院課程，研究的題目是朱熹的女性觀。懇請指點、指教。

演講安排在星期一上午十時半。盧小姐會在上午十時到賓館地下大堂等候，陪同您到歷史系。

今天晚上陳學霖教授和我會為您洗塵。我會在六時半至七時這段時間內到賓館接您。今天下午我要帶女兒上美術課，不在家。不過我會嘗試致電賓館與您聯絡。萬一未能聯絡，也請您六時半後在房間等我即可。陳教授將直接到

香港 九龍塘 Kowloon Tong, Hong Kong 電話 Tel : (852) 2339 7107 傳真 Fax : (852) 2339 7885 電郵 E-mail : HIST@HKBU.EDU.HK

香港浸會大學
HONG KONG BAPTIST UNIVERSITY
歷史學系
DEPARTMENT OF HISTORY

酒樓。

隨信附上演講海報及地圖。餘面敘。

即頌

旅祺

叔學

詠聰再拜

2000年5月6日

香港 九龍塘 Kowloon Tong, Hong Kong 電話 Tel : (852) 2339 7107 傳真 Fax : (852) 2339 7885 電郵 E-mail : HIST@HKBU.EDU.HK

伍立扬

伍立扬，四川省凉山人。1985年毕业于广州中山大学中文系。散文作家，也写过新诗，出版过诗集。通国画，山水、小品俱佳。曾在《人民日报》《海南日报》担任编辑，并当上主任编辑。现任四川省作家协会副主席，《当代文坛》杂志主编。出版有《铁血黄花——清末民初暗杀论》《霜风酒红》《时间深处的孤灯》《章太炎传》等近二十种。

政瑜先生我公：

《滨东报》文艺副刊编辑 杨永康希望得到您的稿件。虽小报，但甚[illegible]家優待。寄上他的报纸。

即问

晚安

伍立杨
2001.11.12

魏 元 珪

魏元珪，台湾东海大学教授，《文化月刊》总编。

東海大學

玉春瑜先生大鑒：

日前接香港中文大學趙汝明先生轉來四月二十二日由北京大函一件，內附文稿一篇，拜讀感荷。尊稿已發交編輯部，於本年五月份印刊，約於六月初可印妥，當由香港趙先生轉寄至貴處。敬祈勿念。本刊歡迎富有哲思或文化哲學、撰述性批判性之文章，亦歡迎科學哲學之新知。此後若有此方面之大作，亦請惠稿為荷。

來信請直接寄台灣省台中市東海大學本刊。或寄寒宅，如名片

東海大學

去年七八月故曾返大陸一行，歷經武漢、沙市、北京、福州等地，在北京住七天，參觀故宮、頤和園、天壇、北海、中央圖書館，路過北大學區，又專訪中國社會科學院，在廊大建築下仰瞻良久，是日適值下班時間，警衛不允拜訪，錯以為憾，今接先生來函，得以文會友，雖兩地海天有隔，但文化之血脈仍應聯通不斷，深信中國必有會合統一之一天，當是自兩岸文化學術交流始，特此書復，即頌

近安

魏元珪敬拜 [illegible]八日

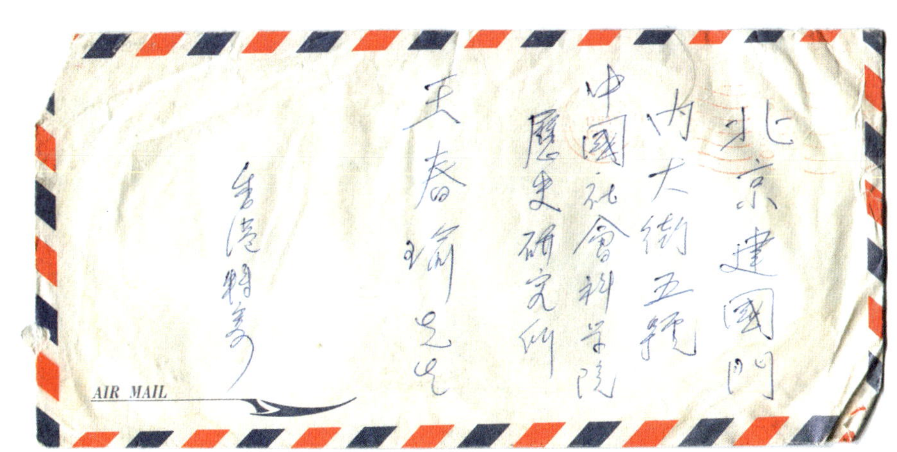
北京建國門
内大街五號
中國社會科學院
歷史研究所
王春瑜先生
AIR MAIL

徐坤

徐坤，沈阳人。女作家，文学博士，现为北京作家协会驻会一级作家，著有《春天的二十二个夜晚》《八月狂想曲》及中、短篇小说多部，及话剧剧本等。是中国当代文坛的才女之一。

100078 北京方庄邮局60号信箱

王春瑜 先生收

中国社会科学院文学研究所

北京建国门内大街五号 徐

邮政编码 100732

中国社会科学院文学研究所

王春瑜先生：

您好！

祝您新年快乐、万事顺遂！

徐坤

2002年1月5日

徐怀谦

徐怀谦，1968年生于山东省高密市柴沟农家。1989年毕业于北京大学中文系。《人民日报》“大地”专刊主编。杂文家。有《生命深处的文字》等杂文集出版。后患严重忧郁症，自尽。年仅四十四岁，新闻界、杂文界深感痛惜。

人民日报社公用信笺

王老师：

您好！

转手可训《拒绝遗忘》删改后发出，已寄样报。

寄上小册子一本，请指正、赐收。《苦丁文丛》由我策划，原定朱铁志、张心阳、陆同杨和我。后陆同杨书被毙，只好另换一本。

此颂

冬安！

徐怀谦

1.29.

鹤见尚弘

鹤见尚弘，日本史学家，著有《中国明清社会经济研究》。曾到中国社科院历史研究所作学术访问。本人也曾参与接待。为人敦厚。后来他去成都旅游，我还与他巧遇，甚为高兴。

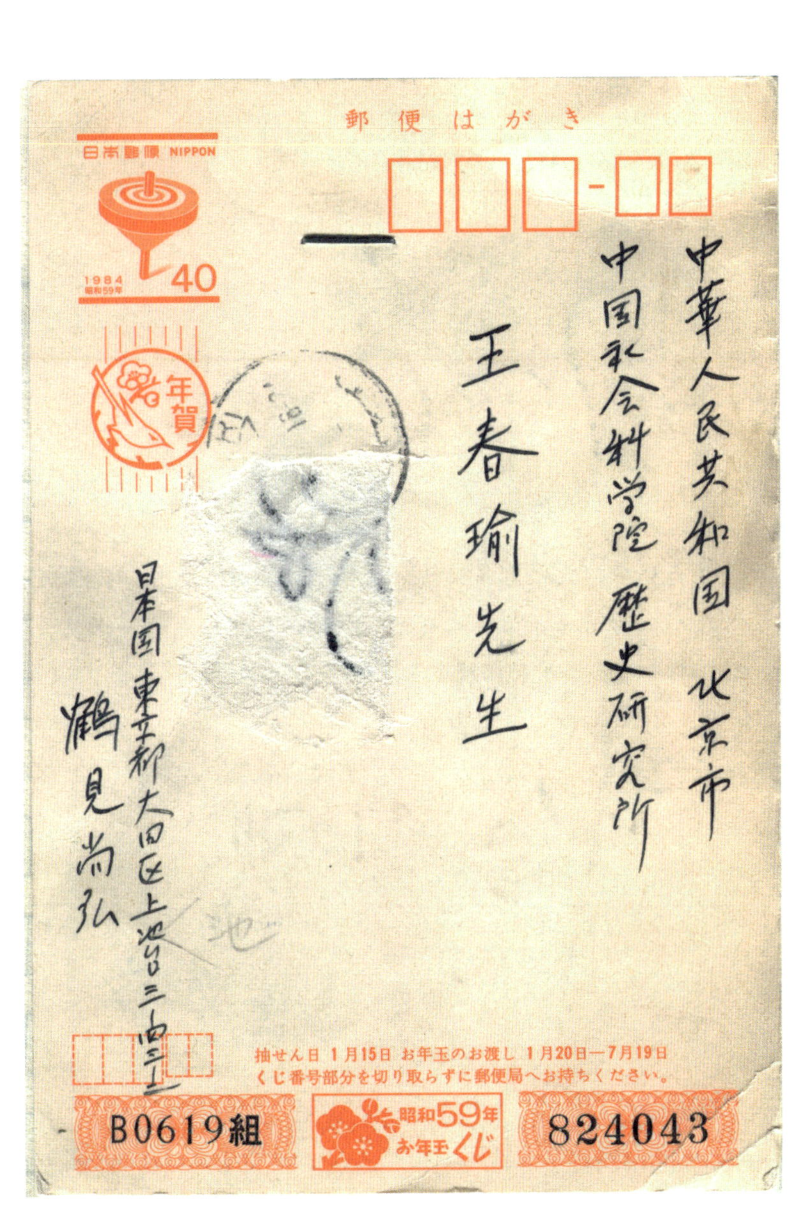
郵便はがき
日本郵便 NIPPON
1984 昭和59年
40
年賀
中華人民共和国 北京市
中国社会科学院 歴史研究所
王春瑜先生
日本国東京都大田区上池台三-四三-二
鶴見尚弘
抽せん日 1月15日 お年玉のお渡し 1月20日—7月19日
くじ番号部分を切り取らずに郵便局へお持ちください。
B0619組
昭和59年 お年玉くじ
824043

斋藤博

斋藤博，曾任日本独协大学校长、教授。喜饮酒。他买到我在台湾三民书局出版的《明清酒文化》后，写来此信，打算译成日文出版，后未果。

本当に楽しく、かつ教えられるところ多いものでありました。一つは、あの某丙今郎の庶民金融史)、とくに金貸、質屋(典舗)など、日本の場合、中世(12、13世紀以前)より金貸と質屋が酒造業や小売酒屋を兼業していた場合が多いので、中国の酒造業者や小売酒屋にも、余計に興味をもった次第です。もし可能ならば、私が留学中の中日人学生諸君と一緒に翻訳してもよいと考えております。如何でしょうか。

御本は、どこも面白く、興味深く拝見しましたが、とくに第六章、第三章第三節)の酒税、酒屋の所に、教えられました。反省もいたして居る。何良佐の酒之屋には、つくづく(つまらないことを言う)と納得した次第です。

独協大学

S 63.10　100×200

この五月、我邦にて、中日両国の文化、理科の研究者
方が大会をもつようですが、私は都合で参れず、残念
でした。
中日文化学の比較研究を含め、今後とも
王先生には御研究を発展下さい。近[illegible]
天津に参ります際には、北京でお目にかかりたく
[illegible]。昔、南開大学の
葉[illegible]先生を、この秋より半年間、客員教授とし
て、我大学へお迎えすることになっております。
敬具
今後ともよろしく願います。
一月十八日　不宣
[illegible]
王春瑜先生
[illegible]下

獨協大学

S 63.10　100×200

肖 健

肖健，原北京军区副司令员，少将。离休老干部，文化素养甚高。

王惠琦同志：

欣逢新世纪第一个春节即将到来之际，谨致以衷心的节日祝贺！

去秋在北京军区总院住院期间，托一位院里领导去书市寻购你主编的《北京学者散文》，他去未能如愿之后，就打听你的单位、电话、住处，并亲自造访，追回带了一册你题签的《漂泊古今天地间》及名片等，不胜感谢。出院以后，精神不太好，所以写这封致谢信，一直拖到今天，抱歉之至。

你的作品，对我这样的离休老人，是颇具吸引力的，每读一篇都觉得有趣、有益，值得回味。前几年读了《喘息的年轮》，尤欲读到"作者简介"中所列的书目，是多次去逛书市，都未能寻到。

Greetings and best wishes for Christmas and the new year.

恭祝聖誕 并賀新禧

我住在西郊八大处部队营房，离城较远，希望能够指点购得你的作品的书店。

听说你"下岗"，这对于作家学者来说，将有更多时间集中精力于要写的东西。"人生从六十岁开始"，我很欣赏此言。古今贵在一线牵，预祝你写作的辉煌期早日到来。并祝康乐！

肖健 一月十二日 二〇〇一年

中遠對外勞務合作公司
COSCO MANNING COOPERATION INC. HEAD OFFICE

100078

本市方庄小区邮局60号信箱

王 春 瑜 同志

北京西郊八大处甲1-506号

100041